O SERTÃO MEDIEVAL

O SERTÃO MEDIEVAL & o teatro de Ariano Suassuna

LIGIA VASSALLO

2ª edição

REVISTA, CORRIGIDA E ATUALIZADA

1ª edição: 1993

EDITOR
José Mario Pereira

EDITORA ASSISTENTE
Christine Ajuz

REVISÃO
Cristina Pereira

PRODUÇÃO
Mariângela Felix

CAPA
Miriam Lerner | Equatorium Design

DIAGRAMAÇÃO
Arte das Letras

CIP-BRASIL CATALOGAÇÃO NA FONTE.
SINDICATO NACIONAL DOS EDITORES DE LIVROS, RJ.

Vassallo, Ligia
O sertão medieval e o teatro de Ariano Suassuna /Ligia Vassallo. – 2ª ed. – Rio de Janeiro: Topbooks Editora, 2022.

ISBN: 978-65-5897-013-2

1. Suassuna, Ariano, 1927-2014 – Crítica e interpretação 2. Teatro brasileiro – História e crítica I. Título.

22-105993 CDD-792.0981

Topbooks Editora e Distribuidora de Livros Ltda.
Rua Visconde de Inhaúma, 58 / gr. 203 – Centro
Rio de Janeiro – CEP: 20091-007
Tels: (21) 2233-8718 e 2283-1039
topbooks@topbooks.com.br/www.topbooks.com.br
Estamos também no Facebook. e no Instagram.

Homo sum: humani nihil a me alienum puto.

TERÊNCIO

Nenhum homem é uma ILHA isolada; cada homem é uma
partícula do CONTINENTE, uma parte da TERRA; se um
TORRÃO é arrastado para o MAR, a EUROPA fica
diminuída, como se fosse um PROMONTÓRIO,
como se fosse o SOLAR de teus AMIGOS ou
o TEU PRÓPRIO; a MORTE de qualquer
homem ME diminui, porque sou
parte do GÊNERO HUMANO.
E por isso não perguntes
por quem os SINOS
dobram; eles
dobram
por ti.

JOHN DONNE

SUMÁRIO

APRESENTAÇÃO À 1ª EDIÇÃO

Francisco de Assis Barbosa[1]

O teatro tem sido pouco estudado no Brasil. Basta um confronto com os demais gêneros literários, ainda que superficial, para se chegar a essa conclusão. Aguarda-se a prometida *História da arte dramática,* de Décio de Almeida Prado, um dos intelectuais que mais se tem empenhado em desbravar esse caminho tão pouco trilhado pelos nossos homens de letras, e que parece despertar tão pouca atenção dos pesquisadores, que só há pouco começam a se preocupar com o assunto, conforme se verifica no número de teses das universidades, com o aparecimento de alguns trabalhos de mérito.

A crítica dos rodapés de jornais, que floresceu na segunda metade do século XIX e foi uma constante até depois do modernismo, acabou desaparecendo de um momento para outro, quando a imprensa adquiriu um sentido mais prático e mais dinâmico de um jornalismo voltado para o marketing, capaz de atrair um público sequioso de investimentos materiais, premido por necessidades mais urgentes na busca de um dinheiro cada vez mais caro e mais difícil. Acabou-se a fase contempla-

[1] Membro da Academia Brasileira de Letras, jornalista, historiador, biógrafo de Lima Barreto (Guaratinguetá, 1914, Rio de Janeiro, 1991).

tiva em que o leitor de jornal se deliciava com os comentários dos críticos sobre poesia e romance. O mundo mudava rapidamente e as exigências da vida material e do conforto tornavam-se mais importantes que a literatura.

A crítica literária, que sempre ocupara em nossa imprensa um espaço privilegiado, até mesmo chegando às primeiras páginas, conheceu o seu grande momento, desde os tempos de José de Alencar e Machado de Assis, viveu o seu apogeu, através do folhetim e do rodapé, e veio nesse ritmo acelerado até o advento de Alceu Amoroso Lima (Tristão de Athayde) e Afrânio Coutinho, que foram, na verdade, os últimos grandes pontífices do rodapé.

Mas, afinal, chegou a vez da tese universitária, naturalmente para um público mais restrito e selecionado, elitista sem dúvida, mas que assumiu o papel de impedir a morte de um gênero que sempre merecera a maior atenção, com adeptos sempre numerosos e apaixonados. Abria-se assim uma nova fase, com a reedição de velhos textos de autores consagrados e a revalorização de outros até então publicados em edições modestas, que passaram a adquirir novo interesse através de edições críticas ou mais bem cuidadas que as anteriores.

A nova crítica que nascia das universidades não descurou o teatro, que era na verdade, como dissemos acima, o grande esquecido. Nesse sentido, não é possível deixar de apontar algumas obras importantes, como a de Sábato Magaldi sobre Nelson Rodrigues, a de Vilma Areias sobre Martins Pena. Além de tudo o que Décio de Almeida Prado tem realizado, uma bibliografia de peso e que terá certamente o seu ponto alto na História do Teatro. É verdade que há muito ainda a ser trabalhado, preenchendo lacunas e omissões, uma tarefa imensa que têm pela frente os jovens universitários e os professores que se encarregam de orientar teses de mestrado e doutoramento. Já se nota que alguma coisa de positivo tem sido alcançada e que o esforço dos que militam nas nossas universidades não tem sido em vão.

Um exemplo animador do clima de trabalho é sem dúvida o surgimento de uma obra da categoria da de Ligia Vassallo, que deve ser aqui ressaltada pelo alto valor que representa. O conjunto de nove peças de Ariano Suassuna, que constitui verdadeiro monumento da nossa moderna dramaturgia, acaba de merecer da professora e pesquisadora carioca um trabalho de singular envergadura. *O sertão medieval – origens europeias do teatro de Ariano Suassuna* se inscreve entre as maiores e mais originais contribuições, não apenas de pesquisa como de avaliação crítica, num esforço fora do comum, que foi até o fundo da questão, unindo a importância das raízes populares da obra do dramaturgo aos aspectos nem sempre aparentes da erudição num plano de rara sofisticação intelectual, através de uma vasta e atenta leitura, que vem de Plauto e Terêncio e se desenvolve por todo o século XII até a modernidade, no convívio da melhor literatura da época, especialmente de autores como Shakespeare e Molière. Os sinais dessas leituras são evidentes ao longo da dramaturgia de Ariano, como o demonstrou em mais de um passo a atenta Ligia Vassallo.

Assim é que o teatro de Suassuna foi a grande atração que a autora trouxe às suas aulas em 1990-92, como professora convidada no curso de literatura brasileira no Instituto de Estudos Portugueses e Brasileiros na Universidade da Sorbonne, onde lecionou para franceses, pouco ou nada familiarizados com tão exóticos e desconhecidos autores, escritores como Gregório de Matos e Lima Barreto entre outros, a maioria deles nem sequer tendo sido traduzidos, que se tornam como que revelados de repente nas aulas de Ligia Vassallo.

De Ariano Suassuna não é possível falar apenas no teatrólogo. Sua prosa, que tem uma base sólida na tradição popular, é digna de toda a atenção. Já nos deu duas obras valiosas – O *rei degolado* e *A Pedra do Reino,* esta última versando um tema apenas aflorado por José Lins do Rego, o messianismo, o qual certamente daria uma nova dimensão à obra do grande romancista, uma saga de sentido épico, se tivesse tempo de desenvolvê-la como o fez com o *ciclo da cana-de-açúcar.* No romance intitulado *Pedra Bonita,* José Lins teria apenas reduzido ou condensado os temas do messianismo e do cangaço, que ele certamente poderia ter desdobrado em vários volumes, tal como fez na sua obra principal, o *roman fleuve* da cana-de-açúcar: só que seria então com maior densidade e dramaticidade, se é possível prever algo que não aconteceu.

Ligia Vassallo não se deteve, porém, na prosa de Ariano, mesmo porque escapava ao objetivo central do mergulho que deu com maestria singular no conjunto das peças que constituem até então toda a obra publicada do teatrólogo. O que fez não é pouco. *O sertão medieval* é uma das obras de crítica textual mais fascinantes jamais realizadas nesse sentido, como disse no início desta notícia. É claro que sobre o mesmo tema hão de surgir novos trabalhos nesse sentido. O de Ligia Vassallo há de ficar, porém, como um marco promissor, um sinal evidente de renovação e criatividade e até mesmo de pioneirismo no ramo que mal começa a ser palmilhado por nossos estudiosos. Um sinal luminoso!

Rio de Janeiro, setembro de 1991.

I

SUASSUNA E A CRONOLOGIA ESTILHAÇADA

No Brasil e em pleno século XX, a Idade Média permanece revivificada através da arte literária de um escritor nordestino, Ariano Vilar Suassuna (Nossa Senhora das Neves, atual João Pessoa, 16/6/1927 – Recife, 23/7/2014). Trata-se certamente de uma das personalidades literárias mais marcantes e mais originais da cultura brasileira nas últimas décadas. Dramaturgo, poeta, romancista, prosador, contador de histórias e de causos, ensaísta, ator, artista plástico, professor, conferencista, inventor das "aulas espetáculo", um grande dinamizador cultural, mas sobretudo e principalmente, o criador do Movimento Armorial. Este é com certeza o movimento artístico-cultural brasileiro mais consistente que eclodiu na segunda metade do século XX, porque envolve tanto o teatro e a literatura, quanto a música, a dança e as artes plásticas.

A constatação de traços medievais na obra de Suassuna permite, ainda que implicitamente, assinalar elementos culturais que controvertem a cronologia literária vigente e reforçam a relação entre arte e sociedade, visto que a literatura medievalizante do artista guarda fortes conexões com o contexto em que surgiu.

A descoberta das Américas compõe um dos principais marcos significativos do processo da entrada em cena do Renascimento e, com ele, do período moderno da história ocidental. Tudo indica, porém, que a modernidade não ocorreu ao mesmo tempo em todos os lugares. O fato de se evidenciar uma sociedade em cuja literatura subsistem fortes traços medievais ou medievalizantes pressupõe, pois, em sua estrutura, a presença de acentuados vestígios daquele momento histórico-social.

Assim, de acordo com historiadores e sociólogos, como Fernando Uricochea e Raymundo Faoro, entre outros, a configuração social do Nordeste brasileiro, de modo geral até o início da era Vargas, se identificaria com a situação medieval portuguesa e mesmo europeia. Isso explicaria não só a permanência de uma literatura com temas e técnicas arcaizantes como o aproveitamento que dessa realidade fazem escritores como José Lins do Rego e Ariano Suassuna, por exemplo.

Ambos retomam, na literatura, o famoso episódio de messianismo ocorrido em 1820 em Vila Bela de Serra Talhada, na localidade situada na serra do Roncador, Sertão do Pajeú, na divisa entre Paraíba e Pernambuco, em sítio que ficou conhecido como Pedra Bonita ou Pedra do Reino. Mais tarde, em lembrança do acontecimento, Suassuna fez construir um santuário ao ar livre em São José do Belmonte, Pernambuco, e ali, em 1993, é criada a Associação Cultural da Pedra do Reino. Neste mesmo ano ocorre a primeira Cavalgada à Pedra do Reino, inspirada no romance homônimo, um cerimonial que tem se repetido anualmente desde então.

Na historiografia oficial, as demarcações canônicas para os períodos são muito genéricas e abrangentes. Indicam um processo em curso e, por motivos metodológicos ainda que discutíveis, fixam momentos pontuais que podem ser questionados quando se aborda uma realidade específica. De outro lado, se as sociedades têm passado por diferentes etapas de seu desenvolvimento histórico, econômico, social e cultural, nem todas atingem concomitantemente idêntico estágio de adiantamento. Esse fenômeno gera a contemporaneidade dos não coetâneos, visível em nosso próprio país, que apresenta diferentes modelos de organização social, como a rural tradicional das zonas não industrializadas ao lado de comunidades urbanas isoladas, ambas se contrapondo às cidades altamente urbanizadas e industrializadas. Por isso encontram-se desde traços de configurações arcaicas de tipo patriarcal, centradas na transmissão oral baseada em mitos e crenças religiosas, até megalópolis do primeiro mundo, consumidoras da cultura de massa. Seria o caso de estender tais reflexões para a América Latina como um todo e questionar a herança da colonização ibérica, bem como os problemas da dependência cultural e econômica.

Deste modo, a região canavieira do Nordeste brasileiro, por ter sido a primeira a prosperar sob a colonização, teria recebido muito cedo da matriz moldes socioeconômico-culturais ainda muito próximos dos medievais, pouco importando para a presente exposição se são patrimoniais ou feudais. Com eles, teria vindo também a ideologia dominante na metrópole, que se balizava numa profunda religiosidade e ultrapassava diferentes dicotomias, como, entre outras, aquela existente entre a cultura oficial dos grupos dominantes, em processo avançado de formalização e de escrita, e a das camadas populares, oral e carnavalizada, com suas técnicas, estruturas, temas, personagens e intérpretes próprios. Circunstâncias particulares do Nordeste levaram ao congelamento daqueles modelos, que perduraram até o século XX.

Características medievalizantes, tanto quanto a tensão entre aquelas duas culturas, acham-se presentes na dramaturgia de Suassuna. Traços de medievalidade já haviam sido detectados nele por Anatol Rosenfeld, na análise do *Auto da Compadecida* (1969), ao vincular a peça à tradição católica didática dos fins da Idade Média. Os mesmos aspectos foram confirmados pelo próprio escritor paraibano, que acrescenta outros dados em seu depoimento sobre "A Compadecida e o Romanceiro popular nordestino" (1973, p. 158-159):

> Tudo isso [que Rosenfeld assinalou], em minha peça, vem do bumba meu boi, do mamulengo, da oralidade dos desafios de cantadores e mesmo dos autos religiosos populares publicados em folhetos, no Nordeste. [...] É verdade que devo muito ao teatro grego (e a Homero e a Aristóteles), ao latino, ao italiano renascentista, ao elisabetano, ao francês barroco e, sobretudo, ao ibérico. [...] Mas a influência decisiva, mesmo, em mim, é a do próprio Romanceiro popular do Nordeste, com o qual tive estreito contacto desde a minha infância de menino criado no Sertão do Cariri da Paraíba.

O presente estudo vai além do que o crítico e o próprio autor apontam. Mediante análise minuciosa do *corpus* escolhido, constatou-se a presença medieval não só em práticas culturais do Nordeste como nas fontes temáticas, nos modelos formais de gênero literário, nas matrizes textuais e no próprio tipo de dramaturgia que o autor emprega. A medievalidade de Suassuna advém da cultura popular e da erudita, dos aspectos temáticos e dos formais. Até mesmo o conteúdo latente reforça aquela característica, pois explora, como personagem, um tipo – o "amarelinho" ou "quengo" –, muito comum em grupamentos fortemente hierarquizados, como o medieval e o sertanejo. Coerentemente com tais elementos, o autor emprega criticamente em suas peças o ângulo de visão daquele personagem.

A maneira adotada para analisar o projeto estético do dramaturgo acaba por desvendar de que modo a explícita vinculação com a cultura popular nordestina que lhe serve de esteio se amalgama com a erudita, para que se opere a transposição da arte popular para o ambiente culto, que é o cerne da proposta do armorial. Percebe-se que, se as fontes temáticas, as sequências narrativas e certas técnicas do cordel e dos folguedos populares constituem as bases principais para o teatro de Suassuna, o artista integra tais elementos em modelos formais dramáticos da alta literatura ocidental.

Neles predomina o teatro religioso medieval, sobretudo ibérico (mistério, milagre, moralidade), ao qual se acrescentam traços do auto sacramental barroco (ainda muito ligado à medievalidade, apesar de ser um produto do século XVII), em associação com formas da dramaturgia profana vigentes na cena durante a transição entre o período medieval e os tempos modernos (farsa e comédia italiana). Aliás, o dramaturgo confirma tais influências, como se pode observar na citação anterior. Portanto, a transposição de matéria de fundo popular para o universo culto passa pela junção daquela com as estruturas formais deste. Entretanto seu teatro não se justifica apenas em relação às fontes, que, desde que ligadas à procedência popular, são sempre mencionadas em seu ideário como parte dos princípios básicos de seu projeto estético.

O conjunto da obra dramática madura do artista é abordado sob um ponto de vista integrador, pois analisam-se tanto o aporte da cultura popular quanto o da erudita, através do rastreamento e da identificação dos temas, dos modelos formais e das matrizes textuais, inserindo-os nos diferentes veios da tradição ocidental. Nesse sentido, três obras trouxeram especial abertura a essa reflexão: *Medioevo nel sertão* (1984), de Silvano Peloso, *Letteratura popolare brasiliana e tradizione europea* (1978), organizada por Luciana Stegagno-Picchio, e *Littérature populaire et littérature savante au Brésil – Ariano Suassuna et le Mouvement Armorial* (1981), de Idelette Fonseca dos Santos.

Há bibliografia nacional e estrangeira sobre o dramaturgo nordestino, em parte inédita em português. Com esses trabalhos, alguns voltados para temas específicos, mantém-se um diálogo vivo e útil, para não refazer o mesmo percurso. Deles aproveitou-se o levantamento dos temas – ainda que se tenha completado – e a análise comparativa de algumas peças. O estudo empreendido em *O sertão medieval,* ora em segunda edição, foi o primeiro livro publicado sobre Ariano Suassuna, em 1993, e até o presente tem-se mantido o único voltado para a dramaturgia do escritor.

Uma leitura minuciosa da sua obra comprova que os temas e estruturas advindos do Romanceiro remontam a material europeu – em especial, o francês – e até mesmo oriental – de mouros, judeus e ciganos –, legados à cultura nordestina através da ibérica. Esta, por sua vez, devido a circunstâncias históricas, já veiculava, à época do descobrimento das Américas, elementos de diversa procedência na área do Mediterrâneo. Assim, em outras palavras, através de Portugal a nova sociedade tornou-se legatária daquela cultura marcada por fortes traços arcaicos e cosmopolitas, que se reduplicam consoante o novo contexto em que se inserem.

É interessante ressaltar que o teatro de Suassuna focaliza o mundo rural que, como bem assinala Ronaldo Lima Lins (1979), não chega a monopolizar o palco, embora constitua vigorosas manifestações no romance. A circunstância de Suassuna produzir uma obra rural e nordestina favorece a ambientação de um universo coerente para a manutenção de sistemas mais tradicionais, visto que o campo geralmente se revela mais conservador em hábitos e costumes.

O critério da medievalidade – que não é exclusivo – perpassa toda a produção de Suassuna e decorre direta ou indiretamente de seu projeto estético, porque já está presente nos temas e estruturas oriundos da cultura regional. Aquela categoria advém, sobretudo, de suas fontes. Entretanto sua reelaboração implica diferentes operações textuais, que resultam no texto do artista – isso porque a medievalidade entra na obra por via da intertextualidade, que preside o trabalho do escritor. Ela se presentifica tanto no texto matricial, com o qual o autor mantém o seu diálogo, quanto na imbricação de formas e estruturas de gênero literário. Ambos os processos são tomados à literatura oral e à escrita, à popular e à culta.

Não se conhece abordagem semelhante à que se empreendeu com relação à imbricação de formas e estruturas, salvo a sugestão fornecida por Laurent Jenny (1976) em seu enfoque sobre a estratégia da obra literária. Também se desconhecem estudos da obra de Suassuna que se ocupem ao mesmo tempo da fusão das tradições cultas e populares subjacentes ao seu trabalho.

No tocante à Idade Média, não se pretende, em nenhum momento, abarcá-la como um todo. Analisam-se apenas aqueles aspectos permeados pela obra dramática do artista, a qual se abebera na cultura de uma sociedade que mantém traços arcaicos.

Para focalizar algumas linhas mestras da sociedade e da cultura nordestinas, a antropologia e a sociologia fornecem alguns conceitos de apoio, ao passo que o estudo dos textos do *corpus* se faz mediante análise comparativa. Esta pareceu ser a única maneira de constatar a presença de um texto sob o outro ou de justificar a pertinência de um modelo em relação a uma época. É óbvio que tais aspectos são reelaborados pela reescrita empreendida pelo autor.

Considerou-se que o enfoque teórico mais apropriado para abordar o tema é o ponto de vista de Mikhail Bakhtine sobre a paródia e a carnavalização. Além de muito estimulante em si mesma, a teorização do pensador russo, em especial a análise da cultura popular no século XVI, torna-se pertinente por duas razões: ela recorta a cultura europeia da época dos descobrimentos, que transmitiria inúmeras de suas marcas às terras americanas e, de outro lado, ela aponta para a tensão entre o mundo oficial e o popular, tão presente na dramaturgia de Suassuna, junto com a dicotomia entre o universal e o regional. Além do mais, as proposições inauguradas por Bakhtine abrem um vasto leque de reflexões, não só para desenvolver o que se convencionou chamar, posteriormente, de intertextualidade, como para analisar a literatura latino-americana como um todo, ao mostrar o quanto a carnavalização ainda sobrevive nas Américas.

Com base em tais pressupostos, analisaram-se alguns aspectos da cultura europeia à época dos descobrimentos, aplicando-os ao legado da sociedade portuguesa no Nordeste canavieiro, visto que este constitui o espaço que delimita majoritariamente a obra de Ariano Suassuna. A partir dos conceitos de paródia e carnavalização tais como se evidenciam na literatura latino-americana, pode-se compreender melhor o trabalho do criador da Compadecida. As características gerais de seu teatro épico marcadamente católico, que enfatiza a moral final e adota a mistura medieval de religioso/profano e sério/jocoso, se desdobram na análise temática de suas peças, seus modelos formais e suas matrizes textuais.

Ao longo da observação de cada um dos textos escolhidos são levantados empréstimos ao Romanceiro nordestino para atingir-se uma camada anterior, a saber, sua identificação em obras matriciais europeias. O acompanhamento dessa vinculação permite aquilatar o ancoramento de vários temas em remotos passados, reforçando as origens europeias da literatura dos folhetos populares nordestinos, a permanência do medieval na região e na obra do artista e, ao mesmo tempo, reiterando a circularidade de temas.

A análise dos modelos formais permite distinguirem-se as modalidades da dramaturgia ocidental aproveitadas por Suassuna, ao passo que a abordagem das suas matrizes textuais descortina sua atividade intertextual mediante diferentes aspectos, entre outros processos de transposição do gênero narrativo para o dramático.

Desse ângulo deduz-se que, excetuando-se *O santo e a porca*, de marcada tradição greco-latina, e *O casamento suspeitoso*, que adota do Romanceiro apenas o personagem Cancão mas também assimila o modelo anterior, as demais peças do dramaturgo paraibano, religiosas ou profanas, representadas por bonecos ou por seres humanos, correspondem a um só molde: fonte popular expressa, proveniente de folhetos e da tradição oral, associada à estrutura mais ou menos pronunciada de auto vicentino.

Contudo, cada ocorrência sublinha um conjunto de traços diferentes, não só do vínculo europeu como também da mediação dos folguedos nordestinos. Como quer que seja, a peça típica de Ariano Suassuna amalgama diferentes estruturas teatrais vigentes na Europa desde a Baixa Idade Média até meados do século XVII. Esse aspecto temporal corresponde em linhas gerais à superação dos cânones medievais pela implantação daqueles da Renascença neoclássica. Os primeiros perdem a vez e a voz na Europa, mas serão legados às Américas, onde subsistiram paralelamente aos outros. Em toda e qualquer circunstância, foi a análise das peças do dramaturgo que orientou as referências ao contexto sociocultural permeado por aquelas, bem como as teorias esposadas.

O *corpus* selecionado para o presente estudo consiste em nove peças de Ariano Suassuna publicadas entre 1950 e 1960. Na lista que se segue, o asterisco indica as que estão reunidas em *Seleta em prosa e verso* (SPV, 1975):

* *Torturas de um coração*. 1951. 1 ato (TC)
* *O castigo da Soberba*. 1953. 1 ato (CSo)
* *O rico avarento*. 1954. 1 ato (RA)
Auto da Compadecida. 1955. 4 atos (AC)
O casamento suspeitoso. 1957. 3 atos (CSu)
O santo e a porca. 1957. 3 atos (SP)
* *O homem da vaca e o poder da Fortuna*. 1958. 1 ato (HV)
A pena e a lei. 1959. 3 atos (PL)
Farsa da boa preguiça. 1960. 3 atos (FBP)

Essas peças constituem, segundo o entendimento da autora, o núcleo central de sua dramaturgia, pois foram escritas, publicadas e representadas ao longo da mesma década, em pequenos intervalos, além de precederem a elaboração teórica do Movimento Armorial. O próprio artista confirma, em diversos momentos, que só então atingiu seu estilo maduro. As obras anteriores constituem uma fase preparatória, e as posteriores, em verso, prosa ou drama, apesar das nuances e modificações apresentadas, não invalidam os pontos de vista aqui expressados, antes os confirmam. Eventualmente são até mesmo citadas. Por tais motivos, peças posteriores àquele conjunto não integram este núcleo por não se coadunarem com os traços básicos da dramaturgia desse escritor. Situa-se aí, entre outras, a obra bem posterior, *As conchambranças de Quaderna* (1987), cujas fontes são principalmente duas narrativas anteriores.

Coerentemente com a escolha do *corpus* e sua ligação com o Armorial, os estudos críticos e as explicações arrolados para a análise das teorizações do autor pertencem de maneira geral a textos e a depoimentos relativamente contemporâneos à época da elaboração das peças e da principal fase daquele movimento artístico tão rico.

Como as peças de Suassuna resultam de muitas fontes orais e escritas, indica-se, a seguir, sua inter-relação, para facilitar o acompanhamento das reflexões exaradas. Convém ter em mente que a progressão caminha no sentido do afastamento maior quanto ao folheto como base da produção.

RELAÇÃO DAS FONTES DE SUASSUNA

	Fonte popular	*Entremez*	Peça
Ato I	– *O enterro do cachorro* (folheto)		
Ato II	– *História do cavalo que defecava dinheiro* (folheto)		*Auto da Compadecida*
Ato III	– *O castigo da Soberba* (folheto) – *A peleja da Alma* (folheto)	*O castigo da Soberba*	
Ato I	O *preguiçoso* (mamulengo)		
Ato II	– *História do macaco que perde nas trocas o que ganha* (conto popular) – *Romance do homem que perde a cabra* (conto popular) – *O homem da vaca e o poder da Fortuna* (folheto)	*O homem da vaca e o poder da Fortuna*	*Farsa da boa preguiça*
Ato III	– *O rico avarento* (mamulengo) – *São Pedro e o queijo* (conto popular)	*O rico avarento*	
Mamulengo		*Torturas de um coração*	*A pena e a lei*
Personagem de folheto: Cancão			*O casamento suspeitoso*

Fonte erudita			*Peça*
Aulularia (Plauto) *L'avare* (Molière)			*O santo e a porca*
Referencial externo		*Textos curtos de Suassuna*	*Peça*
Ato I	– Caso verídico	O *caso do coletor assassinado* (narrativa)	*As conchambranças de Quaderna*
Ato II	– Caso verídico	*Casamento com cigano pelo meio* (narrativa)	
Ato III	– *A caseira e a Catarina* (entremez)	O *processo do Diabo* (entremez)	

A seleção, como se vê, deixou de fora algumas peças anteriores, pois julgou-se que não se coadunam com o modelo de teatro maduro do autor, fato aliás já mencionado e também apontado por ele próprio em dois testemunhos retomados na pesquisa. O primeiro está numa entrevista de 1969 transcrita por Maria Ignez Novais (1976, p. 36), que é aqui reproduzida:

> Eu já tentara, com a peça *Uma mulher vestida de sol* e com o *Auto de João da Cruz,* um teatro ligado ao Romanceiro, um teatro mais poético do que realista: mas não era, ainda, o que eu queria. Duas outras peças, Os *homens de barro* e *O arco desolado,* foram duas tentativas falhadas, mas serviram para ampliar horizontes. De tal modo que, em 1955, eu retomava o caminho do Romanceiro e, com o *Auto da Compadecida,* fazia a primeira experiência, para mim satisfatória, daquilo que seria, daí em diante, o meu caminho.

Argumento semelhante é exposto em outra oportunidade:

Argumento semelhante é exposto em outra oportunidade:

> Assim, sendo essas as minhas preocupações, não admira que *Uma mulher vestida de sol* e *Auto de João da Cruz* fossem dois marcos no caminho de identificação entre meu trabalho de escritor e o Romanceiro. De fato, porém, se de ambas essas tentativas resultaram peças que não renego, foi somente em 1955, com o *Auto da Compadecida,* que realizei pela primeira vez uma experiência satisfatória de transpor para o teatro os mitos, o espírito e os personagens dos folhetos e romances, aos quais se devem sempre associar seus irmãos gêmeos, os espetáculos teatrais nordestinos, principalmente o bumba meu boi e o mamulengo (1973, p. 157).

O esquema típico do dramaturgo paraibano obedece a um conjunto de características diretamente ligadas à concepção da Arte Armorial. Remete, pois, ao seu projeto estético, que busca no Romanceiro popular as fontes para a criação erudita, dramatizando as narrativas dos folhetos e amalgamando-as com certas tradições formais do teatro cristão ocidental. Assim, sob a aparência do regional, o escritor logra captar as complexidades do universal, profundamente imersas naquela raiz.

2

O TEATRO DE ARIANO SUASSUNA

O caráter medievalizante da realidade cultural nordestina brasileira e as múltiplas manifestações da arte literária e teatral que nela se presentificam revelam-se através do mistério da criação literária, no projeto estético de Ariano Suassuna, concretizado notadamente em suas peças teatrais da primeira fase de sua carreira (1950-1960). Acompanhe-se seu desenvolvimento.

A trajetória para o Armorial

Após a Segunda Guerra Mundial inicia-se uma tomada de consciência política da brasilidade, de que resulta a valorização dos elementos nacionais. O movimento foi muito fértil do ponto de vista cultural, daí advinda a busca das origens e especificidades brasileiras, muito evidenciadas mais tarde com o cinema e a música popular, por exemplo, ao lado de teorizações como as do Instituto Superior de Estudos Brasileiros – ISEB. É bem verdade que os conceitos ligados à questão da nacionalidade já haviam sido suscitados em vários níveis desde o século XIX, porém sem a dimensão política de que então se revestem. No ambiente ideológico brasileiro do pós-guerra, reforça-se o domínio da posição política nacionalista, já que a tomada de consciência cultural vem do movimento cultural de 1922.

No bojo desse contexto e independentemente da ideologia expressa dos seus seguidores, situa-se a criação, em 1945, do Teatro de Estudantes de Pernambuco (TEP). Através dele, um grupo de amadores, centrados na Faculdade de Direito de Recife, se entusiasma pela riquíssima cultura popular local e decide difundi-la nos meios ditos burgueses. Ou melhor, fazer literatura erudita a partir da popular. No grupo figuram, entre outros, nomes como Joel Pontes, Hermilo Borba Filho, Gastão de Holanda, Aloísio Magalhães, Ariano Suassuna, que se mantiveram fiéis ao preceito de estudar a cultura nordestina, à qual conferiram grande dignidade com seus trabalhos e pesquisas.

Propunha-se o grupo a realizar o aproveitamento dramático dos assuntos brasileiros, para diminuir a distância entre o povo e a elite, bem como atualizar o teatro em relação às outras artes, visto que os numerosos grupos cênicos pernambucanos das décadas de 1930 a 1950 privilegiavam a dramaturgia estrangeira. Em suas diferentes fases, o TEP procurou manter o zelo pela boa interpretação, o propósito de levar o teatro ao povo, a linha antifascista, o diálogo mundo-região – realidade que não era apenas teatral. Aproveitando os motivos humanos e telúricos do Brasil, valorizava-se o regional através de mesas-redondas e espetáculos folclóricos. Nas representações, favoreciam-se os teatrólogos residentes em Pernambuco, retomando aquela linha ainda pouco desenvolvida na dramaturgia.

Às encenações em palcos formais foram incorporados os espetáculos ao ar livre, na "Barraca", onde Ariano e os outros estudantes estrearam suas primeiras peças. Em 1953, o TEP encerra suas atividades, por causa da formatura de alguns membros e a partida de Hermilo Borba Filho para São Paulo.

Em fevereiro de 1960, aparece o Teatro Popular do Nordeste – TPN –, anunciando-se como herdeiro espiritual do TEP, matriz de alguns dos participantes, entre eles Suassuna. O manifesto do grupo, datado de outubro de 1961, pretende reagir contra um teatro acadêmico, esclerosado, frívolo e sem ligação com a realidade local, num núcleo complementado por poetas, pintores, músicos e escritores. Para Joel Pontes (1966), em sua avaliação do período, esses movimentos expressaram a vanguarda estética de uma geração de pernambucanos e sua participação na sociedade como artistas.

No entanto, foi o Teatro Adolescente do Recife que lançou Ariano Suassuna no Rio de Janeiro, quando apresentou, em 1956, o *Auto da Compadecida* no I Festival Nacional de Teatro Amador, obtendo o primeiro prêmio. Já anteriormente, o mesmo grupo, aliado a outros membros, havia-se dedicado a encenar *O drama do Calvário,* durante a Semana Santa de 1952, na localidade de Fazenda Nova, vila do Agreste pernambucano. O espetáculo, que vem sendo realizado sem interrupções até hoje, faz lembrar os da Idade Média em muitos sentidos, entre eles pela romaria artístico-piedosa associada a um forte apelo turístico. Foi posteriormente transferido para Nova Jerusalém, onde se construiu uma réplica dos lugares por onde Cristo andou. Mais recentemente, os atores são profissionais de televisão, reforçando assim o apelo turístico do evento.

Na dramaturgia do Nordeste, da qual, para Joel Pontes, Ariano Suassuna é o vértice maior, o crítico, no mesmo estudo, considera que existe uma superestrutura de matéria popular, a estrutura da transposição artística e a infraestrutura do pensamento do artista, relacionando criação individual, determinada, e matéria popular. Desse modo, a partir de um imaginário coletivo, o autor faz sua própria obra, por sua reinterpretação livre de uma fonte preexistente.

Ser popular implica, no caso, ser regional, logo em aproveitar os assuntos rurais, isto é, criar com apoio na sabedoria de séculos, porque só o campo e as vilas permitem entrever no povo características homogêneas, de cunho universal, que podem servir de base para revoluções mais arrojadas. Então, os tipos do folclore podem falar por si, dissimulando o autor que se exprime através deles: ora no esquema do mamulengo *(Torturas de um coração),* seguido às claras mesmo em peças de atores *(A pena e a lei);* ora na recriação nordestina de temas do teatro clássico (*O santo e a porca);* ora no aproveitamento de trechos de cantadores, do Romanceiro, de tipos literários populares, como Cancão de Fogo e João Grilo.

Ao se tornar consagrado, Ariano leva adiante seu enraizamento na cultura nordestina, reunindo poetas, gravadores, músicos, pintores, dramaturgos, escritores, ceramistas e coreógrafos num projeto cultural único – o Movimento Armorial – com a pretensão de associar as diferentes artes de modo a relacionar a produção popular e a erudita, desenvolvendo um embrião que já existia no Teatro do Estudante de Pernambuco e levando ao ápice a coerência de um percurso.

Os membros do grupo afirmam o primado da criação sobre a teoria. Por isto, começam suas atividades em Recife sem manifestos, mas por duas exposições de artes plásticas (1970, 1971) e dois concertos – da Orquestra Armorial (a 18 de outubro de 1970, na igreja de São Pedro dos Clérigos, sob a regência do maestro Cussy de Almeida) e do Quinteto Armorial (a 26 de novembro de 1971, na igreja do Rosário dos Pretos).

Outros músicos também se destacam: o executante Zoca Madureira e os maestros Clóvis Pereira e Jarbas Maciel. Dentre os artistas plásticos, incluem-se desde o princípio Francisco Brennand e Gilvan Samico; mais adiante incorporaram-se Dantas Suassuna e Romero de Andrade Lima, respectivamente filho e sobrinho de Ariano. O Armorial expandiu-se também na literatura, com Raimundo Carrero, Marcus Accioly e Maximiliano Campos, entre outros. Por fim alcançou a dança, com o Grupo Grial, criado em 1997 pela bailarina Maria Paula da Costa Rego.

Na verdade, a conceituação da armorialidade é precedida por um longo e fértil período, no qual Ariano produziu grande parte da sua obra literária dramática, poética e de pesquisa. Até mesmo suas experiências narrativas já haviam sido iniciadas, embora permanecendo quase sempre inéditas. Suassuna explica a nova proposta nestes termos:

> A Arte Armorial brasileira é aquela que tem como característica principal a relação entre o espírito mágico dos folhetos do Romanceiro popular do Nordeste (literatura de cordel), com a música de viola, rabeca ou pífano que acompanha suas canções e com a xilogravura que ilustra suas capas, assim como o espírito e a forma das artes e espetáculos populares em correlação com este Romanceiro (1976, p. 48).

Rejeitando globalizações e precursores, o Movimento Armorial se limita aos autores vivos, que tematizam o espaço cultural do Nordeste rural do Sertão. Eles vêm a ser originários de Pernambuco, Paraíba e Alagoas, provenientes de famílias abastadas de proprietários de terra. Passaram a infância no Sertão, no Agreste ou na Zona da Mata, em contacto estreito com a natureza e as tradições populares e rurais, cujas lembranças conservam mesmo vivendo em Recife. Constituem duas gerações: a de 1945, organizada em torno de Suassuna e Hermilo Borba Filho, junto com os artistas plásticos Francisco Brennand e Gilvan Samico, e a de 1965, composta por jovens artistas então iniciantes.

Sem se sentirem regionalistas estreitos, os criadores armoriais buscam apoiar-se em temas da cultura popular nordestina, visando alcançar a imagem de uma nova literatura e uma nova arte brasileira, através da recriação poética daquilo que Ariano prefere chamar de Romanceiro. Ele dá ao termo uma acepção peculiar, englobando aí toda a literatura de cordel. Diverge, portanto, da denominação ortodoxa, que designa breves composições épico-líricas resultantes da fragmentação de poemas mais longos, como as canções de gesta. Graças à arte armorial, a valorização das tradições populares conduz à renovação das formas e expressões literárias e artísticas. Ou seja, como diz Suassuna: "O Movimento Armorial pretende realizar uma arte brasileira erudita a partir das raízes populares da nossa cultura" (1976, p. 49).

Ainda no mesmo texto, o dramaturgo paraibano explica a escolha do nome do movimento por causa da musicalidade da própria palavra; pela referência à nobreza, mas do ponto de vista plástico, das figuras de heráldica que ele associa ao frontão das igrejas barrocas; por designar os sons agudos e arcaicos das cantigas do Romanceiro.

A arte armorial parte do folheto de cordel, não como fonte única, mas como ponto de convergência que associa a música dos instrumentos, a palavra da cantoria e a imagem da xilografia segundo o ponto de vista da arte popular. O folheto é então erigido em bandeira armorial, porque reúne três setores normalmente separados: o literário, teatral e poético dos versos e narrativas; o das artes plásticas em associação com as xilogravuras da capa do folheto; o musical dos cantos e músicas que acompanham a leitura ou a recitação do texto. Por integrar as três formas de expressão presentes no folheto, o teatro é encarado por Suassuna como arte maior no Movimento Armorial. Seu principal impulso foi dado pelo artista enquanto dirigiu o Departamento de Extensão Cultural da Universidade Federal de Pernambuco (1970-1975), tendo contribuído para lançar vários jovens de talento. Um dos que mais tem se destacado é Antônio Nóbrega, um músico multifacetado que também dança e representa. Ele começou a atuar com o Quinteto Armorial (1970), depois criou a orquestra de percussão Zabumbau, formada unicamente por jovens, e mais tarde, transferindo-se para São Paulo, criou o Instituto Brincante, muito ativo na preparação de atores desde 1992 e que continua pelo menos até o presente momento (2020).

Por força de tais aspectos, em seu estudo sobre o Movimento Armorial, Idelette Fonseca dos Santos (1981) considera que a obra armorial explora três pontos principais: o parentesco com o espírito mágico e poético do Romanceiro, das xilogravuras e da música sertaneja; a dimensão emblemática e heráldica resultante da semelhança com os brasões, bandeiras e estandartes dos espetáculos populares; a complementaridade das disciplinas artísticas que se reúnem no folheto (literatura, música, gravura) e que devem manter correlações estreitas e contínuas. O próprio Ariano Suassuna assinala que o mito e o Romanceiro são "matéria bruta" para o poeta erudito (1974, p. 163).

Os gêneros poéticos da cantoria nordestina abrem para os poetas do Movimento Armorial um novo caminho, que é ao mesmo tempo a retomada de uma herança cultural assinalada por sua perenidade; a reafirmação da originalidade regional; a renovação dos modelos formais por meio de uma temática nova; o recurso a formas populares em obra não popular; a passagem do oral ao escrito, ou seja, a reelaboração erudita a partir de um modelo popular.

Essa dimensão se faz notar nas reflexões teóricas dos armorialistas, bem como na multiplicidade de referências cultas presentes no conjunto das obras armoriais. Desse modo, a literatura popular é concebida como objeto de conhecimento e de pesquisa, além de servir de base à criação erudita. A tensão existente entre a matéria popular e a produção culta se conjuga, em Suassuna, com o binômio regional/universal, igualmente tematizado pelo artista, que funde ambas as tendências com rara felicidade.

Na obra já citada, Idelette Fonseca dos Santos assinala que a escolha deliberada dos seguidores revela três tendências: o interesse pela arte medieval a partir das fontes populares, desenvolvendo elementos eruditos já presentes nelas; a influência considerável da literatura espanhola – Calderón de la Barca, os barrocos místicos, García Lorca, que já integravam o elemento popular em suas criações; e a expressão literária de uma região.

A última fase do Movimento Armorial corresponde à primeira apresentação da Orquestra Romançal ao público, no Teatro Santa Isabel, a 18 de dezembro de 1975, sendo Ariano secretário de Educação e Cultura do município de Recife. O termo "Romançal" remete não só à língua falada popularmente na Idade Média, em oposição ao latim escrito, como também aos "romances" cantados em versos octossilábicos, com assonâncias nos versos pares. Para a pesquisadora citada, Romançal designa mais do que uma fase do Movimento Armorial: traduz uma redução do seu âmbito para melhor defini-lo, reafirmando os laços privilegiados com a cultura popular, modelo da produção armorial.

Ariano Suassuna aproximou suas recordações de Taperoá (cidade paraibana do Sertão dos Cariris Velhos onde passou a infância e é o epicentro de toda a sua produção literária) à das criações cômicas do teatro cristão, encontrando profundas ligações entre aquelas e as do povo nordestino. Desse amálgama saem o hibridismo e a originalidade do seu teatro, cujo tom essencialmente jogralesco é ressaltado na moralidade final, correspondendo à hora da morte de um cristão, certo da vinda da verdadeira Justiça.

Nas fontes populares que servem de base à reelaboração erudita está presente a interpretação das histórias medievais no imaginário sertanejo. Nesta passagem da *Pedra do Reino*, Ariano mostra-se consciente do fenômeno e de suas adaptações locais:

> É por isso que eu digo que os fidalgos normandos eram cangaceiros e que tanto vale um cangaceiro quanto um cavaleiro medieval. Aliás, os cantadores e fazedores de romances sertanejos sabem disso muito bem, porque, como me fez notar o professor Clemente, nos folhetos que Lino Pedra Verde me traz para eu corrigir e imprimir na tipografia da *Gazeta de Taperoá*, as fazendas sertanejas são reinos, os fazendeiros são reis, condes ou barões, e as histórias são cheias de princesas, cavaleiros, filhos de fazendeiros e cangaceiros, tudo misturado (1972, p. 281).

Na saudação a Ariano Suassuna, por ocasião das homenagens que lhe foram prestadas na Universidade Federal de Pernambuco em comemoração aos 60 anos do autor (1987), Jarbas Maciel define, conclusivamente, a obra e a atuação do artista. Considera o Armorial uma espécie de enciclopédia de todas as nossas artes e ciências, porque traz à tona os valores subjacentes às nossas manifestações artísticas mais autenticamente brasileiras, que alcançam raízes muito mais antigas do que a história do Brasil.

Por essa época, o escritor, então ainda professor de estética na Universidade Federal de Pernambuco, não se furtava a divulgar sua obra e seu credo artístico através dos meios disponíveis. Continuou escrevendo, fez prefácios e apresentações, deu entrevistas escritas, gravadas e televisadas, aceitou adaptações cinematográficas de suas peças, em especial do *Auto da Compadecida*, de que a minissérie na televisão e o filme posterior de

Guel Arraes (1999) se destacam como exemplos muito bem-sucedidos, entre outras produções no cinema e na TV.

A difusão das atividades de Suassuna cresceu, pois, exponencialmente, a partir de 1990, aumentando bastante com as comemorações de seus 70 anos (1997). Foi por sinal nesta mesma década que o escritor exibiu sua faceta de artista plástico, ilustrando seus próprios livros e expondo suas "Ilumiaras", ou seja, gravuras compostas ao mesmo tempo de texto e imagens, algumas das quais retomadas a signos da Itacoatiara do Ingá, um enorme paredão de pedra, na Paraíba, com originais inscrições ainda não decifradas e supostamente pré-históricas.

Após sua morte (2014) suas criações continuaram intensamente vivas, devido a esmeradas reedições de obras anteriores e, em particular, a publicação de inéditos cuidadosamente revisados pelo autor. Trata-se do muito aguardado *Romance de Dom Pantero no Palco dos Pecadores* (2017), composto de duas unidades. Livro I: *O jumento sedutor;* e Livro II: *O palhaço tetrafônico*. Em 2018 houve a edição final de *As Conchambranças de Quaderna*. Em 2021, para festejar os 50 anos do *Romance d'A Pedra do Reino e o Príncipe do Sangue do Vai e Volta,* é lançado um box comemorativo em dois volumes. O primeiro contém o romance, ao passo que o segundo traz reprodução de ilustrações criadas por Suassuna, assim como manuscritos e textos de apoio à leitura.

Além do cuidadoso trabalho editorial, surgiram produtos que podem ao mesmo tempo ser considerados homenagens ao artista como também uma retomada dos preceitos do Armorial. Consistem em espetáculos teatrais musicados baseados em seus preceitos teóricos e suas obras. Destacamos: *Ariano* (2007), com texto de Astier Basílio e Gustavo Paso, encenado pela Cia. Epigenia de Dança; *Suassuna, o Auto do Reino do Sol* (2017), com texto de Bráulio Tavares, apresentação do Grupo Barca dos Corações Partidos, obra premiada em 2018 pela Associação dos Produtores de Teatro do Rio (APTR); *Ariano, o Cavaleiro Sertanejo* (2018), de Ribamar Ribeiro, criação da Cia. Os Ciclomáticos.

Mas, principalmente, o criador da Compadecida, esmerou-se naquilo que criou e que denominou "aulas espetáculo", consistindo num tipo de apresentação concorridíssimo, dele próprio – sozinho ou acompanhado de outros artistas – que realizou em várias cidades de seu estado e do país, sempre difundindo o mundo popular segundo sua ótica. Nelas revelou-se um exímio ator de forte personalidade, bem como um impagável, cativante e hilário contador de histórias e causos nordestinos, aos quais acrescentava suas originalíssimas reflexões sobre a vida e a arte. Em suma, Suassuna tornou-se tão conhecido e aplaudido quanto as "superestrelas" da mídia.

O teatro épico de Suassuna

Para a transposição das fontes populares rurais ao mundo urbano letrado, o teatro parece ser o veículo por excelência, não só por ser privilegiado pelo projeto estético armorial mas, também, como intermediário entre a oralidade do espetáculo e a fixação do documento escrito. Isso se deve à circunstância de que uma peça só se realiza verdadeiramente enquanto espetáculo representado – tal como a performance do cantador, de que fala Paul Zumthor (1979, 1980) – embora daquela só reste de modo duradouro o texto impresso. O texto teatral é escrito com todas as marcas da oralidade próprias do diálogo e da encenação – do mesmo modo que o folheto de cordel guarda todos os traços de oralidade e da retórica da voz. Além disso, dentre os gêneros literários, o dramático é o mais sensível ao referencial externo da realidade circundante, devido à presença física dos atores e dos espectadores, fato que o torna, portanto, mais imediatamente permeável às adaptações e transformações. A transposição das fontes populares para o meio culto engendra uma nova circularidade entre o oral e o escrito. Aliás, é uma das características da cultura europeia à época dos descobrimentos. Essa questão dirige-se, pois, ao cerne da obra de Suassuna.

A medievalidade imprime a marca mais específica ao seu teatro, recortando transversalmente os temas, os textos e os modelos formais. Ela decorre de imediato de suas fontes populares, que retiveram o modelo medieval e o transmitem por via indireta, e, mediatamente, das fontes cultas católicas de seu teatro. Suas estruturas semântico-formais abstratas (ou arquitextos) são escolhidas entre as práticas mais antigas da cena ibérica, de que o Romanceiro tradicional nordestino guarda muitas consonâncias nas técnicas e nos temas.

Ela também está presente no problema da definição dos subgêneros a que pertencem suas peças, pois nenhuma corresponde à matriz pura, sendo o hibridismo e a ausência de formas genuínas outros traços medievais. A esse respeito, o teórico Hans Robert Jauss (1970) menciona duas dificuldades: alinhar os gêneros medievais dentro da tríade moderna (épico, lírico, dramático) e definir os próprios gêneros daquele período segundo a ótica do público que os consumia, já que não se conhecem bem os critérios então adotados. Ademais, boa parte do material se perdeu, restando em alguns casos apenas um exemplar de cada tipo específico de produção. Malgrado esses obstáculos de classificação – e independentemente deles – resta a questão da oralidade, que permanece como a característica principal da literatura medieval tanto quanto da sertaneja. Ela acarreta inúmeros problemas, entre eles os de autoria, ligados às múltiplas versões que cada obra pode ter.

A medievalidade se faz notar ainda, em Suassuna, através da técnica do teatro épico cristão, com suas modalidades específicas e seus personagens estereotipados. Esse fato ocorre porque a Idade Média é o espaço em que floresceu uma dramaturgia que associa o religioso e o popular através das oposições litúrgico/profano e sério/jocoso. E sobretudo porque, sendo a cultura popular nordestina acentuadamente medievalizante, aquela marca atua como uma espécie de fonte para o próprio Romanceiro, em que o aspecto religioso se reforça não só por causa da religiosidade popular da região como também pela opção pessoal de crença do autor, convertido ao catolicismo na maturidade.

Por isso as peças de Suassuna se revestem de traços ideológicos próprios da Idade Média, como o maniqueísmo e o tom moralizante. Nelas há também personagens alegóricos, homólogos à visão de mundo cristã medieval, e aspectos próprios da cultura popular europeia da época dos descobrimentos, indispensáveis, visto que o teatro era, então, uma arte dirigida ao povo.

A Idade Média cria um tipo de teatro, como bem classifica Erich Auerbach (1972, 1976), que pretende narrar toda a história do mundo segundo a ótica cristã centrada em dois eventos magnos: a Paixão de Cristo e o Natal. Isto resulta em rejeição aos rígidos moldes do teatro dramático ou aristotélico, pela infração à regra das três unidades, pelo dilatamento temporal e espacial, pela multiplicidade de cenas e personagens envolvidos. O teatro assim concebido é épico, narrativo e não catártico, ignora a quarta parede, admitindo uma interação imediata entre executantes e assistência. Pode, por isso, ser associado ao gênero épico descrito por Emil Staiger (1972), na medida em que mostra um distanciamento entre o narrador e o fato narrado, isto é, entre o ator e a ação representada.

A pretensão didática leva o teatro religioso medieval a tornar-se atemporal, pois o acontecimento bíblico é encarado como fato presente, pela própria doutrina, por causa da interpretação figural cristã. Por outro lado, sob a égide e a vontade de Deus, todos os extremos se tocam e convivem: o sublime e o grosseiro, o elevado e o reles, o excelso e o cotidiano, o trágico e o cômico, o santo e o pecador, todas as classes sociais e todas as linguagens – e desse modo anula-se a separação entre gêneros e estilos, tão cara à estética greco-romana. Portanto, a designação genérica de *jeu* ou *auto* encobre diversas práticas que não distinguem o trágico do cômico, porque o recorte é feito a partir de modalidades litúrgicas ou profanas. Além do mais, essa arte é eminentemente popular, porque dirigida àquela camada, para mantê-la no credo, e porque marcada pelo realismo cotidiano.

O teatro épico ou narrativo, que existiu no antigo Oriente, na Idade Média, nos autos vicentinos quinhentistas, nos autos sacramentais do século de ouro espanhol, ainda viceja nos folguedos nordestinos ao ar livre, associando-se a inúmeras representações folclóricas. Ele elimina ou rompe com a ilusão teatral naturalista e repousa numa concepção de palco aberto, no qual as modificações cênicas são feitas à vista de todos. Ele, de certa maneira, precede tecnicamente o surgimento do edifício teatral, concebido para abrigar o palco à italiana, de modelo renascentista, com maquinaria capaz de fornecer cenários sucessivos, em forma de caixa, da qual a quarta parede é uma convenção pela qual se faz de conta que não há espectadores.

O teatro épico utiliza vários recursos de modo a atingir o efeito de distanciamento, contrário à ilusão catártica, e eliminar a quarta parede: personagens dirigindo-se ao público, apartes e monólogos que exteriorizam as reflexões dos personagens, prólogos narrativos, ação de bastidores trazida ao primeiro plano, coreografia, música, pantomima, enfim, tudo o que favoreça as interrupções na continuidade da ação. Usa também máscaras tipificadoras dos personagens. O teatro greco-romano, eminentemente mimético, catártico e fortemente marcado pela tensão resultante do confronto entre antagonistas, reforça o ilusionismo teatral. Contudo, apesar disso, ele contém alguns aspectos do teatro épico, como prólogo, epílogo, monólogo, aparte, coro e máscaras.

Não se deve, entretanto, confundir o teatro épico assim concebido com o de Bertold Brecht porque, embora adotando a mesma denominação, o escritor alemão propõe uma nova dramaturgia, que se coaduna com o materialismo dialético e as possibilidades de conhecimento e usufruto da ciência do século XX. Assim, pressupõe um teatro revolucionário de seu ponto de vista, que leve em conta a história e a luta de classes. Por isso, ao comparar a dramaturgia aristotélica com a sua, Brecht considera basicamente que aquela conduz o espectador à passividade da empatia com a emoção dos personagens, ao passo que seus primados levariam o público a uma atitude ativa de reflexão com vistas à modificação da sociedade. Isso se dá em função do distanciamento obtido pela não identificação entre as emoções da audiência e a tensão dos personagens. Daí sua opção pela forma dramática narrativa, que repousa inclusive numa técnica especial de representação por parte do ator.

Embora adote a dramaturgia épica, Ariano Suassuna emprega tensão e catarse. Por isso recusa declaradamente o modelo anti-ilusionista e político de Brecht, conforme explica em texto de 1976 (p. 60):

> Sempre fui contra as formulações teóricas do teatro sectário de Bertold Brecht e de seus discípulos latino-americanos de existência menor. A fórmula brechtiana combate *o ilusionismo teatral* e ela destrói *a ilusão e o encantamento do teatro,* fundamentais para esta arte. (grifos do escritor)

A base épica de Suassuna não decorre de Paul Claudel ou de Bertold Brecht, mas de fonte imediata (regional) e mediata ou livresca: das formas do teatro ocidental, desde a comédia de Plauto às manifestações medievais, quinhentistas e seiscentistas, como o mistério, o milagre, a moralidade, a farsa, o auto vicentino, a comédia italiana e o auto sacramental, todas marcadas pelo cunho épico. A dramaturgia de Suassuna obedece principalmente aos moldes medievais, portanto, além de épica, entrecruza as oposições entre religioso e profano com as de sério e cômico. A medievalidade pertinente às peças do criador da *Compadecida* pode ser explicitada pelos aspectos épicos e religiosos de seu teatro.

Devido à influência da cultura nordestina e da dramaturgia medieval, o teatro de Suassuna se prende ao sagrado, além de assumir denominações anteriores às do Renascimento, como auto e farsa; adota estruturas formais das representações medievais, como mistério, milagre e moralidade, misturando-as com a da farsa; usa de recursos ideológicos do medievo, bem como categorias próprias da cultura popular daquela época, como o baixo corporal e material e a paródia. Ademais, apresenta inúmeros traços épicos, como a ausência das três unidades formais, o uso de prólogo e de epílogo, monólogo e aparte, apresentador que se dirige ao público, emprego da música e da ação trazida dos bastidores, personagens estereotipados. Mas utiliza várias categorias do teatro dramático ou aristotélico, que culminam com uma mensagem cristã.

Em conformidade com esses postulados, a regra das três unidades não é obedecida na maioria das peças, excetuando-se as que se prendem à comédia greco-latina (*O santo e a porca, O casamento suspeitoso*) e ao mamulengo (*Torturas de um coração, A pena e a lei*). Também não é vista em *O homem da vaca e o poder da Fortuna,* cuja estrutura se baseia no cordel e é híbrida, porque inclui um "romance velho" intercalado na ação e assimila passagens de bumba meu boi. Tampouco há unidades na *Farsa da boa preguiça,* pois entre o segundo e o terceiro ato passa-se um longo prazo e, para dois personagens, há deslocamento espacial.

Além disso a peça joga nitidamente com três planos, o celeste, o humano e o infernal, que se misturam ao fim, contrariando a unidade de lugar. Os mesmos três níveis ocorrem no *Auto de João da Cruz*, uma das primeiras obras do autor. Em *A pena e a lei* e *Auto da Compadecida,* o terceiro ato se passa no Céu, em flagrante desrespeito à unidade de lugar. N'*O castigo da Soberba,* a ação do prólogo narrativo se desenrola primeiro na Terra, em seguida nos umbrais do Céu, na iminência do julgamento da Alma. Em *O rico avarento,* existe a unidade de ação porque esta é exemplarmente condensada, mas não as demais. Não há tempo cronológico suficiente para explicar o aparecimento dos três pedintes e a revelação de quem são eles. Acrescente-se que a presença dos seres infernais desqualifica a unidade de lugar. Em suma, a unidade de ação é a única respeitada, mas não as demais.

A mistura de religioso e profano ocorre nas mesmas peças que não respeitam as três unidades, com as mesmas exceções. Elas mostram que trágico é o destino do homem após o pecado original, embora tal situação possa ser tratada sob o modo cômico, que não está excluído do cotidiano. Por isso, nesses textos, há uma forte temática religiosa e um julgamento final, sumário ou formalizado, com resultado maniqueísta. De todas essas considerações exclui-se *O homem da vaca...,* cuja estrutura melhor se aproxima daquela de folheto encenado do que de uma peça realmente dramática.

Por outro lado, a ausência de separação entre o religioso e o profano, associada à desobediência às unidades, resulta em obras cujos personagens pertencem a dois planos topológicos e ontológicos distintos: o dos seres humanos e o dos sobrenaturais cristãos. Estes últimos interferem no universo daqueles, anulando assim a separação entre os dois níveis e eliminando a unidade de espaço. Isso ocorre quando, num movimento ascendente, os personagens mortos são julgados pelas instâncias superiores, no plano celeste (*Auto da Compadecida, A pena e a lei, O castigo da Soberba)* ou quando os seres sobrenaturais, inversamente, se deslocam para a vida terrena. Nela se intrometem entre os humanos, de modo travestido (O *rico avarento, Farsa da boa preguiça).* No entanto, em sentido contrário, quem foi humano, como São Pedro, recebe sempre associações com a vida terrena. Elas são vistas nas referências ao canto do galo, à profissão de pescador e à fome – motivo pelo qual o santo se apropria do queijo de Joaquim Simão e não o reparte com os companheiros celestes. Em suma, na verticalização medieval e cristã há um intenso deslizar entre o alto e o baixo, o humano e o divino, acarretando a quebra da unidade de espaço, e seres celestes podem adotar atitudes profanas, num rebaixamento que pode até chegar ao cômico.

Em consonância com a verticalização, surge também um descaso pela temporalidade cronológica, perturbando a unidade de tempo. Por isso, sete dias (*O rico avarento)* ou sete horas (*Farsa da boa preguiça)* têm efeito igual para o destino último dos personagens; a Paixão de Cristo pode voltar a ocorrer (*A pena e a lei);* a ação pode-se condensar, já que a vontade divina preside tudo e é atemporal.

Desse modo, o teatro de Suassuna atende às categorias genéricas da dramaturgia épico-religiosa medieval, no sentido em que por motivo ideológico anula as unidades temporais e espaciais e funde o religioso e o profano. Outros aspectos épicos associados ao cunho religioso também se fazem presentes nas peças do autor paraibano.

Prólogo e epílogo são recursos muito utilizados por Suassuna, em associação com o apresentador formal das peças. Excetuando-se as duas que obedecem ao modelo greco-latino, as demais têm prólogo explícito, concentrado no comentador ou diluído através de dois cantadores, nos textos que seguem o modelo do folheto de cordel. *O santo e a porca* e *O casamento suspeitoso* não trazem prólogo, epílogo nem apresentador, mas terminam com reflexões moralizantes. Convém notar, contudo, que a *Aulularia* de Plauto – matriz para a primeira peça – tem um prólogo que Ariano eliminou em sua versão. A estrutura dessas duas obras difere das demais porque elas não provêm do Romanceiro.

Em compensação, n'*O castigo da Soberba* e n'*O homem da vaca...* há prólogo e epílogo narrativos distribuídos por dois cantadores, encarregados da conclusão moralizante. *O rico avarento* contém prólogo e epílogo com apresentador épico. O *Auto da Compadecida* e a *Farsa da boa preguiça* mostram prólogo em cada ato, feito pelo apresentador, que também se ocupa do epílogo. Encontram-se dois prólogos (enquadrando a apresentação dos personagens) e um epílogo, ambos feitos pelo apresentador, tanto em *Torturas de um coração* quanto em *A pena e a lei.* Nesta última, a dupla de Cheiroso e Cheirosa faz o prólogo e o epílogo de cada ato exceto no derradeiro, que se encerra com reflexão moralizante.

Monólogos e apartes não ocorrem na correlação direta de prólogo e epílogo. Há monólogo no prólogo quando é feito pelo apresentador, o que se dá na maioria das peças. Também está presente em *O santo e a porca,* mas sem nenhuma ligação com prólogo, epílogo e apresentador – aqui inexistentes – e, sim, em obediência ao modelo dos dois textos que retoma (*Aulularia, L'avare*). Pela mesma razão tem apartes, porém eles nem sempre estão indicados nas rubricas, circunstância semelhante à de outras obras, embora seja pouco encontrada.

As cenas de bastidores igualmente têm pouca frequência. Elas aparecem nas duas criações baseadas no mamulengo (*Torturas de um coração* e *A pena e a lei)* e localizam-se no início da peça, enquadradas pelos prólogos do apresentador. Têm a função de introduzir os personagens, construí-los e familiarizar o público com eles, dando a impressão de improvisos.

A música, outro elemento importante no teatro épico e no folheto, tem grande incidência no teatro de Suassuna, a tal ponto que somente *O casamento suspeitoso* deixa de apresentá-la. *O santo e a porca* e a *Compadecida* introduzem apenas uma estrofe, mas nas outras peças a música é determinante: seja pela influência do teatro de mamulengo, seja pela do folheto, citado muitas vezes na *Farsa da boa preguiça* ou usado como modelo para *O castigo da Soberba* e *O homem da vaca...*, que são obras inteiramente cantadas. Ela marca o início do ato, após o prólogo, caracteriza o personagem (Joaquim Simão e seu refrão), atua como um coro integrado à ação, comentando-a (*A pena e a lei).*

Em virtude da adoção da dramaturgia épica, no teatro de Suassuna não cabem personagens com psicologia grandemente aprofundada. Só há principalmente tipos. Veem-se ainda duas outras causas para a ocorrência: de um lado, nos folguedos e no Romanceiro os personagens são estereotipados e, de outro, a origem medieval de sua dramaturgia, ainda que captada através das fontes mediatas populares, não adota outro procedimento. Por conseguinte, é impossível tentarmos buscar em seus personagens uma problematização existencial. Em contrapartida, encontramos figuras próprias do Sertão, em consonância com o tema e o espaço das obras.

Os personagens estereotipados, portanto, não constituem um fenômeno específico do teatro popular, porque ocorrem em toda a dramaturgia medieval, bem como no conto popular e em todo tipo de narrativa oral, embora nem sempre motivados pelas mesmas causas. Os personagens de Suassuna podem ser classificados em tipos formais, regionais, sociais, puros e religiosos.

Entende-se por tipo formal aquele personagem que exerce a função expletiva e eminentemente épica de apresentador do espetáculo. Por isso, ele intervém no prólogo e no epílogo da peça ou de cada um dos seus atos, sendo marginal à trama e correspondendo ao prólogo dos folhetos. Sua intervenção não deve ser confundida com o desenrolar da ação, na qual o comentador pode-se desdobrar atuando também como personagem, como é o caso de Tirateima. Exemplos típicos do tipo formal são Manuel Flores, o Palhaço, Manuel Carpinteiro, a dupla de Cheiroso e Cheirosa, o Guia (este no *Auto de João da Cruz).* A mesma função é exercida pelo primeiro e pelo segundo cantadores em *O homem da vaca...* e *O castigo da Soberba.*

Tais figuras, por se colocarem no palco mas fora da ação, estabelecem uma ponte entre o mundo da cena e aquele da plateia, à qual se dirigem de modo cúmplice, anunciando, comentando e arrematando a ação encenada. Algumas delas revestem-se de aparência particular, como a de palhaço, camelô do céu ou dono de mamulengo, respectivamente em *Auto da Compadecida, Farsa da boa preguiça, A pena e a lei.*

Constituem tipos regionais todos aqueles personagens peculiares ao Nordeste: o retirante, os mendigos, o poeta ou cantador, o mamulengueiro, o cangaceiro. Aliás, Severino e seu companheiro condensam todos os cangaceiros da literatura popular nordestina.

Mas de todos esses tipos avulta o "amarelinho" em suas múltiplas visagens: João Grilo, Cancão, Benedito, Tirateima, com toda a bagagem de tradição cultural que representa. Ele encarna a figura do herói negativo, sublimador das classes pobres, que se desforra no plano da sátira e da zombaria. Contrapõe-se aos valores da identificação ou modelos de conduta (heróis, heroínas) e constitui um antimodelo paródico, posto que é um anti-herói. Os dois casos modulam a transição entre a literatura culta e a popular.

Observando de perto o herói negativo, Silvano Peloso (1984) o vê como a imagem do camponês disforme e sujo, mas rico de inteligência e astúcia, por isso mesmo vencedor dos ricos e poderosos. É o Pedro Malazartes, figura universal na Península Ibérica, ou o Till Eulenspiegel do folclore germânico. Personagem diabólico e picaresco, cheio de diabruras e proezas, cobre-se da simpatia popular, que o desculpa pela falta de escrúpulos e pela ausência moral de qualquer remorso. Ele forma um ciclo que influencia a literatura culta, como se vê também no Brasil com o *Malazartes* de Graça Aranha.

Herói sem derrota, solucionador de enigmas impossíveis, amoral, capaz de sair de situações dificílimas, Malazartes se serve da astúcia e das artes diabólicas para sobreviver, mas também para punir a cobiça e os desmandos alheios. Vinga-se assim dos adversários. Sua arma secreta é o cérebro, aliado à aparência de camponês esfomeado, com físico malfeito e doente. Protagonista de inúmeras histórias, tem um saber obscuro que foge aos circuitos oficiais e constitui o recurso secular de um povo que não se reconhece na cultura oficial das classes dominantes.

O Malazartes brasileiro caracteriza-se por ser um rústico com apresentação inconfundível. Aos traços típicos do "amarelinho" e das divindades infernais, juntam-se seus olhos verdes, traidores. Embora seja o mais popular, não é o único a encarnar os valores alternativos na fantasia sertaneja. Tem dignos companheiros que rivalizam em aventuras e astúcias. Sua caracterização comunga na feiura, deformidade física, inteligência superior; na vida de expedientes e na fuga do trabalho como da peste: João Leso, João Grilo e Cancão de Fogo. João Grilo, protagonista do *Auto da Compadecida,* de Suassuna, consegue enterrar um cachorro em latim e sobrevive às balas de um cangaceiro. O Cancão de Fogo dos folhetos rebela-se contra qualquer moral de resignação e submissão, levando-o à inevitável ruptura quanto aos valores da comunidade. Grandes criações literárias do Nordeste, não são completamente amorais porque possuem seu código próprio.

A fragilidade física e a cor doentia dos "amarelos" remetem ao Jeca Tatu de Monteiro Lobato, embora esse personagem não seja marcado pelas astúcias dos "quengos", cujas proezas levam a criar novos folhetos ou a aumentar o número de estrofes nos já existentes. Pedro Malazartes e João Grilo aparecem em reescritas poéticas de contos unidos por um personagem central, ao passo que as histórias de Cancão são originais criações autóctones que focalizam as vicissitudes do anti-herói e suas soluções alternativas ao sistema vigente.

Todas as variantes do personagem simbolizam o homem do Sertão com sua vida dura, como mostra João Grilo: "Se tivessem tido que aguentar o rojão de João Grilo, passando fome e comendo macambira na seca, garanto que tinham mais coragem" (AC, p. 187). Representam o homem do Nordeste, com seus provérbios, fórmulas e crenças, por sua obstinação em sobreviver a tudo e por sua incrível capacidade de adaptação, visível até na oração *in extremis.* João Grilo a atualiza para "agora *na* hora da nossa morte" (AC, p. 173).

Com base na literatura popular e nas observações de I. F. Santos, podem-se atribuir ainda ao "quengo" outras características:

1) Errância e ruptura da estrutura familiar, pois o herói está só no mundo, apesar de frequentemente vir em pares – João Grilo/Chicó, Cancão/Gaspar –, o que corresponde

a uma divisão de sua personalidade. Sua vagabundagem é uma procura permanente dos meios de sobrevivência, em condições econômicas difíceis.

2) A moralidade e cinismo, mostrados também pelos provérbios usados por Chicó, Pinhão, Gaspar, Benedito e Simão. Eles caracterizam o personagem, funcionam como instrumento do riso, devido à repetição, e exprimem a consciência crítica da *vox populi,* através das generalidades dessas formas fixas. Além do mais, por ser astucioso e inteligente, o "quengo" sempre sabe manipular os outros.

3) Sátira da justiça e das situações sociais, um dos temas principais. As categorias socioeconômicas no teatro de Suassuna são condicionadas pelo sistema moral, pois o trabalho não vale a pena, só se obtém riqueza com sorte ou através das relações pessoais com quem esteja bem colocado – o sistema do "compadrio", típico da hierarquização social do Sertão.

4) Associação ao mágico e ao demoníaco, motivo pelo qual o personagem supera sempre as mais difíceis empreitadas. Entretanto não é condenado por Suassuna, pois João Grilo tem a oportunidade de uma segunda vida. Seus atos se justificam sempre pela necessidade de sobreviver. Em suma, o "amarelinho" jamais se integra à estrutura social.

Consideram-se tipos sociais todos os personagens que se expõem através de sua representação social. Apesar de sua posição elevada na sociedade sertaneja, não desempenham os papéis de protagonistas. Enquadram-se aí todos os membros do clero regular ou secular, por sua importância na comunidade nordestina; figuras da grande e média burguesia ou latifundiários, como o padeiro e sua mulher, o major Antônio

Morais, o empresário Aderaldo Catacão, a intelectual Clarabela, o comerciante Euricão, o fazendeiro Eudoro, o juiz Nunes, a viúva rica Dona Guida e seu herdeiro Geraldo, o motorista Pedro – que não pertence à classe dominante mas goza de certa importância no Sertão. Todos se configuram, de certo modo, como os patrões dos criados ardilosos. Os três impostores de *O casamento suspeitoso* – Lúcia, Suzana, Roberto – situam-se socialmente entre ambos os níveis, mas são tipos urbanos.

Na galeria de personagens estereotipados de Ariano Suassuna, podem ainda ser apontados outros que se classificam como tipos puros. Eles se caracterizam por superlativizar um determinado traço de comportamento: o valentão (Cabo Setenta, Vicentão, Cabo Rosinha), o conquistador (Afonso Gostoso), a mulher fatal (Marieta), a esposa, fiel ou namoradeira (Nevinha, Clarabela), a ingênua, jovem ou de idade (Margarida, Benona), o apaixonado (Dodó), o mentiroso (Chicó). Aliás, o último é um personagem típico dos contos populares. Suas mentiras remetem à dimensão mágica do conto maravilhoso e se associam aos inúmeros folhetos sobre animais encantados, como *O boi Espácio, A vaca do Burel, O boi Liso.* Os mais conhecidos são *O boi misterioso,* de João Martins Athayde, e a *História do boi mandingueiro e o cavalo misterioso,* de Luiz da Costa Pinheiro. As outras mentiras de Chicó apontam ainda para a inversão do episódio bíblico de Jonas no ventre da baleia, quando o sertanejo é pescado pelo pirarucu.

São tipos religiosos todos os personagens sobrenaturais da religião católica, cuja presença se associa à alegoria. Trata-se dos seres celestes ou infernais, que povoam o universo teatral de Suassuna em consonância com o catolicismo e com a visão de mundo do Sertão (demônios, anjos, santos, Cristo, a Virgem, a Alma).

Esses herdeiros do universo medieval apresentam-se hierarquizados na concepção popular, que lhes atribui funções e atitudes características. Por exemplo, o Diabo, sempre grotesco, é o Encourado vestido como vaqueiro. Recorre à magia para amedrontar os outros (*Farsa da boa preguiça*). João Grilo o define como uma mistura de "promotor, sacristão, cachorro e soldado de polícia" (AC, p. 150). O inferno é identificado por caldeirões e poços, ao passo que o purgatório oferece "trezentos anos de tapa e mais cinquenta de beliscão, queimaduras e puxavantes" (FBP, p. 176). Os demônios raramente aparecem sozinhos e costumam se mostrar em forma semianimalizada de cão e bode. Não olham de frente os representantes do Bem (*Auto da Compadecida*), nem pronunciam seus nomes (*Farsa da boa preguiça*).

Outra característica dos entes sobrenaturais é que os maléficos interferem no cotidiano dos personagens o tempo todo, ao passo que os benéficos só acorrem quando invocados, permanecendo em geral à espreita. São contudo capazes de propiciar circunstâncias favoráveis, como a doação da cabra ao pobre. O enfrentamento entre Deus e o Diabo, tão frequente na literatura popular e nos julgamentos de Suassuna, termina sempre maniqueisticamente pela vitória do Bem.

Os personagens religiosos de Suassuna remetem à alegoria, construção predominante na Baixa Idade Média, como exemplificam o *Roman de la Rose* e a obra de Dante. Está muito ligada a determinadas obras, como as moralidades, mas não exclusivamente. Umberto Eco (1969) afirma que tal teoria se tornou familiar graças ao famoso florentino, mas finca suas raízes em São Paulo e foi desenvolvida a ponto de constituir o eixo da poética medieval.

Ela indicava as leituras possíveis segundo os cânones oficiais de então, sempre dentro das regras de univocidade necessária e preestabelecida. O significado das figuras alegóricas e dos emblemas que o medieval encontrava em suas leituras foi fixado pelas enciclopédias, bestiários e lapidários da época; a simbólica é objetiva e institucional.

Segundo essa linha de raciocínio, a alegoria, de acordo com Ismail Xavier (1985), é a configuração particular sensível capaz de representar um conceito universal. Tende, pois, ao convencional, à aplicação de um código imposto às operações do artista por uma tradição. Ela aparece buscando apagar diferenças, em duas dimensões básicas. No eixo da temporalidade, tenta transpor uma distância entre passado e presente, entre a autoridade e a legitimidade. No do conflito das culturas, reinterpreta a tradição do Outro, instrumento de dominação e hegemonia pelo qual a Igreja católica transforma o arsenal mitológico pagão, absorvendo outras tradições, ao se colocar de maneira totalizante como verdade revelada para a humanidade.

Assim é que, para sobrepor-se ao pensamento clássico da Baixa Antiguidade, o cristianismo desestrutura a linguagem literária e as construções latinas, só logrando criar um modelo forte no mundo germânico, menos organizado formalmente, conforme assinala Auerbach ao longo de seu livro *Mimesis*. Por isso, o primeiro gênero literário a se sobressair na Idade Média é a canção de gesta, originada daquele estrato, pois no interior da Germânia não ocorreu esse choque cultural, visto que aí jamais predominou a cultura antiga tardia.

Por esse motivo, Ismail Xavier considera que a alegoria, na perspectiva cristã, é um movimento que caminha do fragmento para a completude, tecendo a história na medida em que se olha para a experiência humana no tempo como um desenrolar do plano divino, o homem vivendo um drama cósmico de culpa e redenção. Ela opera a demonização da imagem pagã pelo cristianismo e lê o Antigo Testamento de modo a entender cada evento notável como prefiguração do cristianismo e da Igreja, no intuito de ligar, no plano do divino, o presente e o passado.

A visão da realidade expressa a partir de obras cristãs da tardia Antiguidade e da Idade Média é totalmente diferente da do realismo moderno, porque é muito difícil formular a peculiaridade do modo de ver cristão daquele período. Auerbach encontra a solução interpretando a história da significação da palavra *figura* e por isso chama *figural* a visão de realidade daqueles dois momentos sucessivos. Segundo tal enfoque, um acontecimento terreno significa, com prejuízo de sua força real e concreta aqui e agora, não somente a si próprio mas também a um outro, que refere prenunciadora ou confirmativamente. O nexo entre ambos não é visto preponderantemente como desenvolvimento temporal ou causal, mas como unidade dentro do plano divino, cujos membros e reflexos são todas as ocorrências. A sua mútua e imediata conexão terrena é de menor importância e o conhecimento da mesma é, por vezes, totalmente irrelevante para sua interpretação. A concepção de todo o acontecer terreno como sublime imagem figural mistura os estilos e não se limita quanto ao objeto ou à expressão, de espírito e origem cristãos.

Partindo desses pressupostos, pode-se ler todo o teatro medieval e a religiosidade das peças de Suassuna. Em todo caso, considera-se que o seu uso de alegoria se deve muito mais à herança dos autos vicentinos e da própria religião rural dos sertanejos, que estratificou os personagens religiosos e adota-os como uma das maneiras de exprimir sua visão de mundo binária. Nesse autor encontram-se não propriamente alegorias mas personagens alegóricos, presentes nas obras consideradas como moralidades e nas que delas derivam.

Trata-se de personagens arquetípicos da sociedade cristã medieval, representantes maniqueístas da luta entre o Bem e o Mal, através de seres celestiais e infernais. São Miguel, São Pedro, Jesus e a Virgem, o Diabo e a Alma, d'*O castigo da*

Soberba, se resumem, no *Auto da Compadecida,* a Demônio e Encourado versus Manuel e Compadecida. N'*O rico avarento,* Cego, Mendigo e Mendiga são disfarces dos três diabos conhecidos por Canito, Cão Coxo e Cão Ciúme. Na *Farsa da boa preguiça* eles se transformam nos demônios Andreza – a Cancachorra –, Fedegoso – o Cão Coxo –, e Quebrapedra – o Cão Caolho –, contrastando homologamente com personagens divinos como Manuel Carpinteiro (Jesus), Miguel Arcanjo (São Miguel) e Simão Pedro (São Pedro).

O conflito entre o Bem o Mal, nessas peças, se resolve através de três planos de representação: o terreno, o celeste e o infernal, obviamente mais desenvolvidos nas obras longas do que nos entremezes. Os personagens congelados e as flutuações de planos decorreriam da herança medieval estratificada na região.

A alegoria é um interessantíssimo elemento da dramaturgia medieval que também se presentifica de certa maneira na obra do artista paraibano. Por isso seu teatro, além de épico, mostra-se visivelmente moral e religioso. Uma de suas características, para I. F. Santos, é ilustrar as virtudes cardeais. A esperança está representada em *A pena e a lei,* cujo terceiro ato aliás se intitula "Auto da virtude da Esperança"; a misericórdia, no *Auto da Compadecida;* a caridade n'*O rico avarento.* Em todas as peças nota-se a fé num Deus bom e indulgente, e na *Farsa da boa preguiça* constata-se a confiança no homem.

Os pecados capitais são emblemas, geralmente citados no título: preguiça e luxúria na *Farsa da boa preguiça,* orgulho n'*O castigo da Soberba,* avareza n'*O rico avarento,* luxúria e inveja n'*O casamento suspeitoso.* A mentira é um mal menor, generalizado em *O casamento suspeitoso, Auto da Compadecida* e *A pena e a lei.* Só a gula não é pecado, num mundo em que a fome está próxima e familiar. Aliás, a busca pelo alimento é uma tônica em *fabliaux* e farsas medievais, circunstância compatível com o universo dos seres desprovidos de prestígio e poder.

A temática religiosa, no autor paraibano, abraça os mesmos recursos ideológicos da dramaturgia medieval. Isso implica, basicamente, maniqueísmo e tom moralizante, aspectos mais intensos nas obras classificadas como moralidades, embora estejam presentes em todas.

No afã de assimilar e sobrepor-se à cultura pagã, junto ao esforço para ascender à posição de Primeiro Estado no mundo feudal, a Igreja católica teve de coibir inúmeros focos de manifestação contrária à sua hegemonia e ao poder centralizado e universalista do Papado. Nesse sentido, aproveitando da cultura da Antiguidade greco-latina a bipartição topológica entre deuses superiores e deuses inferiores, atribuiu aos primeiros a localização elevada – celeste – e as qualidades de espiritualidade e bondade; aos segundos a localização baixa – infernal –, entregando-lhes os atributos do Mal e da possível materialização, que receberam em parte por causa da demonização operada sobre as divindades pagãs assimiladas pelo cristianismo medieval.

Com essa posição binária, impôs seu comando e a observância de suas normas, sob pena de confinar o infiel às agruras eternas. Reforçando tal ideologia, apoiava-se no desprezo à vida terrestre e aos bens materiais, para privilegiar a ascese e a valorização do espiritual. Sob tal enfoque, a verdadeira vida só começa depois da morte, na bem-aventurança do pleno gozo espiritual. Esses pressupostos são visíveis em toda a arte medieval, na sua preocupação em educar e orientar, e se traduzem através da eterna luta entre o Bem e o Mal, a Virtude e o Vício, sem nenhuma alternativa intermediária.

Circunstâncias históricas intensificam a realização desse projeto, como as Cruzadas e as guerras de religião, no medievo, e, no Renascimento, a Contrarreforma e o Concílio de Trento. Na Península Ibérica, as consequências são conhecidas: a expulsão de mouros e judeus, o crepitar da Inquisição. Essa visão de mundo acintosamente binária transpõe-se para as Américas, tentando eliminar o choque cultural pela lei do mais forte ou pela catequese jesuítica.

Assim, junto com a memória dos que emigraram da Europa, veio o maniqueísmo religioso, que permaneceu na cultura popular do Nordeste, aí adquirindo o caráter festivo da religião rural, como assinala Maria Isaura P. de Queiroz. Em consonância com tal universo, a dramaturgia de Suassuna mantém personagens celestes e infernais, sublinhando indiretamente o caminho para a companhia dos primeiros e recomendando o esquivamento aos segundos, conforme a ideologia dos folhetos esposada pelo autor. O texto em que melhor se percebe o combate entre as milícias celestes e as demoníacas é a *Farsa da boa preguiça,* na qual os dois campos opositores porfiam em arrebanhar as almas dos seres humanos. No entanto, esse embate está presente em todos os outros, embora menos abertamente explicitado na trama dos textos.

Independentemente da classificação das peças de Suassuna, percebe-se em todo o seu teatro um reflexo do maniqueísmo através do tom moralizante presente ao término de cada uma, à guisa de conclusão. Esse tom se encarrega de universalizar a situação antes particular, além de trazer o enquadramento religioso.

A obra menos maniqueísta de Ariano, *O homem da vaca e o poder da Fortuna,* termina com reflexões morais: "Um dia, vem luz pro mundo,/ e a luz do mundo é Jesus" (SPV, p. 58). Manuel Flores, de *Torturas de um coração,* não deixa de chamar a atenção do respeitável público para as agruras da vida humana, com "seu confuso e triste coração" (SPV, p. 94). Apesar e além do mistério da Paixão, *A pena e a lei* não deixa de ter uma conclusão moralizante do próprio Cheiroso, com palavras do cantador Inocêncio Bico Doce: "Ah, mundo doido, esse mundo/ cujo mistério sem fundo/ só Deus pode decifrar" (PL, p. 205). Até mesmo João Grilo admite, à sua maneira, uma reflexão no mesmo sentido, quando acata o cumprimento da promessa de Chicó, o que significa entregar todo o dinheiro obtido e voltar à pobreza (AC).

As peças de Suassuna classificadas como ligadas ao modelo greco-latino também não estão isentas daquele preceito. Por isso, em *O santo e a porca,* o escritor acrescenta ao desfecho o monólogo em que Euricão demonstra toda a sua perplexidade.

Em *O casamento suspeitoso,* Geraldo se dirige ao público reforçando a intenção da obra: "Espectadores, o autor é um moralista incorrigível e gostaria de acentuar a moralidade dessa peça" (CSU, p. 144). A sequência do epílogo mostra um *mea culpa* dos personagens, cônscios de seus erros. Por conseguinte, as últimas palavras do texto indicam um desfecho moral pontuado pela citação literal da oração: "Que o Cordeiro de Deus, que tira o pecado do mundo, tenha misericórdia de nós" (CSU, p. 145).

De passagem, observa-se uma curiosa contaminação: *O casamento suspeitoso,* que adota um remanejamento do modelo da comédia greco-latina, conclui-se com reflexão moral e oração; o *Auto da Compadecida,* mais próximo do milagre, termina pedindo o aplauso do público, absolutamente de acordo com o *plaudite* de Plauto, um dos mais antigos adeptos daquele tipo de comédia.

A dramaturgia épico-religiosa de Ariano Suassuna, como se acaba de observar, tem características acentuadas de medievalidade. Elas decorrem da adoção do teatro épico, em vez do dramático ou aristotélico, e de postulados inerentes à escolha feita, como o binarismo na visão do mundo e o tipo de personagens, entre outras questões. A empatia com o arcaísmo da região e do espaço sociocultural em que se movem seus personagens leva o dramaturgo a tal coerência, mas não é o único motivo da medievalidade. Por força do mesmo arcaísmo, os próprios temas dos folhetos em que o artista se ancora pertencem ao circuito medieval, como se poderá constatar a partir da análise das fontes que propiciam ao autor a sua criação literária.

Na ideologia veiculada pela obra de Suassuna, avultam a religiosidade, a moral tradicional e o enfoque crítico-grotesco do sertanejo sobre sua sociedade, consoante a visão dos folhetos de cordel. Pelo fato de estribar-se em fontes populares, o artista assimila à sua própria ideologia aquela presente em sua matéria-prima, revestindo-a de sua cultura letrada e de seu ponto de vista cristão do mundo.

A religião que transparece nas peças de Suassuna é a popular, aproximando-se portanto do catolicismo rural. Nela sobressai a religiosidade do povo, consubstanciada nas orações frequentes, em sentido literal ou parodiadas; na proximidade com os santos sempre invocados, a quem se atribui características da vivência humana que tiveram na Terra; na concepção de Nossa Senhora como mediadora e misericordiosa, a Compadecida dos homens; no respeito a Cristo, representante de Deus e, como tal, juiz derradeiro, que no entanto se curva aos pedidos de Maria – embora Ele possa se apresentar "bronzeado"; no terror ao Diabo e seus acólitos, que se intrometem na vida dos seres humanos para tentá-los. Para isso travestem-se, ou sofrem adaptações locais, como os trajes de vaqueiro do Demônio, conhecido por Encourado. A familiaridade para com o divino e consequentemente com os seres da religião leva a intimidades, como a atribuição de nomes pelos quais são designados regionalmente.

A visão de mundo permeada pelas obras de Suassuna mostra o binarismo maniqueísta e a obediência às autoridades, como a polícia, que espanca, e o valentão (ambos, no entanto, covardes), e os rituais, como o enterro em latim (ainda que do cachorro), a cerimônia do casamento (apesar do travestimento dos oficiantes), o testemunho do Padre para inocentar um acusado (embora o sacerdote seja surdo e engane-se nas datas), a contrição na hora da morte, para evitar que os demônios carreguem fisicamente o pecador para um inferno materializado em fogo e caldeirões de piche. Sob tal ponto de vista, a moral é tradicional. Exige o decoro por parte das mulheres (às vezes excessivo, como em Benona), a fidelidade no casamento (afirmada em Nevinha, recusada em Clarabela), o acatamento exacerbado à honra pessoal. Por isso recusa as inovações trazidas da cidade (*Farsa da boa preguiça).*

A sociedade dos textos de Suassuna ancora-se na realidade rural nordestina, fazendo desfilar ao lado de tipos populares outras vítimas da região, como o cangaceiro, o retirante, o beato, o cantador. Os personagens são submetidos a uma autoridade mais alta, a de Deus, do senhor da terra ou do patrão, do pai, do marido. Suassuna tematiza prioritariamente a situação daqueles que se encontram em posição inferior na ordem social; por isso seus protagonistas, de maneira geral, não se identificam com aqueles que detêm posições de mando. Até mesmo personagens que exercem o comando no âmbito doméstico e familiar são contestados, como o marido medroso e submisso (*Auto da Compadecida*).

O sertanejo de Suassuna luta contra a adversidade, que pode se concretizar no patrão explorador, no cangaceiro assaltante e assassino, na polícia prepotente, na miséria e na fome. Seguindo a ideologia dos folhetos de cordel, seus textos focalizam a sociedade do ponto de vista dos desprotegidos. Por isso as autoridades se revestem de um caráter distante e negativo: tanto o juiz quanto os representantes da Igreja são corrompíveis porque privilegiam os interesses econômicos, como se vê no *Auto da Compadecida* e n'*O casamento suspeitoso;* o comerciante rico em *O santo e a porca* diz-se paupérrimo; o ricaço Aderaldo Catacão quer seduzir a esposa alheia; o pai de família Eudoro deseja impor sua vontade ao filho Dodó. Apesar da importância que têm os padres no Sertão, nem eles escapam ao desnudamento, pois Padre Antônio, de *A pena e a lei,* é velho e surdo. Por essas razões, somente pela burla e pela astúcia o sertanejo logra atingir seus objetivos.

A ordem social vigente no Sertão não é a desejável. Esta poderia se realizar através do messianismo – que é objeto da prosa de ficção de Suassuna e escapa ao *corpus* em estudo –, ou pela obediência aos preceitos da religião, que asseguram uma pós-vida de bem-aventurança – presente na moral final das peças. Em nível da realidade concreta, no entanto, uma leitura possível para se descobrir a sociedade desejada seria indicada a partir das informações detectadas na própria ótica dos textos de Suassuna: bastaria, para tanto, corrigir o espelho deformante que produz as situações que o sertanejo rejeita pela sátira.

O texto cultural no qual se insere a sociedade revelada pela obra literária de Suassuna é criticado parodicamente pelo exagero cômico de suas peças e demonstrado pela necessidade de que o protagonista seja sempre ardiloso para não fracassar em seus intentos. Ao proceder à inversão carnavalesca, o artista sublinha pelo grotesco e denuncia as situações indesejáveis e discutíveis que poderiam ser reformuladas, sem no entanto repudiar a religiosidade e a moral vigentes.

3

SOCIEDADE E CULTURA DO NORDESTE

Preliminares: a cultura europeia à época dos descobrimentos

É importante recolher alguns aspectos da cultura europeia na passagem da Idade Média para o Renascimento, porque vários deles se transmitem às Américas. Moldam tanto a sociedade quanto a cultura e transparecem na produção literária, não só do Nordeste mas também, em especial, na de Suassuna. Uma das maneiras de entender aquele universo situa-se a partir de algumas dicotomias, como as de cultura oficial versus popular; escrito versus oral; mundo rural versus urbano; outra, na análise da circulação dos temas literários.

No espaço das dicotomias

Nos inícios da Europa moderna, existiram duas tradições culturais: a grande e a pequena. Não correspondiam simetricamente à elite e ao povo comum, pois o primeiro grupo participava de ambas, ao contrário do último. A grande tradição era transmitida de modo formal e fechado, nas escolas e universidades. Por isso era exclusiva dos que frequentavam tais instituições. Em contrapartida, a pequena tradição era propagada informalmente, na igreja, na praça e no mercado, estando aberta a todos. Para a maioria, a cultura popular era a única e exprimia-se através do dialeto regional, ao passo que a minoria constituída pela elite conhecia o escrito e o oral, bem como o latim, ao lado de alguma forma literária do vernáculo além do dialeto local. Peter Burke (1989) considera que somente para a elite as duas tradições tinham funções psicológicas diferentes: a grande era séria, a pequena era diversão. É escusado assinalar que a simplificação tem aqui propósitos meramente operacionais e que o chamado povo comum engloba categorias tanto diferenciadas quanto contrastantes.

Para a abordagem da dicotomia existente entre a cultura oficial, letrada, formal ou de elite versus cultura popular, oral e informal, a contribuição pioneira se deve a Mikhail Bakhtine (1970), que trouxe uma luz particularmente nova à questão. Na linha do estudioso russo desenvolveu-se uma reflexão que alarga suas pesquisas, não só quanto à análise das relações textuais como também aos vínculos culturais entre periferia e centro, problema candente para as terras recém-descobertas.

O lúcido estudioso parte dos contrastes entre a cultura oficial e a popular. A primeira é aquela da Igreja e do Estado, portanto das altas camadas sociais. É o mundo estático e impessoal da hierarquia social com todas as suas barreiras, marcando o cotidiano pelo aspecto sério, pois o riso, além de condenado, não tem o direito de ser teorizado, como se vê em *O nome da rosa*, de Umberto Eco. Está inteiramente banido das comemorações das classes dominantes. Nelas celebra-se o triunfo das verdades eternas, das definições imutáveis e definitivas, próprias da rígida concepção da filosofia do Estado feudal. Nas solenidades e mesmo fora delas, cada ator social ocupa o lugar e a função que lhe são previamente destinados, de acordo com a posição que ocupa na escala social. Ressalta-se assim a ausência de mobilidade do Estado feudal e, por conseguinte, estatui-se a força do estático, da permanência e da autoridade.

Em contrapartida a cânones tão rígidos e estanques, situa-se a cultura popular. Nela tudo contrasta com os primados dos grupos hegemônicos: a mobilidade, o riso. Ela é, por isso, extremamente rica, porque se prende à fluidez e a critérios específicos. Exprime-se por uma linguagem própria, que Bakhtine identifica à da feira e da praça pública. Todavia, circunscreve sua expressão a momentos permitidos, espalhados ao longo do ano, que perfazem um total de cerca de noventa dias: as festas de carnaval, nome genérico que engloba várias outras denominações particulares. Elas se opõem à rigidez da sociedade feudal, atuando como válvula de escape. Nelas se extravasa o riso da cultura popular, perfilado através desse momento de igualdade, pois o carnaval é uma forma de espetáculo sincrética e ritual, um fenômeno cultural.

Ele constitui uma espécie de segunda vida – a da praça pública – que instaura um novo modo de relações humanas, porque mistura todos os participantes, sem distinguir atores e espectadores, liberando-os das imposições e hierarquias da vida ordinária. O carnaval cria uma suspensão da temporalidade habitual e configura um momento de marginalidade total, de fuga ao cotidiano. Permite assim uma nítida inversão da rotina da vida diária, com a qual contrasta tanto quanto em relação aos ritos oficiais onde domina a formalização.

Ao estudar o fenômeno que denomina *carnavalização,* Bakhtine aponta alguns traços marcantes: a ruptura do cotidiano, a eliminação de barreiras sociais e convencionais de qualquer ordem, a inversão total de valores geradora de permissividade, o primado do riso liberador. Daí a necessidade de máscaras e trajes diversos dos do dia a dia. Na inversão carnavalesca, não só as roupas podem ser vestidas pelo avesso, como chapéus e sapatos intercambiam suas posições, aparecendo como disfarces do eu social, próprios de uma situação extraordinária.

Nesses momentos de desrepressão, a periferia torna-se centro: o riso e a cultura popular assumem a tônica e o comando. Pela carnavalização esgarçam-se as barreiras e as diferenças, todos os integrantes da sociedade participam em comunhão, com inteira e igual liberdade de ação, fugindo aos ditames oficiais. Ninguém ali está para ver ou ser visto, porque não há tal distinção, uma vez que o carnaval não configura um espetáculo, mas antes uma vivência, uma maneira de estar no mundo, na qual a ausência de fixidez engendra todas as possibilidades de ação.

Com razão, Bakhtine constata que a tradição popular do riso duplica o lado sério da vida. Sob esse ângulo, o escárnio é paródico e se aproxima do sentido etimológico de paródia como canto paralelo. Mas Bakhtine aplica o conceito a um texto cultural. Assim, ultrapassa a definição de paródia como recurso retórico-estilístico de retomada crítica de um texto colimada pela obtenção de um efeito de rebaixamento cômico. Desse ponto de vista, a paródia se associaria ao fenômeno mais amplo da carnavalização. Daí o travestimento paródico, que inverte e anula os trajes da temporalidade ordinária.

Ao deter-se na análise dos textos literários, o pensador russo adota a mesma linha de raciocínio e valoriza o dialogismo e a polifonia. Entende que são as vias de expressão das diferentes vozes e ideologias existentes numa sociedade, mostradas pelo discurso específico de cada um dos personagens, na medida em que cada um representa um ponto de vista particular indissociável de uma linguagem peculiar, que é a da sua posição social e da sua visão de mundo. As conclusões de Bakhtine abrem caminhos muito férteis para a abordagem dos fenômenos culturais – como a carnavalização – e para o estudo das relações intertextuais.

Voltando, porém, à tradição popular do riso que reduplica o lado sério da vida, Bakhtine assinala que ela corresponde a um rito e existe desde a Antiguidade, sendo tão rica e variada tanto na Grécia quanto em Roma. Os romanos incorporavam às celebrações oficiais a possibilidade do riso ritual, quer pelas saturnais, quer pelos apupos aos generais vitoriosos, ou ainda as cenas de derrisão nos funerais. Nas saturnais, o bufão duplicava o rei e o escravo, o senhor. Por ocasião das grandes vitórias militares, os soldados denegriam ritualmente o general vencedor. Nos funerais, ao pranto ritual correspondiam as cenas histriônicas, também rituais. Todas as formas de cultura e de literatura tinham seu duplo cômico na Antiguidade. A própria trilogia trágica do teatro grego era seguida de um drama satírico, que retomava o mesmo tema sob o modo bufonesco. Nas representações romanas, peças burlescas como as atelanas e os mimos sucediam a apresentação das tragédias. Criavam-se gêneros literários específicos, marcados pelo hibridismo e pela carnavalização, como a *Sátira Menipeia*.

Essa tradição permanece viva em toda a Idade Média. O riso e o cômico têm direitos quase plenos, sempre concebidos no estreito limite das festas e até mesmo das recreações conventuais. Assim, o clero admite a festa dos loucos e a do burro, celebradas dentro do templo, bem como o riso pascoal e o natalino. Nas escolas monásticas, parodiavam-se as obras piedosas estudadas ao longo do ano, bem como as gramáticas e os textos litúrgicos. Desses, alguns dos mais difundidos foram a *Ceia de Cipriano,* obra latina do abade de Fulda que carnavaliza as Sagradas Escrituras, e o *Vergilio Maro grammaticus,* tratado paródico sobre a gramática latina. Ao conjunto das paródias sacras não escapam orações, epístolas, decisões de concílios, sentenças do Evangelho, testamentos.

Existem paródias em latim, em vernáculo e outras deliberadamente híbridas do ponto de vista linguístico. Entre elas situa-se a *Carmina Burana,* poema cujo texto latino, calcado nas línguas vulgares, alterna-se com elas. Evidencia-se em todos os casos a duplicação cômica. Tal paralelismo não poupa nenhum gênero literário. Assim, canções de gesta e romances de cavalaria são carnavalizados num Rolando cômico ou na narrativa paródica *Aucassin et Nicolette;* as cantigas líricas se recobrem de obscenidades; mistérios são invadidos pelo profano, com as diabruras, as sotias, os sermões burlescos.

A dramaturgia medieval é perpassada pelo carnaval e pela paródia, porque duplica o ofício da missa que lhe deu origem. Isso mostra que nada fica imune à soberania da paródia e do carnaval. Restrito aos momentos permitidos, o teatro litúrgico medieval se apresenta nos períodos das grandes festas cristãs, a Páscoa e o Natal. Nas dramatizações profanas, o mesmo ocorre. Até mesmo no circo o palhaço reduplica, sob o modo risível, os números difíceis dos acrobatas; no espetáculo de feira, o saltimbanco imita, sob modo grotesco, tipos da vida corrente.

Todo o teatro épico medieval, conforme definido por Auerbach, pode ser considerado como perpassado pela carnavalização se for entendido nos moldes bakhtinianos, pois, ao desconhecer os rígidos preceitos do teatro dramático ou aristotélico, contrapõe-se a ele, porquanto assim anula todas as barreiras e, por conseguinte, liga-se ao carnaval. Tudo faz crer que essa ruptura seja um traço bem marcante em sociedades orais, pois também se encontra em outros textos medievais, pertencentes ou não à literatura oficial. Por isso o narrador se dirige ao público em obras como a *Canção de Rolando,* a *Melusina* de Jean d'Arras, em inúmeros *fabliaux,* no *Decamerone* e, contemporaneamente, na literatura de cordel nordestina, que, além de se ater à oralidade, guarda muitos traços medievalizantes.

Lembra Walter Benjamin (1975) que o narrador desse mundo oral se dirige ao público e nele encontra tanta ressonância porque, num certo sentido, se faz o porta-voz de uma experiência coletiva a ser transmitida, muitas vezes ao longo de serões ou de atividades de grupo. Para o pensador alemão, a arte de contar desapareceu no mundo moderno paralelamente à perda da capacidade de trocar experiências. Submerge no mundo da produção e reprodução em massa, daí resultando o que poderia denominar narrador ensimesmado, que se ocupa apenas de suas vivências particulares e individualizadas, em contraste com a do camponês sedentário e a do marinheiro comerciante, fornecedores de temas para inúmeras histórias associadas à esfera coletiva.

Retomando as reflexões sobre o mundo da cultura popular, vê-se que ele se exprime na feira e na praça pública, com todos os jargões, blasfêmias e grosserias da linguagem familiar. Ele cria um universo próprio, paródico e carnavalizado. Seu paradigma, apontado por Ernst Curtius (1979), é o mundo às avessas, que valida todos os travestimentos e inversões – de roupas, palavras, atitudes, como a do Juiz da Beira vicentino. Nele se dá voz ao grotesco e ao obsceno, ao que Bakhtine chama de baixo corporal e material, sinônimo de vida e de fecundidade, em contraposição à ascese da cultura oficial.

Aquelas características da cultura popular transbordam das formas fechadas do "belo" corpo, se extravasam por todos os orifícios e protuberâncias por onde ele se comunica com o exterior. Por isso, todas as deformações e deformidades são adequadas, bem como todos os produtos materiais ejetados ou ingeridos pela comida, bebida, digestão, vida sexual etc. Exalta-se assim o grande corpo coletivo, unificado pela ambiguidade dos dois polos – vida e morte –, formando um ciclo em que esta não é definitiva, porque renasce com um novo ser, como as colheitas e os brotos novos. O princípio material e corporal se apresenta sob o aspecto universal e utópico da festa e da carnavalização, através do realismo grotesco que rebaixa, isto é, transfere o elevado, espiritual, ideal e abstrato para o plano material e corporal da terra e do corpo indissoluvelmente unidos.

Depreende-se então uma topografia específica, de alto e baixo, na verticalização medieval. Ao alto incumbem o céu, a cabeça, a ascese, a ideologia oficial, ao passo que o baixo é o domínio da terra, com o princípio da absorção (túmulo, ventre) aliado ao do nascimento e da ressurreição. O rebaixamento cômico faz a comunicação da vida com a parte inferior do corpo, ou seja, a satisfação das necessidades naturais. É ambivalente e regenerador, pois precipita para a morte e para um novo nascimento, recomeço permanente, donde fertilidade, profusão, superabundância. Por isso o riso popular é um riso de festa, universal e ambivalente, uma celebração do corpo, pois enterra e ressuscita coletivamente ao mesmo tempo. Por esse motivo também é sensorial, além de grotesco e coprológico.

A cultura popular é portanto paródica, porque reduplica a oficial por meio do riso carnavalizado e do realismo grotesco. Sua vitalidade na Idade Média é total. Ela se atesta ainda no Renascimento, não só na praça pública como também nas grandes obras do período, como as de Rabelais, Shakespeare e Cervantes, todas perpassadas por ela. Posteriormente, profundas modificações na estrutura das sociedades europeias enquadram o riso e reduzem seu espaço aos salões, destituindo-o de seu caráter ricamente regenerador. Isto se dá com o fim do Estado feudal, a organização das relações sociais em moldes pré-capitalistas e as reformas protestante e católica. Elas objetam contra os vestígios do antigo paganismo tanto quanto contra a licenciosidade das festas.

A interpretação de Bakhtine parece ser a teoria mais fértil e mais completa sobre o riso e, por via de consequência, sobre o cômico. Ao compreendê-lo como fenômeno vital e total do ser humano, remete à antropologia; ao apontar o rebaixamento como uma de suas molas mestras, orienta para os diferentes enfoques sobre o cômico, colocado sempre como subalterno em relação ao mundo sério. Enfatizando as necessidades materiais do corpo, desnuda os mitos das benesses de além-túmulo, pregadas pela ideologia oficial. O olhar bakhtiniano sobre o carnaval e a carnavalização mostra, como um rito de liberação, o fenômeno do riso festivo popular, até então pouco considerado e que percorre toda a sociedade medieval.

A falta de honorabilidade do riso e do cômico, associados ao popular, transparece na teorização sobre o fenômeno. Aristóteles coloca os seres da comédia como inferiores aos da comunidade. Na sua esteira, Northrop Frye, em *Anatomia da crítica,* denomina modo imitativo baixo aquele que coloca o herói/protagonista como não superior aos outros homens e seu meio. Henri Bergson, em *O riso,* denuncia a rigidez como uma falta de adaptação (certamente aos cânones da repressão vigente); Sigmund Freud, ao tratar do chiste, insinua um momento de descompressão, de liberação do recalcado, e neste ponto aproxima-se bastante da visão de mundo carnavalizada.

Estudos sobre gêneros sérios, como a epopeia e a tragédia, são sempre mais numerosos e percucientes do que aqueles sobre o cômico, eterno menosprezado. Tal oposição, contudo, não existe no drama da Idade Média, nem no teatro de Suassuna.

As considerações sobre a cultura popular e suas características induzem a uma aparente digressão pertinente. Isto se deve a alguns fenômenos que lhe são próprios e, em especial, o tipo de personagem peculiar àquele universo. Esse motivo leva-nos às sociedades etnológicas, anteriores à divisão social em classes.

Seu estudo revela ocorrências com o *potlach*, o *trickster* e o *clown*, próximas do carnaval e da cultura popular medieval e renascentista, que de certo modo podem ainda ser ou conter resíduos daquelas. Mostra ainda o caráter sagrado e, portanto, a enorme importância dos materiais ejetados pelo corpo, indispensáveis em muitos casos à preparação de rituais mágicos protetores. É interessante notar que os mesmos objetos consumidos materialmente nas sociedades antropológicas reaparecem sob forma verbal de linguagem de feira e de praça pública (na Idade Média e no Renascimento), exprimindo o baixo corporal e material (unhas, pelos, saliva, menstruo, sêmen).

O *potlach* dos povos primitivos da América do Norte, cerimônia da abundância material que ritualiza o desperdício, faz pensar no atendimento às necessidades de ingestão de alimento. Isto é tanto mais indispensável quando se sabe que o carnaval realiza pelo inverso aquilo que no cotidiano não existe: a saciedade, mormente para a enorme maioria que constituía as camadas sem privilégio na Idade Média e no Renascimento. A desejada fartura alimentar, que na Europa se presentifica no imaginário País da Cocanha, se transporta para o País de São Saruê, cordel nordestino sobre um reino da abundância, em que o vinho flui pelos rios e as árvores produzem frutos maduros, presuntos prontos e frangos já assados. Já o *trickster* e o *clown* pertencem a todas as zonas etnográficas e têm papéis complementares, pois o *trickster* realiza no mito aquilo que o *clown* executa no rito: são seres na contramão, personagens escatológicos. Por conseguinte, podem se associar à carnavalização e ao tópico do mundo às avessas.

O *trickster* é um ser sagrado e violador de tabu, o que explica seus poderes mágicos e o caráter ambivalente de benfeitor e mal-intencionado ao mesmo tempo. Transgressor individual da lei, seu gesto traz no entanto benefícios para toda a comunidade. Bufão e herói, torna-se vítima dos próprios ardis. Seu mito exprime a dimensão insurreccional da sociedade equalitária primitiva, velada na sociedade tribal e aberta na de classes. Sua insurreição utópica mostra-o como o protótipo do grande antagonista, o espertalhão imbatível das histórias populares e o anti-herói por excelência, fato que o vincula também à carnavalização e à paródia.

Já o *clown,* em contrapartida, tem sempre um comportamento dissonante: durante o rito, ele anda na direção contrária à dos demais participantes; ri quando os outros choram e vice-versa; veste-se também de maneira divergente, nu no inverno, coberto de peles e tiritando de frio no verão. Pelo contraste de atitudes, ele reduplica os parceiros parodiando-os pelo avesso, por isto leva ao riso, que não é entretanto sua função primeira. Em certa medida, sua atitude mostra o *mécanique plaqué sur le vivant,* fórmula famosa de Bergson em seu conhecido estudo sobre o riso.

Tanto o *trickster* quanto o *clown* atuam estereotipadamente, tal como os tipos da cultura popular e os personagens do teatro cômico. Isso se vê ainda através dos títulos das obras, pois os da comédia podem-se resumir a um adjetivo substantivado (ex.: *O avarento),* ao passo que os da tragédia indicam sempre um indivíduo único e de exceção (ex.: *Édipo rei).*

Estas ilações, provenientes da reflexão sobre o contraste entre a cultura oficial e a cultura popular, se tornam mais complexas se se levarem em conta outras dicotomias, como a que existe entre o escrito e o oral.

De certa maneira a escrita se associa ao mundo oficial, pois, *grosso modo*, era praticada pelas altas camadas e sobretudo pelo clero, que detinha o monopólio do saber. No entanto, a partir da Plena Idade Média, e sobretudo no período seguinte, esse monopólio começa a ser rompido por causa das necessidades criadas com o avanço da burguesia, que precisava da leitura e da escrita para o comércio. Assim, aos poucos vão se multiplicando escolas e universidades, embora ainda predomine a informação oral.

Nesse sentido, abre-se a delicada questão das relações entre a cultura das classes dominantes e a das dominadas, que Carlo Ginzburg levanta ao analisar o processo de um moleiro condenado à Inquisição, no século XVI, ao longo da obra *O queijo e os vermes*.

O pesquisador italiano se indaga até que ponto a cultura das classes populares é subalterna à das dominantes e em que medida expressa conteúdos ainda que parcialmente alternativos. Sobretudo, ele questiona a circularidade entre aqueles dois níveis, visto que a primeira, geralmente oral, só pode ser percebida através de fontes escritas, duplamente indiretas: enquanto escritas – e, portanto, pertencentes a outro código – e porque escritas por indivíduos ligados à cultura dominante. Por isso, as ideias, crenças e esperanças dos camponeses e artesãos do passado só nos chegam através de filtros intermediários e deformantes, como a censura dos agelastas medievais. Embora a questão não seja diretamente abordada, ela permanece implícita na obra de Suassuna, que opera com a transposição do universo popular para outro tipo de ambientação.

A partir do caso específico analisado, Ginzburg constata, no século do quinhentos, um choque explosivo entre a página escrita e a tradição oral. Esta era transmitida de uma geração a outra e revelava um estado profundo, insólito e quase incompreensível, que para vir à tona precisou da Reforma (de que o moleiro *toma a palavra)* e da imprensa (a partir da qual ele dispõe de *palavras* para expressar o que Ginzburg considera uma obscura e inarticulada visão de mundo, através de frases originalmente anódinas arrancadas aos livros lidos).

Assim, surgem elementos populares imprecisos, entrelaçados com ideias claras e consequentes, num período em que a contestação do social passa pelo religioso. Percebe-se, então, que o conceito de cultura formal como privilégio sofreu um rude golpe com a invenção da imprensa, já que o monopólio das autoridades sobre a mente podia facilmente ser rompido através da aquisição de conhecimento junto aos livreiros. Desse modo, a transmissão do saber passa a dispensar a mediação de um mestre controlador e torna-se anônima, intercalada apenas por um objeto material reproduzido e comercializado em grande quantidade.

O declínio da cultura oral se esboça em fins do século XIII para se tornar definitivo no século XV, indicando a decadência da joglaria palaciana em prol do livro. Por isso, paulatinamente o jogral como agente cultural perde as funções de criador ou divulgador de narrativas e poemas, mas conserva outras menos prestigiosas, como as habilidades musicais e circenses, segundo arbitra António José Saraiva (1950, 1955, 1962) a propósito da análise da cultura portuguesa.

Aliás, no final da Idade Média, muitos cegos se fazem cantores ambulantes, saltimbancos e jograis, recitam orações mostrando devoção exagerada, tornam-se bufões ligados ao espetáculo através de entremezes cômicos, transformam-se em marginais da sociedade. O mesmo preconceito revelado quanto aos jograis se abate sobre os cegos, por sua vida associada às tabernas, à malandragem e aos pequenos expedientes pouco honestos. Por sinal, a figura do cego astucioso e execrável aparece num importante episódio do *Lazarillo de Tormes,* obra anônima espanhola do final do século XVI, em que o personagem que dá título à obra faz-se guiar por um jovem a quem causa toda a sorte de transtornos.

Mas enquanto os jograis restringem a sua atividade à população iletrada, na Corte e em torno dela desenvolve-se o hábito da leitura e da produção do livro manuscrito. Desse modo, as oposições oral/escrito e popular/palaciano se superpõem e se reforçam no século XV, com a intensificação de códigos feitos para a Corte. A produção do livro escrito reflete esse meio e o dos letrados oriundos das universidades. Observa-se assim uma diferenciação entre a alta cultura, aristocrática ou erudita, e a baixa ou popular. Ela já vinha do século XV, pelo menos em Portugal, pois na Corte disseminam-se predominantemente costumes livrescos, enquanto que o espaço popular continua a ser prioritariamente oral. Tal literatura permanece fiel à tradição, porque renova lentamente seus temas e formas, já que seus meios de divulgação são mais primitivos. Torna-se então arcaica em relação à produção escrita, não havendo sincronismos entre elas.

No século XVI, existia um amplo público popular, incluindo analfabetos, o que acentua o papel da literatura oral. O livro, apesar de instrumento dos letrados das classes dominantes, não deixou inteiramente de se divulgar por via oral. Havia a leitura em voz alta em grupos, a representação de peças dramáticas por equipes de teatro popular conforme a tradição medieval, as histórias rimadas que se aprendiam a cantar e cujos textos os cegos vendiam nas ruas – os folhetos de cordel, veiculadores de histórias tradicionais.

Nessa fase de grande diferenciação entre as culturas popular e palaciana, quando o livro ainda é raro e caro, ocorre o apogeu dos folhetos de cordel como forma da literatura popular. Representam o intermediário efêmero e barato entre o escrito e o oral, na medida em que imprimem textos que guardam as marcas até mesmo verbais da tradição a que pertencem. Os folhetos, presos a cordéis, são vendidos a baixo preço na rua, ao público popular, que tinha seus escritores próprios, fornecedores da sua literatura, como Baltazar Dias, o famoso cego de feira português. No dizer de Saraiva (1955), tais cegos são ainda epígonos da velha jogralia que se adaptam às novas condições criadas pela invenção da imprensa, passando a negociar o texto impresso dos romances e cantigas que eles próprios cantavam ou recitavam. Esses autores mal emergem do ambiente vulgar que os estimulava e, vigiados pela censura inquisitorial, resumem-se a conservar arcaicamente formas tradicionais do auto religioso, o espírito da novela cavaleiresca e da sátira medieval.

No aspecto geral, a Europa quinhentista mantém as oposições entre cultura oficial e popular, escrito e oral, ao passo que cada região se comporta particularmente de um modo específico, indicando defasagens e heterogêneos momentos. Assim, a cultura popular é extremamente rica na França e muito mais pobre e arcaica em Portugal. Já na Itália, confluência geográfica entre o mundo romano e o eslavo, em localidades excêntricas mantiveram-se ritos e mitos residuais antiquíssimos, como o dos *benandanti,* observado por Carlo Ginzburg (1979). Aliás, seria possível generalizar a afirmação segundo a qual, quanto mais afastadas do centro cultural e político hegemônico, mais arcaicas e tradicionais serão a sociedade e sua cultura.

Outra dicotomia a ser considerada quanto ao período em pauta, que no entanto o extrapola, refere-se à oposição entre a cidade e o campo. A primeira implica um dinamismo próprio das modificações sociais e do intercâmbio de ideias, ao passo que o mundo rural, por seu isolamento, tende a ser mais lento nas transformações, guardando por isto mesmo práticas mais conformes às tradições antigas.

A circulação de temas

Paralelamente à dinâmica das festas de carnaval, no contexto abordado há outras modalidades pelas quais as informações culturais circulam. Elas podem ser observadas em dois planos, horizontal e vertical, levando em conta que a oralidade, as traduções/adaptações e a ausência de propriedade autoral sobre os textos estão estreitamente relacionadas a essa difusão.

No primeiro âmbito, apesar dos evidentes e inúmeros casos de isolamento, apontam-se situações de deslocamento geográfico muito comuns na Europa medieval: as peregrinações e as romarias, que aglutinavam pessoas de todas as procedências e categorias sociais, como se vê nos *Canterbury Tales,* de Chaucer; os casamentos entre nobres, que se faziam acompanhar de numeroso séquito e muitas vezes introduziam modismos novos aonde aqueles chegavam e se instalavam; as grandes feiras sazonais de comércio, por ocasião das quais ocorriam festas e espetáculos populares, também atraíam clientes variados; a transferência de religiosos igualmente colaborava para veicular notícias, ainda que mais reduzidamente e sob a égide unificadora do Papado.

Dentre todos esses grupos, avulta o dos jograis que, antes da decadência da classe, constitui uma das mais importantes instituições medievais e propaga o ponto de vista profano. Seu papel apresenta-se sob três aspectos: como intermediários entre a cultura escrita e a massa de analfabetos; como viajantes, o que permite contato entre várias regiões culturais, gerando um vasto fundo comum de temas e formas; como agentes da opinião pública, pois apreendem um repertório já feito, ao mesmo tempo em que são divulgadores e criadores cosmopolitas e semieruditos. Existem jograis internacionais e também locais. Todos veiculam igualmente histórias de atualidade e temas próprios de uma região. Por seu intermédio se constitui um vasto repertório internacional que reúne as diversas culturas locais da Europa num patrimônio comum. Tal acervo de certo modo foi legado ao cantador nordestino, seu descendente, que congrega muitas dessas funções.

No plano vertical, a carnavalização permite a passagem entre a alta e a baixa cultura. No entanto, sabe-se também que os temas podem flutuar a partir do cordel, pois estes artistas apresentavam não só histórias tradicionais como obras vicentinas transpostas às suas técnicas *(D. Duardos, Maria Parda).* Ao mesmo tempo, o teatrólogo português menciona textos de cordel na *Comédia de Rubena.* Gil Vicente permite ainda outros exemplos da circularidade de temas: na primeira parte de *Frágua de amor,* o Peregrino acha-se num castelo cercado por figuras alegóricas cristãs, em nítida consonância com uma situação do *Roman de la Rose;* a tragicomédia *Amadis de Gaula* é calcada no homônimo romance de cavalaria; a azarada pastora Mofina Mendes faz planos de enriquecer com a venda do azeite, descura da realidade e tudo perde, situação também anteriormente mencionada por Guillemette na *Farce de Maistre Pathelin,* do século XV, e que reaparece no século XVII em "La laitière et le pot au lait" de La Fontaine. Menéndez-Pidal garante que romances e *romancero viejo* da Península Ibérica foram transmitidos às Américas pela literatura de cordel.

Cabe lembrar ainda de Boccaccio, que, já no século XIV, incorporava ao *Decamerone* vertentes de variada procedência, incluindo a árabe das *Mil e uma noites.* Essa última obra oferece ainda um excelente exemplo de circularidade de temas na bacia do Mediterrâneo: um dos episódios da terceira viagem de Simbad, o marujo, correspondente à LXXVª noite, mostra-o numa ilha, às voltas com um gigante de um olho só, que o náufrago vem a cegar para poder escapar. Não se pode deixar de relacionar tal aventura com a de Polifemo, na *Odisseia,* que talvez a tenha inspirado.

Assim, os temas circulam entre a alta e a baixa cultura, entre o oral e o escrito, entre diferentes regiões geográficas, mormente, no que concerne ao mundo latino, as margens do Mediterrâneo. Transitam ainda através da paródia aos textos da literatura representativa do mundo oficial e dentro da própria cultura oral/popular. Por isso há tanta coincidência entre os temas dos *fabliaux* e das farsas, para se ater apenas a exemplos de produção literária popular embora pertencendo a gêneros literários diversos.

Transposições relevantes

Com a ocupação do Brasil, Portugal transpõe para a nova terra o sistema sociopolítico que adotava à época dos descobrimentos, bem como seus padrões culturais. Tais características vão forjar a sociedade brasileira dos primeiros tempos e, devido a circunstâncias particulares, mantêm-se no Nordeste. Entre os traços da cultura portuguesa que se estenderam ao Brasil incluem-se como mais típicos o cosmopolitismo e o arcaísmo, como aponta António José Saraiva em sua *História da cultura em Portugal.*

O cosmopolitismo lusitano, impregnado da influência da França, que era o polo cultural hegemônico na Europa medieval, foi adquirido, entre outras maneiras, através de casamentos entre nobres, peregrinações, romarias, ordens religiosas e atividades jogralescas. Alia-se a essa influência a dos mouros peninsulares, introdutores de elementos culturais e científicos mais avançados que os da Europa, e a dos judeus, grandes tradutores e intermediários entre Ocidente e Oriente, mormente na Espanha. Elementos franceses e mouros do cosmopolitismo metropolitano luso são visíveis na literatura popular do Nordeste ainda hoje, como se verá mais adiante.

Na colônia americana o cosmopolitismo se acentua, pois injunções históricas e políticas diferentes fizeram nela aportar espanhóis, franceses e holandeses, sem esquecer dos missionários e dos pregadores de diversas nacionalidades, para se restringir apenas ao âmbito da contribuição europeia. Esta, por sua vez, ademais de deparar-se com o elemento ameríndio, introduz o africano, que também por seu turno englobava pronunciadas diferenças no tocante a etnias e culturas. O resultado final engendrou um sincretismo extremamente rico.

Já o arcaísmo da sociedade portuguesa, segundo Saraiva, deriva, por um lado, da falta de centro gravitacional próprio, por causa da dependência para com a Espanha e, de outro, decorre do pronunciado quadro bélico motivado pela conquista e formação do seu território, em defasagem acentuada com relação aos países de além-Pireneus. Em tal contexto, o cristianismo tem um papel forte e político, ao atuar como foco arregimentador da resistência e luta pela identidade nacional na pugna contra os mouros. Assim, manifestações de sentimento religioso se popularizam, no século XV, através das representações dos mistérios, da Paixão de Cristo e de outras modalidades teatrais vinculadas à religião e associadas ao ciclo natalino, como os autos pastoris.

No Brasil, o arcaísmo reforçou-se com a manutenção de um *status quo* já ultrapassado na Europa: o próprio patrimonialismo, a propriedade senhorial com milícia própria, a prevalência da religião marcada pela rigidez da Contrarreforma. Todas essas categorias se articulam e se realizam mais plenamente no engenho canavieiro. Aos três estados da sociedade medieval correspondem quatro bases na colônia: a política – o feudalismo/patrimonialismo; a territorial – o engenho e seu mundo; a militar – a milícia senhorial; a ideológica – a religião.

O espaço geográfico aqui privilegiado é o Nordeste. Não o do polígono das secas e sim aquele compreendido pelos atuais estados de Paraíba, Pernambuco e Alagoas, já que neles se fixam as duas civilizações que por ora interessam, porque fornecem elementos para as obras de Ariano Suassuna. Consubstanciam-se na civilização do açúcar (situada no litoral e realizada com mão de obra escrava) e na do couro (localizada no Sertão, colonizado a partir do século XVIII, por famílias do litoral; nele se estabelece o sistema de compadrio e mais tarde o coronelismo, no século XIX). À beira-mar encontra-se a fértil Zona da Mata, com latifúndios açucareiros, contrastando com a aridez do Sertão das grandes fazendas de gado. Entre as duas regiões situa-se o Agreste, com microclima específico e onde se nota a presença de inúmeras pequenas propriedades.

A sociedade nordestina

O modelo lusitano, do qual o complexo sociocultural nordestino é caudatário, se baseia num feudalismo atípico, que para historiadores como Raymundo Faoro (1977) e Fernando Uricochea (1978) melhor configuraria o patrimonialismo. Ele não seria no Brasil uma expressão legal, mas uma tendência social de cunho medievalizante, com caracteres peculiares brotados da organização política e territorial das capitanias. O patrimonialismo brasileiro, aplicado à obra colonial, resultou em certos aspectos de identificação entre o mundo medieval europeu e o americano, configurado na grande propriedade dispersa, comandada por um senhor plenipotenciário em seus domínios, embora retendo laços de submissão à Coroa.

A estrutura assim implantada cria um sistema cultural próprio, porque possui características estáveis, que se prolongam bastante intactas até metade do século XIX, mantendo a forma e o perfil geral: o latifúndio, a monocultura, a estreita dependência econômica e cultural em relação à metrópole, a família patriarcal, o afidalgamento dos grandes proprietários e dos dirigentes, o desprezo pelo trabalho manual, a escravidão, um rígido esquema social cujos polos extremos deixam pouco espaço para os homens livres sem posses, o isolamento das grandes propriedades e sua relativa autonomia interna, a quase nula circulação de moeda no interior daquelas terras visto que a sua produção se orientava para o mercado ultramarino, a escassez de comunidades urbanas.

A melhor expressão do latifúndio monocultor na primeira região a prosperar é o engenho de açúcar. Nele a terra serviu para o enobrecimento, como já afiançava o padre Antonil em seu tratado do século XVIII, *Cultura e opulência do Brasil por suas drogas e minas.*

A base do latifúndio, semelhante à da Europa medieval, se consubstancia na fazenda e no engenho, as células da sociedade colonial. Constituem o que Uricochea denomina "instituições totais", isto é, entidades econômicas e estabelecimentos sociais com grau marcante de isolamento e autonomia, no que se aproximam do feudo. Assim, o latifúndio é o local do empreendimento econômico e do governo local, com organização militar para se defender dos ataques silvícolas. Compreende-se então por que o território autossuficiente e sua base escrava são o único foco de vida e organização sociais nos Sertões durante todo o período colonial.

Além dos escravos, as propriedades incluíam homens livres. Com seus próprios parentes, eles estabeleciam diversos níveis de solidariedade patriarcal, numa hierarquia de ligações de família no sentido amplo, e de agregados, bem como de posições socioeconômicas. Esse tipo de vinculação pode remeter às relações entre suserano e vassalo, de evidente arcaísmo na época. Daí resulta o complexo de clã, cujo chefe vai ser associado ao "coronel" da Guarda Nacional, tropa de apoio criada pelo regente padre Feijó, em 18/8/1831, e que sobreviveu até a República. No entanto, para Uricochea, a configuração brasileira aproxima-se também do conceito de tribo-associação política de famílias, contendo uma base territorial e difundida através de laços de sangue.

Vem reforçar esse ponto de vista a instituição do compadrio entre senhores e sitiantes, que permite uma aparente quebra das barreiras sociais, ocultando a dominação sob um fundamento de equivalência e de troca de serviços. Assim, Maria Sylvia de Carvalho Franco (1983) considera que a cordialidade advinda da assistência econômica prestada se torna o correlato da dependência à filiação política do fazendeiro.

Alguns outros traços assemelham a sociedade canavieira nordestina ao contexto medieval europeu: o isolamento da população que cresceu mantendo-se espalhada; a cosmopolita miscigenação racial dos primeiros colonos provenientes do Sul arabizado de Portugal, aos quais se juntaram os elementos ameríndios bem como os africanos de múltiplas origens; a milícia dos latifundiários, equivalente à própria do senhor feudal; o domínio da religião – ainda que de maneira muito peculiar.

A milícia senhorial é criada a partir dos choques entre famílias, pela posse de terras e questão de fronteiras no Sertão, desde o final da guerra contra os índios, no início da colonização. A isso se associam mais tarde as noções de governo e de oposição. De acordo com Ronald Daus (1982), no conflito há três blocos: o alto comando, composto pelos membros do clã; os combatentes, arrolados entre os empregados de fazendeiros e seus amigos arrendatários – que recebem postos secundários de mando; e os capangas, mercenários recrutados para a atividade bélica.

Há, pois, uma interdependência entre fazendeiros e capangas. Quando a influência dos últimos aumenta muito, eles se tornam muito independentes – são os cangaceiros, que, desde 1850, fazem parte integrante da sociedade sertaneja. Sua ameaça à posição exclusiva dos donos de terras faz convocar a polícia, que vem de fora. O apogeu dos bandoleiros foi o início da desintegração da sociedade sertaneja, coincidindo com o período de anomia apontado por Maria Isaura Pereira de Queiroz (1978): a passagem do Império à República, do ciclo do açúcar ao do café, do predomínio do Nordeste para o do Sudeste, da escravidão para o trabalho livre. O cangaço constitui, portanto, uma tentativa de transformação social de dentro para fora; outra repousa na atitude dos fanáticos religiosos, presente nos episódios de Pedra Bonita e de Canudos.

A ideologia particular desse ambiente postula um ideal típico de sociedade patriarcal importado da Europa. Dentro desse pressuposto, o chefe de família é responsável por todos os parentes, podendo deles dispor livremente, protegido pelo código de honra do Sertão no tocante às ofensas contra sua autoridade.

Na controvertida busca de novos caminhos, cangaceiros e fanáticos correm o risco de remontar a formas de convívio já ultrapassadas, para emprestar-lhes uma nova significação. Eles contestam a sociedade esgarçando seus limites até a loucura. Desse modo, são parte da sociedade, mas também ficam fora de seu quadro normal. Daí a ambiguidade de sentimentos em relação ao cangaceiro, venerado e amaldiçoado ao mesmo tempo.

Considerando-se a importância da Igreja na Europa à época dos descobrimentos, tudo leva a crer que ela tenha permanecido igualmente impositiva no novo território. Por isso, a principal exigência para a aquisição de sesmarias no Brasil era que o colono professasse o catolicismo. A sombra matriarcal de seus preceitos, de acordo com Gilberto Freyre, em *Casa grande e senzala,* se projetava então muito mais dominadora e poderosa sobre a vida íntima dos fiéis do que hoje. Não obstante, seu poder não se comparava com o dos senhores de engenho dos séculos XVI e XVII, desde o início os grandes e terríveis rivais dos jesuítas, que trouxeram a Igreja católica para a colônia.

Nesse sentido, o próprio sistema jesuítico é da máxima importância, porque é quem forja o catolicismo rural, impregnado do mesmo clima religioso e místico dos portugueses do século XVI. A influência da ordem inaciana revela-se em múltiplos aspectos: nas modalidades de culto da população rural, no messianismo, nas festas populares associadas aos grandes ciclos da cristandade. Essas práticas são ainda hoje correntes na zona canavieira e no Sertão nordestino, mas também são notadas em outras regiões isoladas de colonização antiga, como as áreas em que se desenvolveu o ciclo da mineração, no século XVIII.

Estudando o fenômeno da religiosidade popular, Maria Isaura Pereira de Queiroz (1978) lembra a existência de dois tipos de catolicismo: o urbano, ortodoxo, manifestado pela frequência à igreja, e o rural, resultado de acomodações provocadas pela ausência de padres, gerando um catolicismo independente da Igreja.

No interior, a religião assume o papel de reavivar e reforçar laços sociais, sancionando o modelo do compadrio nas relações de vizinhança. Portanto, a religião rústica é utilizada para justificar e reafirmar vínculos sociais profanos, já que ela atua como veículo de reorganização social e fator de coesão grupal para restabelecer inter-relações abaladas. E é *sui generis,* na medida em que apresenta caráter de festa, em contraste com o catolicismo dogmático, moral e puritano do litoral. Dentro desse espírito de carnavalização, enquadram-se também as danças dramáticas folclóricas, ligadas em geral à liturgia do Natal e à dos santos do mês de junho.

Desse modo, mesmo na ausência dos padres, o ritual é sempre cumprido, embora por oficiantes não consagrados que assumem a função de "sacristão", como nas "excelências" ("incelenças") e "benditos" rezados nos velórios. Dentre as acomodações, avulta o sucesso de beatos, penitentes, santos, líderes religiosos leigos tidos como representantes de Deus, que operam verdadeiras revivescências ético-religiosas no meio rústico. Não raro, tais manifestações culturais descambam para o fanatismo, misticismo ou messianismo, por força do isolamento das populações rurais, do analfabetismo, da ignorância e da instabilidade emocional do mestiço.

Tais fenômenos de crença eclodem, sobretudo no final do século XIX, associados às crises que trazem decadência ao sistema canavieiro, com usinas substituindo engenhos que se tornam fornecedores de cana, no quadro anômico apontado por M. I. P. de Queiroz. Daí resulta a emigração maciça ou o fanatismo, pois a religião é a única possibilidade de consciência nos casos de população marcada pelo atraso cultural, isolamento e analfabetismo, numa região de monopólio de terra, com monocultura voltada para o mercado externo, sumária divisão de classes e desigual divisão da terra – herança evidente das capitanias, sesmarias e escravidão.

Assim, para Rui Facó, em seu estudo sobre Canudos (1963), no latifúndio reside a causa dos surtos de messianismo e de cangaço como modalidades mais ou menos conscientes de revolta. O primeiro configura um modo passivo de luta, ao passo que o segundo é ativo. Nessa circunstância, o aspecto religioso aparece como metáfora do social, como também ocorreu na Europa quinhentista, pois ambos os grupos são vítimas da organização social injusta e anunciam um espírito inconformado. Se se levar em conta que aqueles dois movimentos ainda se submetem à coincidência temporal e espacial, será possível atribuir ao cangaço algumas das categorias empregadas por M. I. P. de Queiroz (1976) na justificação do messianismo: a fase de anomia, o surgimento de um líder carismático num grupo com espírito de clã e a mitologia não mais do catolicismo rústico, em que os valores religiosos dominam a existência, mas do bandido de honra, que se empenha em fazer justiça e criar uma espécie de equilíbrio social num mundo invertido – enquanto a justiça dos proprietários não apagar o movimento em sangue.

Assim fica evidenciado de que modo a sociedade canavieira nordestina, primeiro foco próspero de colonização no Brasil, manteve traços peculiares da sociedade portuguesa, tais como o feudalismo/patrimonialismo, o arcaísmo, o cosmopolitismo, apesar das transposições. Por isso mesmo, a região guardou características medievais, reforçadas pelo isolamento quanto ao resto do país em que se manteve durante séculos, associado à estabilidade do sistema instaurado, permitindo reelaboração das matrizes herdadas, donde o uso de paródia e de carnavalização.

Isso se deu com adaptações locais tais como entre feudo, latifúndio e engenho, exército senhorial e milícia de capangas/cangaceiros, predomínio da Igreja ainda que sob a modalidade de catolicismo rural, revolta social expressa através do religioso e de uma visão de mundo maniqueísta. A força política, econômica e social dos latifúndios em grande parte se apoia em ideologia de cunho medievalizante. Ela impõe às camadas populares a submissão ao *status quo* e a rejeição do corpo e da vida terrena, com a promessa de promover e valorizar, na outra vida, aqueles que nesta padeceram e se humilharam.

Ante as pressões sociais de difícil superação, abre-se assim uma porta às crenças messiânicas de realização, para os oprimidos, de um mundo às avessas, pleno de bonanças, onde o "Sertão vai virar mar e o mar virar Sertão". Aí se enquadra o sebastianismo de origem portuguesa, atestado nas ocorrências de Pedra Bonita e de Canudos como, literariamente, desde Antônio Vieira (na carta ao bispo do Japão *Esperanças de Portugal, quinto império do mundo* e nos textos *História do futuro* e *Clavis prophetarum*) a José Lins do Rego (*Pedra Bonita* e *Cangaceiros*) e Ariano Suassuna (*A Pedra do Reino, O rei degolado*).

A respeito da durabilidade e da estabilidade do sistema nordestino, vale lembrar que ele só começou a ser atingido de fato após o advento de Getúlio Vargas, a partir da década de 1930, graças à modernização nas práticas do governo central. Desse modo, a utilização do exército nacional como instrumento de combate às lutas locais de senhores e cangaceiros, bem como a preocupação em abrir as primeiras estradas de rodagem, propiciando um início de integração do país como um todo, tiveram várias consequências. Entre elas assinalam-se a erradicação do fenômeno do cangaço, exemplificada com o extermínio do bando de Lampião, e o atenuamento das pressões internas ao universo nordestino. Isto se deve ao desmantelamento do sistema do coronelismo e à intensa migração para as grandes metrópoles do Sudeste do país, motivada em parte como fuga às inclemências climáticas e em parte pela não resolução satisfatória das condições sociais regionais, mormente a questão da terra.

É oportuno apontar que vários pesquisadores assinalam a durabilidade, a estabilidade e o isolamento do contexto nordestino como os fatores responsáveis para o *facies* próprio adquirido pela cultura local, que transparece tanto na literatura erudita quanto na popular. Mas, antes de prosseguir a reflexão, cumpre esclarecer a questão da carnavalização e da paródia no contexto brasileiro.

Embora Bakhtine considere que, devido a profundas modificações sociais, o fenômeno da carnavalização desapareça paulatinamente na Europa após intensa existência na Idade Média e no Renascimento, isso não ocorre na América. O crítico uruguaio Emir Rodríguez Monegal justifica não só a permanência como o reforço dessa atitude, porque o choque produzido pela violenta imposição de culturas díspares, como a do colonizador e a dos povos autóctones, aliado à importação de uma outra bem diversa, como a dos negros africanos, leva a formas de carnavalização recíprocas, motivadas pelo conflito de culturas heterogêneas. Assim, de um lado dá-se a inversão dos modelos europeus, de outro o processo de carnavalização não cessa, porque há um permanente intercâmbio entre os modelos culturais gerados por escritores e artistas cultos. A literatura assim surgida tem um caráter paródico, visto que precisa reelaborar suas matrizes europeias. Acrescenta ainda o eminente estudioso, em texto de 1980, que

> no conceito de carnaval, a América Latina encontrou um instrumento útil para alcançar a integração cultural que está no futuro, [...] como paródia de um texto cultural que, em si mesmo, já continha a semente de suas próprias metamorfoses (p. 13).

Ao proceder desse modo, Rodríguez Monegal estende o conceito de carnavalização às Américas e dilata o de paródia, ampliando-o ao sentido de texto cultural, tal como já pressupunha Bakhtine. Assim, a polifonia e o dialogismo do estudioso russo ganham maior amplitude, e a oposição entre a cultura oficial e a popular se transfere ao embate entre as culturas autóctones e as importadas. Sobre o mesmo tema, que tem ampla bibliografia, Selma Calasans Rodrigues desenvolve a proposta já contida nos trabalhos de Rodríguez Monegal a respeito da América Latina, ao estudar em especial o romance de Gabriel García Márquez, *Cem anos de solidão,* que apresenta idêntica problemática.

Aplicando-se a concepções mencionadas ao âmbito da cultura nordestina, é possível verificar o topos da inversão nas expectativas messiânicas. Nota-se ainda a ocorrência do intercâmbio entre modelos culturais na própria obra de Suassuna, que transpõe narrativas de cunho popular para o gênero dramático e traz encenações originalmente feitas ao ar livre para prédios fechados e ambientes mais intelectualizados.

À luz dos conceitos que apoiam a presente análise, caberia distinguir entre literatura paródica e paródia como recurso retórico-estilístico. De acordo com a posição de Rodríguez Monegal, é paródica a literatura que reduplica um modelo, modificando-o. Em tal caso ele considera assim a literatura latino-americana porque, ao tomar os esquemas europeus, ela não os segue à risca, mas carnavaliza-os por força das adaptações necessárias exigidas pelo entrecruzamento de culturas díspares em solo não europeu. Uma das operações envolvidas na alteração desse molde é o recurso retórico-estilístico da paródia que, segundo o enfoque bakhtiniano, duplica criticamente um texto rebaixando-o de maneira cômica por um movimento de inversão.

Cabe lembrar, porém, o conceito primitivo de paródia como canto paralelo. Atendo-se a ele, percebe-se que essa modalidade de transformação textual se caracteriza, em primeiro lugar, pela duplicação de um modelo, sem necessariamente se exprimir pelo cômico ou pela degradação. Esta proposta é desenvolvida no trabalho de Selma Calasans Rodrigues (1985), já referido.

A produção de Ariano Suassuna enquadra-se como paródica nas duas acepções do termo. No sentido de canto paralelo, pode ser lida como uma obra erudita em contraponto à cultura popular que a estimula. Mas Suassuna realiza também um movimento inverso ao cânone europeu, já que neste a cultura popular deforma a oficial, ao passo que para o autor paraibano o canto paralelo é a sua criação erudita baseada nos modelos populares. Ele não os rebaixa nem os avilta. Ao invés, transpõe-nos aos parâmetros da alta cultura.

O texto de Suassuna não degrada ou caricatura aqueles que lhe servem de fonte e com os quais dialoga. Porém, o simples fato de tê-los escolhido e de os ter retirado do seu âmbito periférico de cultura popular para inseri-los no espaço central da literatura citadina, burguesa, escrita e universitária, já configura uma visão crítica sobre eles e um movimento de inversão carnavalesca. Seu teatro repousa, portanto, conscientemente na tradição da literatura popular oral do Nordeste, fato que o autor explicita em artigos, entrevistas e advertências ao leitor, constantes em suas publicações e entrevistas, visto que a reelaboração da matéria popular é emblemática para o projeto armorial.

Ao retomar os textos da tradição popular, Suassuna empreende operações intertextuais, nas quais predomina a citação de folhetos narrativos de cordel transpostos para o gênero dramático. Por serem suas peças aqui estudadas majoritariamente cômicas, um dos procedimentos adotados para a obtenção desse efeito é a paródia no sentido de canto paralelo com rebaixamento cômico, tal como focalizada por Bakhtine. Verifica-se aqui outro tipo de ocorrência de paródia. No caso, ela incide sobre os discursos religioso, jurídico e médico-científico, consubstanciados em cerimônias de casamento religioso e civil, em ritual de enterro e testamento, em diagnósticos médicos e atestados de óbito. Notam-se, ainda, a paródia à erudição e a carnavalização de vários aspectos de *O grande teatro do mundo*, de Calderón, que se encontra no *Auto da Compadecida*, na *Farsa da boa preguiça* e em *A pena e a lei*, como se verá ao longo da presente análise.

Os casamentos paródicos ocorrem exclusivamente na peça *O casamento suspeitoso*, tanto no ato civil quanto no religioso. Em ambos, o oficiante está travestido. Para ministrar o sacramento num rito muito particular, o da "Igreja de São Francisco", Cancão se veste de frade, põe barbas postiças e, de passagem, aproveita para se vingar de uma surra mal recebida que levara do falso padrinho.

No matrimônio civil da mesma peça, a paródia ao discurso jurídico se acentua em especial pelos jocosos comentários paralelos do falso juiz à leitura dos documentos oficiais. Manuel Gaspar enverga uma toga e tem o rosto inteiramente coberto de gaze e esparadrapo, fazendo-se passar pelo verdadeiro juiz suplente.

A paródia ao discurso médico-científico ocorre em várias peças e incide sobre a indicação das doenças dos personagens, à guisa de diagnóstico, na análise das causas das mortes e nas explicações dadas em caráter de atestado de óbito (*O rico avarento, Farsa da boa preguiça, A pena e a lei*).

Classificam-se como doenças, nas duas primeiras, a "macaxeira na canela", a "sibilica do macarrão preto", o "estopô-badoque", o estouro do "alferes-queirós", o "infausto do leocádio", a "biloura" ou a "biloura de desgosto", a "brancainha". É escusado lembrar o efeito cômico suscitado pela estranheza dessas palavras do diagnóstico popular satírico e grotesco, no qual a ortodoxia é preservada, malgrado a inversão, porque o personagem Tirateima, que advoga pela pancada em *Torturas de um coração*, é aprovado pelo "Laboratório Bromatológico de Chapuletada" e pode recorrer ao "Hospital Bromatológico de Chapuletada dos Bêbados".

A utilização desse recurso retórico-estilístico, que provoca o riso, não se esgota nessas peças. Nesse sentido, *A pena e a lei* traz o maior número de incidências de paródia ao discurso médico-científico. Trata-se de explicações sobre a morte de cada personagem, numa espécie de atestado de óbito popular. Em completa dessacralização, todas têm causas cômicas indispensáveis para encobrir o banal e o inevitável, pois Vicentão, Benedito, Pedro, Marieta e Joaquim falecem respectivamente "de desgosto", "de raiva", por "castigo", por "edema de caminhão", "de besta", até mesmo "de fome" – "Que morte mais besta! Que morte sem imaginação!" (PL. p. 187), conforme um dos personagens. É interessante notar que a última *causa mortis* é rejeitada justamente por não se descolar da realidade cotidiana.

A descrição técnica dos motivos dos passamentos envolve explicações as mais fantasiosas. Elas aliam o vocabulário científico ao corriqueiro, as crenças médicas populares e, principalmente, os movimentos internos do corpo em sua preparação para o desenlace. Percursos inusitados indicam as atividades dos órgãos e líquidos corporais, em associações díspares, imprevistas e absolutamente independentes e alheias à anatomia oficial. O corpo é visto pelo seu ângulo interno, numa espécie de dissecação histriônica que anula o aspecto definitivo da morte, emprestando-lhe um caráter festivo e regenerador, em perfeita sintonia com o espírito do carnaval.

Encontra-se o mesmo tipo de procedimento de carnavalização do corpo em *Gargantua,* de François Rabelais, no episódio do parto da giganta Gargamelle, que acaba morrendo ao dar à luz após intensa movimentação no interior de suas vísceras. A semelhança entre Rabelais e Suassuna, a propósito da explicitação das movimentações no interior do corpo, constituindo um atestado de óbito paródico, reforça assim as matrizes do procedimento popular quinhentista no dramaturgo brasileiro. Corrobora para tal afirmativa a opinião de Bakhtine, segundo a qual no século XVI a paródia e a carnavalização próprias da cultura popular eram muito vivas. O citado escritor francês delas se utiliza em grande escala em suas obras-primas.

Tratando-se de mortes, o mesmo recurso histriônico pode ser aplicado ao animal. No caso, a paródia se refere ao famoso enterro do cachorro, popularizado pelo *Auto da Compadecida.* Ele é realizado pelo sacristão em latim, com orações em um arremado de canto gregoriano e seguido de pequeno acompanhamento. A cena não é muito longa. O testamento do animal, também paródico, não ocorre factualmente no texto. Resulta de um embuste e ocasiona inúmeras peripécias.

É curioso notar que, apesar das várias mortes e juízos finais dos personagens humanos, as circunstâncias materiais realistas sobre o término da vida não se aplicam a nenhum deles, mas aparecem rebaixadas e deslocadas para o cachorro. A explicação do fato remete, em primeira instância, à doutrina cristã: a verdadeira vida só começa depois da morte da carne; portanto, se esta não é levada em conta quanto às pessoas, pode ser explorada parodicamente em relação ao animal, pura materialidade. Ao mesmo tempo, o procedimento revela uma inversão carnavalesca, pois eleva o animal ao nível de torná-lo merecedor de práticas próprias aos seres humanos, humanizando-o.

Há também casos de paródia à erudição, que faz parte do cômico verbal. Ela pode ser exemplificada com personagens exprimindo-se através de palavras pouco usuais no cotidiano. Há várias incidências deste tipo em *Torturas de um coração* e em *O rico avarento.* Os exemplos da última peça já foram vistos nos diagnósticos paródicos mencionados antes.

Com relação ao primeiro título, Benedito chama o Cabo Setenta de "batráquio" e tenta seduzir Marieta com expressões estrangeiras, como "*my love*" e "*au revoir*", que ele traduz respectivamente por "morena em francês" e "Deus te proteja". Marieta, por sua vez, gostaria de que ele se destacasse em situações que envolvem vocabulário pretensamente técnico. Sua enumeração vai num crescendo cômico, ao criar áreas de conhecimento carnavalizadas, resultantes da reunião de universos absolutamente díspares, para obter sucesso "nas letras, nas artes, em ciências ocultas,/ em filosofia dramática, em pediatria charlatânica,/ em biologia dogmática, em astrologia eletrônica..." (TC, p. 13).

A cultura popular do Nordeste

A seguir, serão tratados alguns aspectos da cultura popular do Nordeste, visto que eles aparecem integrados ao processo de criação do dramaturgo paraibano. Ela é herdeira do modelo português da época dos descobrimentos, que emigrou para o Novo Mundo com todas as suas práticas e características, como já se viu. A oralidade predominante naquele período sobrevive fixada em especial nessa região, por ser a depositária do acervo cultural e social da Europa medieval. Aí permaneceu devido a múltiplas razões: por ser a mais antiga zona de colonização que prosperou; pelo isolamento prolongado em que a região permaneceu; pelo encontro e cruzamento contínuo de povos e culturas; pela estabilidade e longa duração de uma organização social semifeudal de latifúndio e patriarcalismo, perpetuadora das tradições herdadas. A continuidade da literatura medievalizante no Nordeste confirma o conceito de arcaísmo atribuído a essa sociedade.

A literatura oral que sobrevive no Nordeste era tão difundida e arraigada na Península Ibérica no século XVI que muitas vezes a conversação cotidiana era mantida através da intercalação de versos do Romanceiro. A esse respeito, refere Ramón Menéndez-Pidal (1953), ele estava tão introjetado nas pessoas que chegava a ponto de interferir na verbalização de atitudes e decisões históricas, cedendo suas palavras como modelo de réplica ou de comportamento. O estudioso espanhol exemplifica o fato com a atitude de Fernão Cortez: ao tomar a histórica decisão de submeter e colonizar as terras do México, contrariando as ordens do governador de Cuba, Diego Velásquez, o conquistador espanhol dialogava com seu interlocutor através de citação de passagens do Romanceiro espanhol.

Essa cultura europeia veio para a América oralmente e por escrito, embora só haja referências indiretas sobre as manifestações literárias dos primeiros séculos da colonização, que pode ser confirmada através da tradição que se manteve praticamente inalterada.

Tal herança, que emigrou com a memória dos colonizadores, se faz aparente em manifestações menores da literatura oral (casos, provérbios, adivinhações etc.), mas ressurge mais nítida nas novelas tradicionais, no cordel e nas dramatizações ou folguedos. Apresenta temas profanos, bem como personagens, situações e estruturas formais. Certamente as dramatizações foram muito exploradas pela catequese jesuítica, o que remete à observação de M. I. P. de Queiroz de que o catolicismo rural é de festa e não de apocalipse.

Ao tentar fazer o levantamento do que era lido no Brasil dos dois primeiros séculos, Câmara Cascudo (1953) consulta documentos inquisitoriais, inventários e outros, deduzindo que as referências aos livros impressos eram parcimoniosas, pois esse objeto era um luxo. No entanto, aventa a hipótese de as cópias manuscritas serem mais frequentes do que se supõe.

Conclui que certamente liam-se volumes de orações, hagiolários, sermões e livros de exemplos. Mas lia-se também a *Diana* de Montemor, o *Quixote* e *Novelas* de Cervantes, a *Celestina*, o *Lunário perpétuo*, a *História de Peregrino e Precito*, além de contos de fadas.

Para o pesquisador, no entanto, os cinco livros mais lidos pelas camadas mais populares do país são as novelas tradicionais, para as quais não encontra referências no período colonial: *Donzela Teodora, Imperatriz Porcina, Roberto do Diabo, Princesa Magalona, História de Carlos Magno e dos Doze Pares de França.* Acrescente-se que os serões, velho hábito europeu, eram preenchidos no Nordeste com a prática de uma tradição de origem africana: a do *akpalô* ou contador oficial de histórias, ambulante que percorria as fazendas nordestinas para o exercício da função, conforme apontam não só G. Freyre como José Lins do Rego em *Menino de engenho*, em especial com a Velha Totônia e suas histórias.

O folclorista brasileiro frisa três estratos distintos no que considera a literatura do povo: a oral, a popular e a tradicional. A primeira se baseia na transmissão verbal e é anônima, veicula fontes distantes e variadas, e amalgama versões locais. Exprime-se através de contos de fadas, facécias, anedotas, adivinhas, casos, autos cantados e declamados, desafios. Já a literatura popular apresenta autores identificáveis, conhecidos ou não, e é impressa em folhetos versificados, contendo assuntos infinitos. O poeta popular transforma o livro da cidade, de autor letrado, em romance assimilado a um determinado contexto social, usando sextilhas sertanejas (ABCBDB). Essa literatura é praticada principalmente pelo poeta profissional do Sertão ou por seus sucedâneos, todos nômades (o cego mendicante, o bandoleiro, o doutor de raízes, o vendedor ambulante), sendo transmitida pelos folhetos de cordel e, oralmente, pelos cantadores e pelo povo.

Em contrapartida, a literatura tradicional, recebida impressa há séculos, é mantida pelas reimpressões brasileiras depois de 1840. São pequeninas novelas que tiveram origem erudita na novelística europeia, oriundas de uma formação diversa operada entre os séculos XV e XVIII, e que continuaram sendo editadas. A presença impressa constante, fixando uma norma, afastou este tipo de produção da corrente oral. Pertencem a elas os cinco livros que Cascudo considera os mais lidos pelas camadas populares e que permanecem apesar de todas as transformações sociais.

As novelas tradicionais

O estudo de livros populares, segundo Câmara Cascudo, revela a constância de uma fixação psicológica. *Teodora* valoriza a inteligência feminina; *Roberto do Diabo,* a valentia a serviço do Mal transformada em lança justiceira após a contrição; *Magalona* homenageia a fidelidade ao amor inabalável; *Porcina* elogia a casta esposa fiel e sofredora; ao passo que *João de Calais* apresenta viagens e aventuras, dentre elas o episódio do morto agradecido. Torna-se oportuno constatar que a análise dos motivos temáticos das novelas mais apreciadas pelo público leitor revela procedências predominantemente francesas ou árabes. Sem dúvida, tal ocorrência remete a duas das influências culturais mais fortes na Península Ibérica.

A *Donzela Teodora,* muito popular desde fins do século XV ou início do XVI, procede das *Mil e uma noites* ou de coleções árabes, pois seu tema e ambiente provêm do Oriente: a bela moça inteligente que burla o rei e engana o dragão desfazendo as charadas dos doutos. Seus elementos de astrologia e de influência planetária remetem ao *Lunário perpétuo.* A versão atual deforma a muçulmana Teodora em donzela cristã. Leandro Gomes de Matos fez dessa obra em prosa uma versão de cordel, com sextilhas ABCBDB.

Roberto do Diabo, personagem de historicidade discutida, já figura nas crônicas da Normandia desde o século XI, vinculado a uma lenda do século VIII, segundo a qual uma mulher estéril concebe um filho do Diabo. Depois da conversão, Roberto torna-se uma figura maravilhosa, cheia de heroísmos espetaculares. João Martins de Athayde transpôs o tema para sextilhas de cordel.

A *Princesa Magalona* retrata a história da filha do rei de Nápoles e de um cavaleiro provençal, tendo sido também transposta ao cordel pelo mesmo João Martins de Athayde, nas mesmas sextilhas. Os noivos separados que se reencontram são figuras fixadas com relativa precisão psicológica, num enredo que não recorre ao maravilhoso nem à magia, permanecendo dentro dos limites humanos. Sua possível fonte, segundo Cascudo, é o romance em versos do século XIII denominado *L'escoufle,* de Jean de Renart. Nele se vê o tema da ave que rouba o saco de joias, recorrente no Sul da Itália, século XV, nos versos da anônima *Storia di Ottinelo e Giulia.* O rapto das joias pela ave fixa um tema oriental, já presente nas *Mil e uma noites.*

A *História da Imperatriz Porcina,* anteriormente veiculada em redondilhas pelo cego português Baltazar Dias no século XVI, existiu em forma de auto dramático, mas hoje reduziu-se às dimensões de um romance. Francisco das Chagas Batista (1885-1929) transpôs o texto para sextilhas e folheto cantado. O tema da devoção mariana provém do século XI e dos terrores do ano mil, tendo existido também em sermonários. A casta heroína falsamente acusada é salva por milagre da Virgem, que lhe transmite o conhecimento da planta que cura seu caluniador e a inocenta. Aliás, o tema da planta curativa já consta das *Mil e uma noites. Porcina* pertence ao ciclo português de

Nossa Senhora, baseado em fontes latinas e francesas dos séculos XII e XIII. Para Cascudo, nenhum outro motivo mereceu maior repercussão que o inspirador da *Imperatriz Porcina*, retomado aliás em 1985-86 pela novela da TV Globo, *Roque Santeiro*, de Dias Gomes, e nela parodiado.

A *História de João de Calais*, folheto escrito originariamente em francês por Mme. Gomez (Madeleine Angélique Poisson, 1684-1770), passa o tema do morto agradecido à *Bibliothèque bleue*, coleção de histórias populares editada na França no século XVIII, cujo nome deriva da cor do papel da capa dos volumes. Na tradução portuguesa, as peripécias migram de Portugal para o reino da Sicília. Esse assunto tradicional europeu, que se prende à esposa resgatada, vem desde Cícero e também figura em motivos populares brasileiros, onde se nota a privação de sepultura por dívidas.

Já a *História do Imperador Carlos Magno e dos Doze Pares de França*, de acordo com Câmara Cascudo (1953), foi, até pelo menos as primeiras décadas do século XX, o livro mais conhecido pelo povo brasileiro do interior, sendo, às vezes, o único exemplar impresso existente em casa. Raríssima no Sertão seria a casa sem ele, de tal modo que nenhum sertanejo ignorava as façanhas dos Pares ou a imponência do Imperador da Barba Florida.

A vitalidade do tema carolíngio no mundo rural brasileiro associa-se sempre a uma noção de intrepidez e valentia, servindo de referência cultural direta ou indireta, à guisa de modelo de comportamento para os bravos e corajosos. Devido a essa popularidade, Cascudo (1984) aponta várias ocorrências de situações relacionadas aos protagonistas das referidas façanhas: um distrito denominado Roldão, no interior do Ceará; gêmeos batizados como Roldão e Oliveiros; o comando do partido encarnado é atribuído a Roldão e o do azul a Oliveiros, numa cavalhada em Maceió, em 1952. Por outro lado, Maurício Vinhas de Queiroz constata que os soldados da escolta pessoal do chefe da revolta camponesa do Contestado (1912-1916) recebiam o título de Doze Pares de França, constituindo 24 pessoas, cujo lugar-tenente era denominado Roldão.

Os personagens da gesta francesa se adaptaram tão bem ao Brasil que seus nomes adquiriram significações paradigmáticas. Assim, Roldão quer dizer o bravo e valente; Ferrabrás, o brigão; Valdevinos (Baudoin) é o vagabundo desmiolado; Galalão ou Galalau (Ganelon) é muito alto, magro e desajeitado; o duque Naimes tornou-se Nemé; Baligant transforma-se no almirante Balão. E até mesmo o nome do cavalo do herói Roldão – Famanaz – confirma as qualidades desse bravo companheiro de trabalho.

O evento histórico que deu origem às lendas e às narrativas a respeito do grande imperador francês e seus companheiros de armas ocorreu no século VIII. Foi registrado na *Canção de Rolando,* das cercanias do século XII, cujo texto original só foi redescoberto por Joseph Bédier ao final do século XIX, na biblioteca da universidade inglesa de Oxford. Entretanto, a versão atual da *História de Carlos Magno* provém de uma canção de gesta popularíssima no fim do século XVII, *Fierabrás.* Teve várias edições lisboetas no século XVIII, traduzidas do espanhol por Jerônimo Moreira de Carvalho, médico do Algarve, com acréscimos vários, de fragmentos do *Orlando inamorato,* de Boiardo (1495), e do *Orlando furioso,* de Ariosto (1532). Passando por várias versões populares e cultas, sua forma definitiva foi alcançada em Portugal no século XIX.

O texto que serve de fonte principal às cantorias nordestinas divide-se em duas partes e nove livros, com acréscimo da *História de Bernardo del Carpio que venceu em batalhas aos Doze Pares de França.* Entretanto, o ponto de partida para Portugal e Espanha se deve à obra *História del Emperador Carlomagno y de los Doce Pares de Francia* y *de la cruda batalla que hubo Oliveiros con Fierabrás, Rey de Alexandria, hijo del Almirante Balán*, edição do alemão Jacob Cromberger, feita em Sevilha, em 1525, e traduzida do francês para o espanhol por Nicolau de Piemonte.

Dentre os inúmeros cordelistas inspirados no tema assinalam-se Leandro Gomes de Matos (*A batalha de Ferrabrás* e *A prisão de Oliveiros*), José Bernardo da Silva (*A prisão de Oliveiros e seus companheiros*) e Marcos Sampaio (*A morte dos Doze Pares de França*).

Fica evidente que a sobrevivência do tema implica um certo número de adaptações à realidade local. Mas sua permanência mostra, por si só, um forte índice de traços semelhantes, entre os da sociedade nordestina e os da europeia que lhe deu origem, sem o que seria impossível a manutenção do mundo carolíngio.

É interessante notar a coincidência estrutural entre as obras indicadas por Câmara Cascudo e o romance de aventuras e de provas, ligado ao romance dito grego ou sofista, elaborado entre os séculos II e VI da nossa era. Ele corresponde ao que Bakhtine chama de romance antigo, em seu estudo sobre o cronotopos, em *Estética e teoria do romance.* A literatura assinala a correlação essencial das relações espaçotemporais, exprimindo a indissolubilidade do espaço e do tempo, fundindo-os num todo inteligível e concreto.

Abordando a questão, Bakhtine mostra o cronotopos desse tipo de romance como algo esquemático e simplificado, cuja ação transcorre num fundo geográfico amplo e variado, de diversos países separados por mar. Nesse espaço abstrato, medido pela distância ou proximidade, os indícios de tempo histórico estão ausentes, impossibilitando qualquer datação. Assim, a distância significa obstáculos espaciais. Como as peripécias romanescas não possuem nenhum laço com a estrutura sociopolítica dos lugares que aparecem ao longo da narrativa, todas as aventuras do romance dito grego são reversíveis, isto é, transferíveis para outro espaço e outro tempo.

Desse modo, o cronotopos do romance de aventura se caracteriza, precisamente, pela ligação técnica abstrata entre o espaço e o tempo, pela reversibilidade dos momentos da série temporal e pela possibilidade de mudar de local no espaço. Tais condições favorecem a vitalidade desse esquema de romance, pois sua flexibilidade de adaptação permite transpor seus modelos europeus ao imaginário nordestino.

Malgrado as facilidades de acomodação, deve-se levar em conta que a permanência do modelo em questão se prende a um tipo de público: aquele das sociedades que consomem tais histórias, pela audição ou pela leitura em voz alta. Ou seja, embora sedimentadas na cultura popular tradicional e oral, podem sofrer modificações temáticas ou estruturais, motivadas pelas alterações no espaço de que fazem parte os ouvintes.

É o que revela Francisco Assis de Souza Lima ao estudar a relação entre conto popular e comunidade narrativa: nordestinos emigrados para São Paulo tornam-se incapazes de contar suas histórias tradicionais, uma vez que a dispersão em que se encontram aliada à falta de atividades coletivas de trabalho em que, para passar o tempo, desfiavam narrativas conhecidas de todos levaram-nos a esquecer os términos das histórias, a embaralhar as estruturas, arcabouços e temas. Deduz-se então que o sistema de funções aplicado por Vladimir Propp ao estudo do conto popular russo era intuitivamente obedecido pelos narradores enquanto instalados na região natal, mas desapareceu no contexto da cidade grande, porque este interfere nas precondições que presidem à manutenção da memória coletiva.

Apesar da grande vitalidade de que as novelas tradicionais gozam na cultura nordestina, não se encontram vestígios desse tipo de literatura no teatro de Suassuna.

O CORDEL

As folhas volantes ou *pliegos sueltos* começam a percorrer a Península Ibérica ao fim do século XV e alcançam máxima difusão nas duas centúrias seguintes. Sua importância aumenta com o fato de que até 1540 é exígua a produção tipográfica em Portugal. São portanto o veículo privilegiado e efêmero entre a escrita e a oralidade, da qual guardam muitas inflexões.

A exportação de *pliegos sueltos* para a América espanhola através do México era enorme, como informa Câmara Cascudo (1953): vinte resmas de *Pierres y Magalona* para o novo continente em 1600, num total de dez mil folhas impressas; doze livros de *Doncella Teodor* em 1605; em 1606, cerca de mil e quinhentos exemplares do *Quixote*, publicado no ano anterior. Menéndez-Pidal destaca, na América, a propagação das mesmas leituras romancísticas de Espanha, embora com maior intensidade. Dados comerciais do final do século XVI, consultados pelo crítico, revelam preferência pelos temas carolíngios, reforçando a mesma opinião de Câmara Cascudo.

É de se supor que tais envios também se tivessem destinado ao Brasil, pela grande semelhança de situações entre os países da Península Ibérica e sobretudo porque o espanhol foi idioma corrente em Portugal até meados do século XVIII. Além disso, há um intenso deslizar entre formas orais e escritas, populares e cultas, durante todo o século XVI, como já foi assinalado.

Na expressão de Paul Zumthor (1979), a literatura de cordel é o mundo da voz, elemento formador da consciência do grupo, traço marcante daqueles camponeses e guerreiros que partiam da Europa para colonizar a América. No Novo Mundo, encontrou solo propício para a sua permanência, ao passo que a Europa, com a expansão da imprensa, ia entrar no domínio da escrita. A literatura de cordel sobrevive num espaço geográfico preciso, mas com o risco de absorver características diversas e se alterar por causa das transformações da região, o que desestabiliza a tradição.

O cantador popular de cordel, nômade como o jogral de quem é herdeiro, é depositário de um *corpus* de *topoi,* situações e imagens que conjugam tradições diversas e longínquas, atestando extraordinária vitalidade dos arquétipos e matrizes culturais multisseculares, sendo um deles o do cantor cego. Para Zumthor (1980), estes curtos poemas narrativos aparecem como um verdadeiro conservatório do imaginário e do discurso poético medievais. Essa permanência foi determinante na fixação das formas estilísticas do cordel e manifestas explicitamente ao nível temático (paladinos de França, temas cavalheirescos com nomes tipicamente medievais, relatos maravilhosos). As narrativas são organizadas em vários ciclos, cujas classificações, variadas e discutíveis, obedecem a um dominante ético ou heroico, com os quais o receptor se identifica.

Os executantes distinguem a "obra feita" (conforme os cânones costumeiros) e os "versos de momento", improvisados. A rapidez da execução implica uma automatização que indicia uma longa tradição, como a forma dialogada dos desafios e pelejas, que retomam as formas e o cerimonial dos "contrastes" e "tensões" medievais. Os artistas tocam um instrumento de origem árabe – a rabeca. Eles recitam, cantam, fazem mímica – isto é, realizam aquilo que Zumthor (1980) considera uma performance. Não há barreiras entre a cantoria e o folheto, porque a leitura e a audição se equivalem dentro desse contexto cultural. No repertório da tradição oral, o texto impresso não implica degustação silenciosa e solitária, mas leitura em voz alta para os menos instruídos. A passagem para a escrita não depende do oral, mas tudo o que é escrito torna-se oralizável. Aí reside uma das causas para os problemas de autoria.

Estes esquemas e modelos tradicionais, reflexo de uma imaginação coletiva, atravessam expressões diversas porém com estrutura fixa, tal como é imóvel no tempo a sociedade de que são expressão. Seus temas subentendem dois tipos: os tradicionais herdados do passado, filtrados através da transmissão oral, e os folhetos inspirados na crônica do Sertão, sobre fatos do ambiente ou acontecimentos de repercussão pública mundial.

Dentre os primeiros pode ser apontado um vasto leque: gestas medievais de conteúdo histórico, vitalizadas pelas correlações entre paladinos e cangaceiros; textos de procedência vária e múltiplos países, conforme aponta Cascudo em *Cinco livros do povo;* temas de inspiração bíblico-religiosa, dos santos e beatos; anti-heróis (Malazartes, Cancão de Fogo, João Grilo, João Leso) em contraste com os heróis; histórias tradicionais de fantasia e maravilhoso, reunidas sob o invólucro de histórias do Trancoso, da Carochinha e do Arco da Velha, oriundas de materiais europeus, orientais e africanos, com animais fantásticos e eventos sobrenaturais.

A cantoria de cordel bem como a literatura oral exercem funções de entretenimento, diversão, informação, enunciação de uma moral coletiva, homogeneização do grupo social e da comunidade, para um público de pequenos camponeses semianalfabetos, para quem o engenho e a fazenda tornam-se o castelo das histórias de além-mar.

O gosto popular exige redundância – importante para quem ouve. Embora o texto seja impresso, conserva muitas categorias de oralidade e destina-se a um público que o recebe em termos estritamente emocionais. Por isso, baseia-se principalmente na repetição e na hipérbole, apontadas por Bakhtine como próprias do mundo popular. À repetição corresponde uma expressão monocórdia, como o estado de espírito dos personagens e a visão de mundo tradicional. Isto também facilita não só a memorização como ainda a improvisação, subordinada à mesma bagagem de cânones culturais que presidem a primeira. A hipérbole, exigência de uma comunicação espontânea, reflete maniqueísmo a nível de conteúdo, porque enfatiza sempre o binarismo Bem versus Mal.

A tradição é tão mais importante quanto menos original se mostra o artista – daí a manipulação dos recursos retóricos e estilísticos e as variações de interpretação sobre um mesmo tema. É no mesmo ângulo de fidelidade à tradição que Ariano Suassuna pauta a sua criação literária baseada na literatura popular, escrita ou oral. O poeta popular deve ter também uma função pedagógica, como porta-voz das tendências e aspirações da comunidade. Daí o desprezo pelos vícios e defeitos da sociedade moderna e a nostalgia de um passado diverso e melhor – a sempre sonhada *aetas aurea.* Nesse sentido, o desejo de justiça e a rebelião a uma ordem social que tende a negá-la são os mecanismos de projeção que criaram as sagas dos cangaceiros. Refletindo o contraste entre a experiência da realidade e a aspiração à utopia, a expressão popular tende a fazer da lenda um momento de reflexão mais geral sobre as razões de sua vida.

A relação capital entre a literatura de cordel e a produção artística de Ariano Suassuna decorre dos próprios postulados do Movimento Armorial. Ela se configura na transposição de temas e sequências narrativas dos folhetos às suas peças de teatro, na adoção de personagens e no emprego da música. Seus aspectos peculiares estão particularmente desenvolvidos mais adiante, na análise de cada obra individualmente, no capítulo sobre "As matrizes textuais".

Os espetáculos populares

Sendo Recife a metrópole nordestina e foco para toda a região, é apropriado analisar as manifestações dramáticas populares a partir das que aí se realizam.

Logo de saída, se coloca o problema da denominação para esses espetáculos, pois nem "folguedo" nem "danças dramáticas" satisfazem. Os seus participantes usam os termos "brincar", "brinquedo", "brincante", remetendo não só à noção de jogo como atividade cultural apontada por Johan Huizinga em *Homo ludens,* mas também a *jeu* (literalmente "jogo"), palavra medieval francesa para o ato de representar, equivalente a "auto", ligado à noção de "ato", "ação".

Como quer que seja, é através destas dramatizações que melhor se percebem o carnavalesco e a paródia. O momento principal de sua execução ocorre no ciclo de Natal, estendendo-se ao Ano Novo e ao Dia de Reis. O tema parte do sagrado para penetrar no profano, com a licenciosidade verbal, e no popular, com muitas cenas de pancadaria e gestos associados ao baixo corporal e material. Esse teatro anti-ilusionista – tal como o medieval – usa máscaras, personagens fixos (dentre eles o Arlequim da comédia italiana), improviso (idem) ao lado de um roteiro definido, com partes que não variam. Adota a forma narrativa e evita as unidades dramáticas clássicas. O próprio texto oral contém improviso, falas memorizadas ditas ou cantadas, exprimindo-se o todo alternadamente em prosa e verso, com partes faladas e outras cantadas, tal como em *Aucassin et Nicolette,* obra paródica anônima do século XIII.

As principais diversões dramáticas são, para Hermilo Borba Filho, o bumba meu boi, o fandango, o mamulengo e os autos pastoris. Aparentemente derivam do presépio, criado por São Francisco de Assis no século XIII, de onde saem as apresentações estáticas – o próprio presépio ou lapinha, com estatuetas de animais e de seres humanos – e as apresentações dinâmicas, compreendendo as de bonecos (marionetes ou mamulengos) e as de atores de carne e osso (autos pastoris em geral).

O bumba meu boi é um auto de Natal resultante da aglutinação de diversos reisados, sendo considerado por Borba Filho a mais pura criação brasileira. Associa o sentido religioso à civilização pastoril, através da ressurreição e morte do boi, animal cultuado em várias sociedades antigas. Seu nome remete à pancadaria, ou seja, às "bexigadas" que os executantes dão em si mesmos, cobrando dinheiro, ou no público, pelo mesmo motivo e para abrir espaço. Tal necessidade torna-se imperiosa, pois o espetáculo é feito ao ar livre, no meio de um círculo aberto entre a assistência. Percebe-se, pois, que não há separação entre atores e público, como também as molas mestras do auto – pancada e dinheiro –, remontam à tradição da farsa. Juntando-se o improviso, a agilidade física e gestual, a variedade plástica do espetáculo e os personagens fixos (Mateus, Bastião, Arlequim) está-se diante de uma espécie de variante estrutural da *commedia dell'arte.*

Esse folguedo, "brinquedo" ou "jogo" é executado por atores profissionais exclusivamente masculinos para todos os papéis; eles trajam máscaras de pele de bode e exprimem-se em linguagem fescenina. O baixo corporal e material, tão marcante nesse auto pastoril, é ainda mais presente nas tentativas de ressuscitar o boi (clisteres etc.) e após a sua morte, quando, num testamento burlesco, partes do animal são distribuídas jocosamente aos participantes e ao público. Esse espetáculo legitimamente popular já é atestado no século XIX, sendo condenado no jornal recifense O *Carapuceiro,* de 11/1/1840.

Para a representação do fandango, no dia de Nossa Senhora da Conceição (8 de dezembro), sai à rua uma antiga nau portuguesa sobre rodas. Dirige-se até o palanque em frente à praça ou à igreja, para começar o espetáculo ao ar livre dividido em jornadas. Seus personagens são homens do mar que se veem em apuros porque o Diabo está no navio, deixando-o à deriva. O auto lembra episódios e atribulações de batel naufragado, com sorteio de tripulante a ser sacrificado como manjar da equipagem. No enredo há muita improvisação, dança e música. Inclui-se nele o episódio da Nau Catarineta, perdida no mar sete anos e um dia. Aliás, sobre o mesmo tema há uma canção infantil francesa, "Le petit navire", aludindo igualmente às epopeias marítimas. Para o viajante Henry Koster, que o atesta em 1814 na ilha de ltamaracá, é o resultado das odisseias marítimas portuguesas, às vezes também apresentando episódios da luta entre mouros e cristãos, que aparece em diversos outros folguedos.

O mamulengo, ou teatro de bonecos, de origem imemorial, aparece no episódio de mestre Pedro, de *Dom Quixote,* sendo assinalado no Brasil no século XVIII, pelo estudioso Luiz Edmundo, ao abordar *O Rio de Janeiro no tempo dos vice-reis.* Provavelmente foi introduzido pelos jesuítas, pois gozava de grande popularidade na Europa quinhentista. É apresentado em todas as festas de igreja, nos arrabaldes, para a população pobre. Da representação natalina passou ao profano, com cenas bíblicas e episódios do momento. É encenado num pequeno teatro com tablado imitando o palco.

O espetáculo, com roteiro fixo porém diálogos improvisados, tem sempre dança, pancadaria e mortes cômicas. A licenciosidade e as obscenidades, ligadas às funções de digestão, reprodução e seus desdobramentos, conferem-lhe um caráter eminentemente popular, reforçado pelos inúmeros recursos da farsa e da *commedia dell'arte.* Algumas figuras são indispensáveis: Morte e Diabo (reminiscências dos autos litúrgicos), João Redondo (típico desse espetáculo), Cabo Setenta (policial valente e fanfarrão, o *miles gloriosus*, de Plauto; de longa tradição que vem perdendo o prestígio), Arlequim, o velhaco Briguela, Benedito (pretinho ardiloso e sabido). Cada titeriteiro tem um boneco principal, que comanda o espetáculo no qual não há fronteiras afastando o público. As peças terminam maniqueisticamente e permitem catarse. Além disso, o público sempre se delicia com personagens inferiores a ele próprio.

O pastoril originalmente era a apresentação do drama hierático do Menino Jesus, com bailados e cantos próprios. Contudo nasceu como representação estática, que aos poucos foi sendo dramatizada, conforme aparece também em Gil Vicente. Os personagens do pastoril são alegóricos: as pastoras a caminho de Belém são tentadas por Luzbel e salvas por São Gabriel, que vence o Mal. Esse espetáculo é musicado, feito em versos, tem prólogo, dois atos e epílogo. Aos poucos, o profano e o elemento cômico popular foram enveredando pelo pastoril, que não raro termina em pancadaria devido ao rapto de uma pastora. Estas se colocam em cena segundo dois partidos: o Cordão Azul e o Encarnado. Ao final, há um leilão de prendas, comandado pelo Velho, espécie de bufão histriônico e obsceno. Suas imoralidades foram condenadas pelo bispo Azeredo Coutinho (1801) e pelo padre Lopes Gama (1840). O atual pastoril perdeu seu sentido hierático e lírico para se transformar num espetáculo que atingiu uma forma própria.

As dramatizações assinaladas guardam traços muito pronunciados da carnavalização, em especial o baixo corporal e material, bem como a imbricação entre sagrado e profano. Seu conjunto constitui um texto cultural no qual se abebera Ariano Suassuna. Dentre os folguedos nordestinos, apenas o bumba meu boi e o mamulengo deixam traços visíveis na dramaturgia do autor da *Compadecida.* Integram os modelos formais de seu teatro, o que será tratado mais adiante, no capítulo específico.

4

ESPAÇOS INTERTEXTUAIS

Na produção literária de Ariano Suassuna, configuram-se inúmeros espaços intertextuais. Residem nos vários planos e níveis de intersecção das diversas instâncias em que o artista reelabora suas fontes: sequências narrativas, estruturas formais, cenas, motivos, temas... Resultam de um intenso diálogo com enunciados outros, de tal sorte que sua obra se revela um palimpsesto, tal como na imagem empregada por Gérard Genette (1982) para explicar o fenômeno do entrecruzamento de textos.

A reelaboração das fontes textuais e sua crítica têm relação com a intertextualidade, conforme se deduz das afirmações de Laurent Jenny (1976) em obra já mencionada. Ele a compreende não como uma adição confusa e misteriosa de influências, mas como o trabalho de transformação e assimilação de vários textos, operado por um deles, que centraliza e guarda a liderança do sentido. Ela é também a irrupção transcendente de um texto em um outro e fala uma língua cujo vocabulário é a soma dos textos existentes. Nesse sentido, o texto está sempre virtualmente presente, sem que se precise enunciá-lo. Daí vem a noção de intertexto ou texto que absorve uma multiplicidade de textos, permanecendo, no entanto, centrado por um sentido.

Valendo-se dos conceitos de polifonia e dialogismo explicitados por Bakhtine na análise da obra de Dostoievsky, Julia Kristeva (1969) propõe a solução que denomina intertextualidade. A partir daí, o termo popularizou-se. Para ela, o texto é uma produtividade, o que quer dizer uma permutação de textos, pois no espaço de um se cruzam e se neutralizam vários enunciados, tomados a outros textos. Assim, todo texto se constrói como um mosaico de citações, absorvendo e transformando um anterior. Em lugar da noção de intersubjetividade, instala-se a de intertextualidade, e a linguagem poética se lê, pelo menos, como dupla.

Considerando-se os inúmeros casos de diferentes operações intertextuais, seria mais adequado admitir a presença de intertextualidade apenas quando se pode notar num texto elementos estruturados anteriormente a ele, além do lexema, não importando o nível de estruturação.

A intertextualidade, para Laurent Jenny, é condição mesma da lisibilidade literária. Fora dela, a obra literária seria imperceptível, já que o sentido e a estrutura são apreensíveis a partir de arquétipos de que são de algum modo o invariante. Eles codificam as formas de uso da linguagem secundária, que é a literatura, e frente a eles a obra literária está em relação de realização, transformação ou transgressão. Ela pode até negar os gêneros literários existentes, mas não é possível fora do sistema. Sua decifração depende também da capacidade dos descodificadores, que é função da cultura de cada época. Problemática é a determinação do grau de explicitação da intertextualidade numa obra, fora do caso limite da citação literal.

Essas noções são extremamente ricas e férteis, mas algumas delas se aplicam melhor a obras que pretendem dialogar com suas matrizes, numa espécie de jogo que acarreta operações variadas de apropriação. No caso concreto da obra de Suassuna, de acordo com o seu projeto estético, ele busca usar a literatura de cordel como fonte primária sem pretender mudar-lhe o sentido ou a forma, que acompanha bem de perto. Esse autor retoma outros textos de maneira tão visível que se pode acompanhar *pari passu* não só o idêntico desenrolar das sequências narrativas como o próprio enunciado, tomado propositalmente de modo quase literal, executando mínimas modificações ao transpor – ou atualizar – a literatura popular narrativa para o teatro. A transposição de um gênero literário a outro envolve a passagem do narrativo ao dramático, procedimento aliás bastante frequente no próprio cordel, com a evidente modificação nas pessoas do discurso, conforme o gênero literário empregado.

A maior parte das operações intertextuais empreendidas por Suassuna consiste, assim, na citação quase literal do folheto. Esta é a operação mais visível, não sendo no entanto a única. A retomada do texto popular pelo escritor culto se caracteriza por um certo número de traços, como bem aponta Idelette Fonseca dos Santos (1981), em seu estudo sobre o Movimento Armorial:

1) manutenção do esquema narrativo do texto popular, com modificações maiores ou menores na cadeia discursiva, segundo processo da retórica popular e oral, com a triplicação da sequência ou a intercalação de outras narrativas;
2) modificações importantes ao nível dos agentes, através de novas motivações dos personagens existentes e criação de novos personagens a partir de outras fontes populares, como o mamulengo e o bumba meu boi;
3) conservação da língua popular, mas com grafia e correção gramatical eruditas;
4) integração de elementos díspares, de modo a preparar o espectador para uma moral conforme o cristianismo.

Dentro desses pressupostos não se enquadram personagens ainda que tomados ao Romanceiro, como os míticos Cancão e João Grilo, os representantes sobrenaturais do Bem e do Mal, o apresentador circense de inúmeras peças. As mesmas considerações cabem quanto às sugestões oriundas dos folguedos populares.

Não se incluem nesse tópico as cenas de julgamento final, presentes em quase todas as peças, porque elas não retomam enunciados de outros autores, mas sim motivos, ideias, sugestões tomadas de empréstimo às moralidades, a Gil Vicente e a Calderón de la Barca. Além do mais, conquanto elas contenham sempre o mesmo esquema jurídico-religioso de juiz/acusador/defensor/réu, elas se realizam cênica e textualmente de modo diverso. Estes exemplos não configuram intertextualidade, pois o autor decola a partir de pontos específicos, isto é, personagens ou estruturas – mas não a partir de textos, embora destes provenham o estímulo e o modelo. Consideramse casos de intertextualidade aqueles em que um enunciado é visível, reconhecível e demarcável sob o outro sem se desligar do sistema e sem perder a ambiguidade própria da literatura.

As operações intertextuais em Suassuna apresentam-se sob duas facetas: reelaboração do próprio texto ou intratextualidade e retomada do texto alheio ou intertextualidade propriamente dita. Ao ocupar-se do assunto, Jean Ricardou (1971) denomina o primeiro tipo "intertextualidade restrita" e o segundo "intertextualidade geral". O mesmo crítico distingue ainda uma "intertextualidade externa" (ou relação de um texto a outro texto) e "intertextualidade interna" (ou relação de um texto a si próprio).

Na intratextualidade, trata-se de multiplicar as versões da peça em diferentes instâncias. Assim, *Cantam as harpas de Sião* torna-se *O desertor de Princesa;* o *Auto de João da Cruz* foi refeito; o terceiro ato do *Auto da Compadecida* é reescrito como "O processo do Cristo negro", que, por sua vez, é retocado para se tornar o "Auto da virtude da Esperança", isto é, o terceiro ato de *A pena e a lei.* Outra possibilidade é a transformação do mesmo texto publicado, como se dá com os entremezes *Torturas de um coração* e *O castigo da Soberba,* ambos possuindo dois textos distintos ou variantes. Um outro aspecto consiste em transformar textos integrando-os a outros maiores, como acontece com *O castigo da Soberba* em relação ao *Auto da Compadecida,* e *O homem da vaca e o poder da Fortuna* e *O rico avarento* quanto à *Farsa da boa preguiça. As conchambranças de Quaderna* introduz soluções inovadoras. Seus dois primeiros atos – respectivamente "O caso do coletor assassinado" e "Casamento com cigano pelo meio" – derivam de narrativas homônimas em prosa, constantes de *Seleta em prosa e verso.* O terceiro, "O processo do Diabo", resulta da reelaboração do entremez *A caseira e a Catarina.*

A intertextualidade consiste em se apropriar de texto de outrem, assimilando-o por vários meios, a saber:

1) adoção parcial da fonte, como os personagens Cancão e João Grilo em relação ao folheto e ao mito;
2) adoção de fragmento de texto, reelaborando-o, como a cena da cortina em *Hamlet* e n'*O casamento suspeitoso,* as inúmeras passagens dos evangelhos, as orações literais ou paródicas;
3) adoção de texto completo, com suas motivações, temas e sequências, traduzindo-as para outro contexto e outro gênero literário, conforme a transposição do folheto de cordel para os entremezes;
4) adoção de mais de uma fonte sobre o mesmo texto, segundo vemos na relação entre a *Aulularia, L'avare* e *O santo e a porca;*

5) citação literal de texto popular (cantiga de Canário Pardo no *Auto da Compadecida*, romance ibérico em *O homem da vaca...*, folheto sobre Camões em *Farsa da boa preguiça)*, erudito (parte de um soneto de Camões, idem) ou religioso (*agnus dei* ao final d'*O casamento suspeitoso);*
6) citação literal de texto mas com deslocamento paródico, como o uso do ofício dos mortos para enterrar o cachorro (*Auto da Compadecida);*
7) remanejamento paródico do discurso, obtendo atestados de óbito histriônicos (*A pena e a lei)* e o casamento civil d'*O casamento suspeitoso;*
8) criação de texto e gestualidade paralelos ao discurso oficial, como o casamento religioso à maneira de São Francisco (*O casamento suspeitoso*).

Por conseguinte, as obras de Suassuna podem ser lidas isoladamente ou em relação à matriz textual que as alimenta.

A intertextualidade era prática frequente na Idade Média, associando-se à oralidade ou à escrita. Por não se preocupar com o registro de autoria das obras, a literatura medieval enfatiza a versão e o tratamento conferido a ela por cada novo intérprete, inclusive nas situações em que os textos se dizem traduções. Daí a existência de casos como o enxerto ou a redução de episódios, bem como as alterações de toda sorte – fenômenos próprios da oralidade e, como tal, também recorrentes no cordel e na literatura de Suassuna.

Uma das maneiras de descodificar a intertextualidade repousa no estudo das fontes. Elas de certo modo abrem os espaços intertextuais, deixando ver o enunciado primeiro através dos interstícios. As de Suassuna derivam de múltiplas procedências: populares e eruditas, orais e escritas, explícitas e implícitas. Aliás, o dramaturgo não costuma fazer segredos sobre as que têm cunho popular, em geral desconhecidas do público letrado. Consideram-se referências explícitas todas aquelas mencionadas por ele em prefácios, notas prévias, artigos e entrevistas. As implícitas são identificáveis a partir de textos literários tomados à tradição culta, de estruturas formais assimiladas da tradição teatral e dos temas recorrentes na história da literatura ocidental, sobre as quais o escritor silencia, decerto supondo que o leitor as conheça.

No teatro de Suassuna encontram-se vários níveis de fontes: suas matrizes textuais, os modelos formais das estruturas das peças, as tradições culturais em que se inserem os temas que o autor modula. Ao analisá-las, percebe-se forte presença medieval, visível em diferentes instâncias: nos temas ligados à tradição religiosa e à popular; nos modelos formais do teatro religioso, do profano e das dramatizações nordestinas; nas matrizes textuais de algumas peças. A medievalidade parece provir da própria literatura popular nordestina no caso dos temas, das matrizes textuais e das dramatizações populares, ao passo que aparenta derivar de fontes cultas no tocante aos modelos formais de teatro religioso e profano. Caberia ressaltar, contudo, que essas fontes, hoje consideradas cultas, pertenceram ao mundo popular à época em que foram produzidas, em que não se fazia um recorte tão rígido quanto o de hoje nas produções literárias.

As matrizes textuais

As análises das obras individuais que serão empreendidas a seguir tratam de indicar suas matrizes textuais, seja no folheto de cordel, seja no entremez, comparando-as com o texto definitivo da peça em vários atos.

Auto da Compadecida (1955)

A mais festejada das peças de Ariano Suassuna, escrita em prosa, é também aquela que, tanto pelo aspecto religioso quanto pelo temático, deita raízes mais fundas na tradição cultural do Ocidente transmitida através do Romanceiro, como se vê observando suas fontes temáticas. Suas matrizes são folhetos populares e um entremez do autor, *O castigo da Soberba* (1953). Religioso e sério, este é todo cantado em versos de sete sílabas rimados aos pares, como no cancioneiro medieval e no nordestino.

O primeiro ato baseia-se em "O enterro do cachorro", fragmento do poema "O dinheiro", de Leandro Gomes de Barros; o segundo, na *História do cavalo que defecava dinheiro,* do mesmo artista; o terceiro amalgama *O castigo da Soberba,* de Anselmo Vieira de Souza, e *A peleja da Alma,* de Silvino Pirauá Lima, ambos retomados pelo entremez de Suassuna *O castigo da Soberba.* Provém ainda do Romanceiro a cantiga de Canário Pardo apontada por Leonardo Mota (1955), utilizada como invocação de João Grilo a Maria. Vêm também o nome Compadecida e a estrofe com que o Palhaço encerra o espetáculo pedindo dinheiro, retirados ao folheto *O castigo da Soberba.*

Comparando-se cada ato da peça com a fonte popular que lhe dá origem, percebe-se a fidelidade do dramaturgo à estrutura do texto popular, sobretudo nos dois primeiros atos. No terceiro, a existência de um texto intermediário, o entremez *O castigo da Soberba,* permite maiores distâncias em relação ao folheto.

Por comparação, observa-se que, no primeiro ato, o folheto é sucinto, ao passo que o dramaturgo dilata seu texto não só pela intercalação de histórias de Chicó e de diálogos de João Grilo, como por outras operações textuais. O folheto *O enter-*

ro do cachorro tem oito sequências, que Suassuna estende para vinte e cinco, assim distribuídas:

1) A necessidade de enterrar o cachorro, no folheto, é desdobrada em duas: benzer o animal e enterrá-lo. A própria bênção é duplicada: deve ser exercida sobre o animal e sobre o filho do Major. O pedido é feito três vezes quanto ao cachorro – por João Grilo; pelo Padeiro e sua Esposa; pela Esposa – e uma só vez para o filho do Major, pelo próprio pai.
2) A recusa do Padre ocorre duas vezes, sendo derrubada por dois argumentos diferentes.
3) A proposição que leva a enterrar o animal é também desdobrada e depois duplicada. No primeiro caso, há duas justificativas: pertencer ao Major, deixar testamento. No segundo caso, os herdeiros do testamento proliferam: primeiro só o Padre e o Sacristão, depois também o Bispo. A anuência do Padre, no folheto, também é duplicada, na peça, pela do Bispo.
4) A duplicação do pedido de bênção leva ao quiproquó entre o Major e o Padre, à queixa do Major ao Bispo e à intervenção da autoridade religiosa. O prazo assim decorrido acarreta a morte do animal e o recomeço do pedido irregular.
5) A ação principal é intercalada pelas histórias de Chicó e pelas explicações de João Grilo: quer se vingar do Padeiro, acusa o Padre de loucura, revela seu papel de "quengo".

Conclui-se, portanto, em relação ao primeiro ato que, além de transpor o texto narrativo para o dramático, Suassuna empreende operações de desdobramento e duplicação das sequên-cias do folheto, bem como procede a diversas intercalações.

O segundo ato retoma o folheto com menor número de operações adaptadoras. O próprio texto de cordel já apresenta um ardil que se desdobra em três situações de engodo: o animal que defeca ouro; a ressurreição graças à bexiga cheia de sangue e ao instrumento milagroso; o homem dentro do saco – sendo que o último episódio é eliminado por Suassuna.

O dramaturgo substitui o Duque do folheto por personagens diferentes conforme o episódio: no primeiro pelo Padeiro e Esposa, no segundo pelo Cangaceiro; antecede um elemento da sequência popular, pois introduz os dois ardis quase ao mesmo tempo; intercala a narrativa com peripécias paralelas: a justificativa da atitude de João Grilo, as acusações a esse personagem, a chegada de cangaceiros e a morte generalizada, uma história de Chicó. A última sequência do enterro do cachorro também aparece intermediada pelas peripécias introduzidas pelo segundo folheto, no segundo ato, para manter a continuidade da ação e ligar os dois atos.

Quanto ao julgamento da Alma, tema do terceiro ato, é o entremez *O castigo da Soberba* que segue literalmente o folheto matricial. A peça longa enriquece mais certas situações, pois multiplica o número de personagens mortos e, portanto, das salvações. Entre elas, ressalta o retorno do João Grilo à vida. Por outro lado, explora-se a astúcia do protagonista, fazendo-o solicitar a mediação da Compadecida.

Percebe-se, então, que além das operações textuais realizadas pelo dramaturgo e já mencionadas a propósito do primeiro ato, o autor procede a substituição, eliminação de um episódio e enriquecimento de outros.

Aparentemente, no segundo ato, Ariano abandona o episódio do homem colocado no saco. Para I. F. Santos, seria uma condensação do texto – e a concentração é um procedimento frequente na narrativa popular. Segundo a pesquisadora, quando Chicó acorda da morte fingida, fala da visão do Paraíso, o que remeteria à narrativa do pobre voltando do país mágico onde se colhe dinheiro nas mãos. Considera-se, porém, a passagem como uma versão regional da literatura visionária medieval, na medida em que, tal como na *Comédia* de Dante, o personagem visita o espaço além-túmulo sem ter falecido.

No ato em questão, a estrutura narrativa do texto popular é conservada, apesar da intercalação das mentiras de Chicó ou do dilatamento de certos episódios em detrimento de outros. Algumas modificações visam integrar as três histórias populares originalmente independentes, num procedimento típico do dramaturgo.

A teatralização acarreta outras modificações. No ato I, as primeiras sequências se repetem, mas o motivo central muda: é possível benzer o cão do Major e não o do Padeiro, mas é possível enterrar o cão que deixa um testamento, mesmo que ele seja do Padeiro. Assim, a sátira ao dinheiro, no original de Leandro Gomes de Barros, é acrescida da sátira social, no diálogo entre o Padre e o Major, personagem criado por Suassuna para substituir o Barão do folheto.

Em *O castigo da Soberba,* a teatralização ocasiona a atualização no texto popular, com adaptação às condições socioeconômicas da época. Desse modo, o tópico sobrevive adaptando-se: as "vinte fazendas gado" e as "barras de ouro" de Leandro tornam-se, na *Compadecida,* "doze mil vacas paridas" e "trinta milhões em metal". Portanto, os anacronismos desaparecem.

O texto de Suassuna retém quarenta e nove das sessenta estrofes do folheto, eliminando repetições e elementos dispensáveis. As estrofes conservadas são às vezes deslocadas, para a manutenção de uma ordem linear, sem contudo modificar a estrutura narrativa. Trata-se sobretudo de uma modificação da linguagem do folheto na transposição para o público e expressão do teatro. Ariano acrescenta algumas estrofes ao entremez *O castigo da Soberba,* introduzindo temas que serão predominantes na *Compadecida,* como a ironia de mostrar o galo a São Pedro. Aliás, as brincadeiras com o santo pescador reaparecem na *Farsa da boa preguiça.* Na relação entre o folheto e a peça, o inglês proprietário do cão é substituído por outros exploradores, o Padeiro e sua Mulher, desdobramento que retrata o Doutor e a Catarina do bumba meu boi, conforme afirma o autor (1973, p. 159).

Há duas versões do entremez *O castigo da Soberba.* A primeira aparece na Revista *Deca (*Departamento de Extensão Cultural e Artística, Recife, 2 (2): 39-50, 1962) e a segunda em *Seleta em prosa e verso (*1975), organizada por Silviano Santiago. Em seu estudo, Maria Ignez Novais (1976) considera que Ariano concentra a ação do poema, tornando-a mais concisa, ao mesmo tempo em que se preocupa com efeitos dramáticos da adaptação. Suassuna desdobra o foco narrativo em primeiro e segundo corifeus, sendo que o primeiro deles introduz a proposta de contar o castigo da Soberba.

Na primeira versão, Suassuna faz mínimas alterações quanto ao folheto: atualiza o dinheiro, omite versos, reduz personagens e versos do poema. Às vezes antecipa estrofes, mudando o desenvolvimento da narrativa. Para adaptar o poema ao teatro, o dramaturgo faz substituições parciais ou totais, mas com manutenção do sentido original. Ao final, porém, a mudança envolve o sentido, pois no poema o narrador sugere a recompensa em dinheiro, ao passo que a conclusão do entremez é moralizante.

Na segunda versão, Suassuna omite um maior número de estrofes em relação ao folheto e modifica versos, mas sua adaptação continua muito próxima da criação popular. As alterações visam sobretudo o refinamento do espetáculo teatral. Ele transforma os corifeus em cantadores, torna o entremez mais conciso, devido às omissões, e muda o enredo, ao eliminar o herói marcado pelo erro dos pais. Ao suprimir as súplicas da Alma à Virgem, introduz adaptações de outro folheto, *A peleja da Alma*, bem como alterações quanto à distribuição das falas dos coros. Aparentemente, a segunda versão é mais elaborada que a primeira.

Farsa da boa preguiça (1960)

Esta peça em três atos apresenta-se toda em versos livres, com trechos musicais cantados. Contém citações de folhetos, de Camões, da Bíblia e de orações. Cada ato guarda uma certa independência em relação ao conjunto, visto que tem subtítulo próprio (respectivamente "O peru do Cão Coxo", "A cabra do Cão Caolho", "O rico avarento"), prólogo e conclusão.

Seu primeiro ato é calcado em notícia de jornal e em "O preguiçoso", história de mamulengo criada por Benedito; o segundo, na história do homem que perde nas trocas o que ganhara, no romance do homem que perde a cabra e no folheto de Francisco Sales Areda, intitulado *O homem da vaca e o poder da Fortuna;* o terceiro, no conto popular "São Pedro e o queijo" e na peça de marionetes *O rico avarento*, divulgada pelo marionetista professor Tiridá. Entre a fonte popular e a peça em três atos, Ariano faz dois entremezes, O *homem da vaca e o poder da Fortuna* e *O rico avarento*, que vão constituir a base do segundo e terceiros atos, respectivamente. À exceção do folheto de Areda, as demais fontes são orais, o que impossibilita a comparação de textos.

O entremez *O rico avarento* (1954) é escrito em prosa a partir da peça anônima e homônima de mamulengo, conforme advertência do autor relacionada com o texto da peça. Aquela filiação condiciona a forma do espetáculo, extremamente cômica, apesar do assunto sério e religioso, tomado à moralidade. Portanto os personagens são alegóricos, à exceção do valentão Tirateima.

A pesquisadora I. F. Santos constata fortes aproximações entre *As bravatas do professor Tiridá na usina do coronel Javunda* e *As aventuras de uma viúva alucinada*, duas peças para bonecos de Januário de Oliveira, o Ginu, publicadas por Hermilo Borba Filho (1966), e o entremez para mamulengo *O rico avarento*, de Suassuna. A coincidência nas sequências e em aspectos do tema, como a busca de um emprego e a necessidade de comida e de dinheiro, associadas à pancadaria, que é a mola mestra do espetáculo, mostram que o teatro de marionetes tem uma estrutura simples e muito repetitiva.

Considera-se, no entanto, que, excetuando-se esses aspectos, a relação entre os dois textos referidos é bastante tênue, mas a estrutura tem alguns pontos de contacto. Entre a primeira peça de Ginu e o entremez de Suassuna, encontram-se apenas duas sequências comuns: a procura de emprego pelo protagonista e a passagem do poder a um personagem que recusa os três pedidos que recebe, no mamulengo pela violência física, no entremez com polida desculpa e atribuição de culpa ao patrão.

Quanto à relação entre a segunda peça de bonecos e o mesmo entremez de Suassuna, somente as duas últimas sequências se correlacionam: 1) o(s) diabo(s) leva(m) a mulher para o inferno; 2) o(s) diabo(s) tenta(m) arrastar o protagonista para o mesmo lugar, mas ele resiste e consegue escapar graças às pancadas que distribui.

O herói Tirateima torna-se o personagem central, em oposição ao rico avarento. Ao mesmo tempo, é o marionetista que apresenta o espetáculo, numa dupla perspectiva de narrador e protagonista, que reaparece em *A pena e a lei.* Seu nome é significativo do espírito do teatro de marionetes, porque designa um bastão que serve para bater. Ao mesmo tempo, sua extensão evoca as acumulações verbais apreciadas pelos mamulengueiros, e provoca um efeito cômico.

Em relação ao folheto, Ariano elimina o personagem Simão, cujo nome reaparece na *Farsa da boa preguiça,* e transforma o coronel em rico de coração duro. Este desvio de sentido altera a visão socioeconômica do folheto (exploração do homem) em visão cristã (falta de caridade). A sátira de Ginu é retomada naquela peça, em que os pedintes são máscaras usadas por Jesus, São Pedro e São Miguel para ilustrar uma passagem do Evangelho de São Mateus.

O texto *O homem da vaca e o poder da Fortuna* (1958) baseia-se no folheto homônimo de Francisco Sales Areda e constitui o núcleo do terceiro ato da peça. Ela também tem outras fontes orais, como a comédia de bonecos *O preguiçoso,* do mamulengueiro Benedito, a história do macaco que perde nas trocas o que ganhara, o romance do homem que perde a cabra, ambos anônimos.

Esse entremez todo cantado em sextilhas de sete sílabas mostra uma estrutura híbrida, pois à ação principal enxertam-se um romance ibérico ainda cantado no Sertão ("O amor de Clara Menina e Dom Carlos de Alencar") e passagens do bumba meu boi, especificadas nas rubricas, que vão se incorporando à ação principal. Todas as situações são representadas por um pequeno número de atores, que se desdobram em cena. Nessa passagem, o primeiro cantador se traveste de vaqueiro e faz aboio à maneira dos boiadeiros. Sua apresentação remete aos nomes e relações de família do próprio Ariano Suassuna ("sangue dos Dantas e dos Vilar"). Silviano Santiago (1975) vê aí a utilização do ator como curinga, conforme o teatro do oprimido de Augusto Boal.

Da literatura oral o entremez mantém a estrutura do par de cantadores e a fórmula canônica do prólogo narrativo em primeira pessoa, com referência a Gonçalo Fernandes Trancoso, português quinhentista autor de *Histórias de proveito e exemplo,* de larga difusão no Nordeste: "Conto uma história / que ouvi contar em "trancoso". (SPV, p. 37)

Suassuna acompanha de perto as sequências de Areda: apresentação da história; tentativas da mulher para convencer o marido preguiçoso a trabalhar; a doação de vaca; as trocas do marido; a aposta do marido com o rico; a prova imposta à mulher; a vitória e felicidade do marido.

A estrutura narrativa é conservada, embora o texto popular seja reescrito, trazendo correções à língua, mas mantendo expressões de tipo proverbial e os ritmos originais. O dramaturgo explicita no entremez passagens elípticas do folheto. Trata-se de um problema de transposição do popular ao erudito, pois, tirando-se o texto de seu ambiente, ele corre o risco de se tornar incompreensível para outro tipo de público. Há teatralização na passagem do vaqueiro, pois o folheto narra, ao passo que o entremez induz à primeira pessoa. O entremez segue fielmente o texto popular quanto às trocas e à aposta, mas o rico é ainda mais cruel no entremez e a moralidade é desenvolvida e explicitada.

A moral do entremez permanece ao nível do texto, apesar das diferenças entre o folheto e a peça. As metáforas "enxada de mamão", "chocalho de cera" e "badalo de algodão" mostram a ineficiência das ferramentas. Para o poeta popular, o trabalho é inútil porque não remunerado; para Ariano, a inutilidade é trabalhar para um patrão. A apresentação do rico e do pobre é simplória e maniqueísta. O rico, corruptor, se aproxima da figura diabólica do folheto, ainda mais que é ele quem vai pôr à prova a mulher pobre. De acordo com I. F. Santos, a passagem de O *homem da vaca...* à *Farsa da boa preguiça* não revela um caso de reescrita, mas de inserção de fragmentos do entremez em nova estrutura teatral.

A inclusão de diferentes romances numa representação popular não acarreta em geral nenhuma modificação na estrutura. É o caso do romance ibérico, presente em *O homem da vaca...* e que desaparece em *Farsa da boa preguiça.* O mesmo ocorre com a intromissão das histórias de Chicó *(Auto da Compadecida)* e as maldições dos pedintes (O *rico avarento).* Trata-se de um encaixe de peça dentro da peça, em que a cantiga de Clara Menina é introduzida por quatro versos explicativos seguidos do título. Não corresponde a uma necessidade interna da peça, cujo princípio de construção amalgama elementos díspares. São tomados ao folheto, ao mamulengo, ao bumba meu boi e ao Romanceiro e unidos por uma intenção moralizadora muito mais ambígua do que nas outras peças de Suassuna. Por isso, o caçador que denuncia a má ação é condenado, num caso de relativização da moral.

Comparando o folheto e o entremez homônimos, M. I. Novais assinala que Suassuna mantém estrofação, rima e versificação nos mesmos moldes da fonte popular. No entanto, faz outras modificações de pequeno porte: desdobra uma estrofe em fala de dois personagens; apresenta o boiadeiro pela ação; transpõe para dois cantadores a tese do narrador no poema (aquisição da fortuna pelo acaso); transporta versos com raras alterações (sinônimos); troca a ordem dos versos sem mudar a estrutura; passa para o discurso direto o que era indireto; economiza atores, pois cada um realiza múltiplos papéis; enfatiza a fidelidade da mulher.

No entremez, o poema é adaptado antes e depois da intercalação pela inserção do romance ibérico. Suassuna raramente altera o sentido dos versos do poema ao transpô-lo para a peça, mas omite aqueles sobre a quarta tentativa da mulher para fazer o marido agir, bem como a negativa de Simão. Explicita alguns versos do folheto na dramatização. Usa a rubrica para substituir a narrativa de alguns versos, cria outros. Adota o personagem do rico, que sintetiza dois do folheto, e introduz um tom moralizante.

Ao comparar o desenrolar da *Farsa da boa preguiça* com os entremezes, constata-se que inevitavelmente a peça em três atos traz um desenvolvimento muito maior do que a concisão dos textos curtos. No conjunto, ela amplia o espaço dos personagens sobrenaturais e enxerta outros subtemas a partir deles.

O sobrenatural está representado por dois níveis de três personagens de cada lado, os celestes e os infernais. Os primeiros atuam como prólogo e epílogo de cada ato, cumprindo função narrativa e épica, na medida em que se dirigem ao público. Contribuem também com a conclusão moralizante. Não interferem na ação da peça, exceto no terceiro ato, quando, travestidos de pedintes, vêm pôr à prova o rico Aderaldo. São espectadores das atitudes dos humanos. Em contrapartida, os seres infernais imiscuem-se com os personagens humanos, provocando neles ação e reação, forçando-os ao pecado e tentando arrebanhá-los para o inferno.

Por outro lado, os subtemas enxertados aparecem sobretudo no primeiro ato, que não se baseia em nenhum texto escrito, mas já lança de maneira diluída os temas que serão desenvolvidos nos dois outros. A caracterização do poeta preguiçoso e de sua esposa coincidem, o rico é personificado em Aderaldo e só se torna avarento no terceiro ato, conforme *O rico avarento*. Do folheto de Areda vem ainda a ideia de pôr a mulher à prova. No entanto, o primeiro ato funciona a partir dos contrastes entre dois casais opostos em tudo, tentados pela diaba Andreza, e das discussões sobre os diferentes tipos de poesia produzidos por Simão. Há intercalação de algumas, sem prejuízo da ação principal. Tais enxertos equivalem ao do romance ibérico no início do entremez.

O segundo ato mantém relações mais próximas com o entremez. Acompanha a maior parte das sequências deste, mas elimina as intercalações (romance de Clara Menina, insinuação de bumba meu boi). As sugestões de trabalho que a esposa faz ao marido são as mesmas, com acréscimo de mais uma, a busca do mel. O episódio das trocas existe em ambas as peças, mas difere quanto ao produto. N'*O homem da vaca...* são: vaca, burro, cabra, galo, pão e dez mil réis; na *Farsa da boa preguiça* encontramos: cabra, peru, galo, coelho, pão e um conto.

No entremez as trocas são sucessivas, ao passo que na peça elas são entremeadas com as interferências dos personagens sobrenaturais. Nos dois casos, o poeta preguiçoso vence a aposta, mas em *O homem da vaca...* ela é ganha honestamente, enquanto que em *Farsa da boa preguiça* houve subterfúgio, porque a esposa ouviu os termos da combinação entre os homens.

O prólogo narrativo do terceiro ato funciona como elemento de ligação entre as duas partes originalmente díspares, pois enfatiza o decurso do tempo ao fim do qual a situação se modificou e explicita as mudanças havidas. A partir daí as sequências acompanham as do *Rico avarento* (Simão torna-se mordomo de Catacão, procura comida, expulsa os três pedintes), mas duas histórias são intercaladas (o folheto sobre Camões e o conto sobre São Pedro e o queijo) e os personagens sobrenaturais interferem. As excessivas demonstrações de avareza do rico no entremez são mantidas. O diabo, que dança com a mulher na peça de Ginu *As bravatas do professor*

Tiridá..., é retomado aqui em Fedegoso, amante de Clarabela, e reduplicado no segundo amante, o diabo Quebrapedra. O prazo de vida concedido pelo demônio encurta-se de sete dias no entremez para sete horas na peça, mantendo-se a ressalva das mesmas orações solicitadas para o casal pobre. Os traços de representação advindos do mamulengo, que serviu como ponto de partida, desapareceram, subsistindo apenas nas cenas da pancadaria do último ato.

A PENA E A LEI (1959)

Essa peça em prosa resulta de um trabalho de reelaboração de duas obras anteriormente escritas: o entremez *Torturas de um coração,* base do primeiro ato, e *A inconveniência de ter coragem,* matriz do terceiro. A última deriva de *O processo do Cristo negro,* "uma espécie de 'facilitação' do terceiro ato do *Auto da Compadecida*", conforme explicação do próprio autor (1975). A essas duas obras foi acrescentada uma peça, especialmente feita para constituir o segundo ato e servir de ligação entre as anteriores. Os atos denominam-se respectivamente "A inconveniência de ter coragem", "O caso do novilho furtado" e "Auto da virtude da Esperança".

A encenação de *A pena e a lei* é bastante original. Transita do teatro de mamulengo para o de seres humanos, com evidente conotação moral. Ilustra um processo de evolução do homem, que vai do boneco irresponsável ao ser pleno que comparece diante de Deus. O primeiro ato, por conseguinte, mantém todos os clichês da dramatização de marionetes.

O único texto popular disponível para a comparação é o entremez para mamulengo escrito em verso, com música e dança, denominado *Torturas de um coração* ou *Em boca fechada não entra mosquito* (1951). Há personagens recorrentes nesse tipo de teatro: Cabo Setenta e Capitão, dupla de valentões criada pelo marionetista Cheiroso, e Benedito, o boneco preferido de Januário de Oliveira, o Ginu. O entremez foi reelaborado pelo autor, possuindo duas versões.

Da primeira versão de 1951, publicada em 1966 por Hermilo Borba Filho em *Fisionomia e espírito do mamulengo*, à segunda, em *Seleta em prosa e verso*, de 1975, M. I. Novais assinala ligeiras alterações: redução no título, que entretanto aparece completo no texto; acréscimo de um verso para intensificar o cômico e a identidade de situações; substituição do termo "arriar", próprio do mamulengo e que envolve uma noção de movimento brusco, por "sair", movimento mais neutro, diminuindo assim um efeito cômico.

A pesquisadora encontra ainda fortes semelhanças com a peça de Januário de Oliveira, o Ginu, *As bravatas do professor Tiridá na usina do coronel de Javunda*. A circunstância é curiosa, pois I. F. Santos considera a mesma peça de Ginu como um dos arcabouços de *O rico avarento*. Isso leva a concluir que a peça de mamulengos tem um esqueleto adaptável a várias circunstâncias e, por outro lado, que a mesma fonte popular torna-se desdobrável na criação de Ariano Suassuna.

A estrutura de *Torturas...* compreende, antes da peça propriamente dita, um longo prólogo iniciado e terminado pelo apresentador Manuel Flores, intercalado pela apresentação dos personagens e a explicação em *flash back* dos motivos que levam à atual supremacia de Benedito. O prólogo assim concebido provoca um efeito nítido de peça dentro da peça e antecipa a ação do espetáculo. É também um efeito épico, que se mantém nos três atos de *A pena e a lei*.

A peça de Ginu traz cenas curtas, com muita movimentação. Seu espetáculo, ao mesmo tempo que diverte, trata de problemas sociais: o trabalho na usina, as reivindicações do trabalhador, o deslocamento do capital para o campo. Já o entremez de Suassuna, também com cenas curtas e muita movimentação, alia à diversão a preocupação moral. Por sinal, o dramaturgo criou-o para o deleite de algumas visitas que receberia em Taperoá, dentre elas a noiva Zélia, sua futura esposa.

A transposição do entremez para a peça em três atos acarreta modificações, como se verá adiante. Ariano une o entretenimento às questões sociais (companhias estrangeiras, hierarquia social, problemas econômicos do país, fome, prostituição), mas o trágico da situação humana é amenizado pelo cômico que o dilui.

Na comparação de *Torturas de um coração* com a "A inconveniência de ter coragem", percebem-se importantes modificações: a violência física não é mais o argumento decisivo e único; os valentões destroem-se mutuamente; a astúcia de Benedito é mais sutil. Os personagens continuam estereotipados mas têm paixões secretas (horror à violência, amor às flores e aos passarinhos) ou são atualizados. Por isso, o sedutor Afonso Gostoso é transformado em Pedro, o chofer de caminhão, tipo muito comum no cotidiano nordestino. Os efeitos cômicos do diálogo do entremez são retomados e sistematizados. Aparecem em outras peças de Suassuna, revelando a marca do mamulengo.

Assinala-se uma distância significativa entre o entremez e a peça, que permanece muito próxima da fonte popular, na representação do mamulengo, na narração, nos personagens e na reflexão cruel sobre a condição humana. Estudando a relação entre o mamulengo e a obra de Suassuna, percebem-se três níveis: o popular ou o mamulengo propriamente dito – de Cheiroso, Ginu ou Benedito; o intermediário, constituído pelos entremezes de Suassuna (*Torturas de um coração, O rico avarento, O homem da vaca e o poder da Fortuna,* sendo que cada um deles resulta da reelaboração respectiva dos marionetistas mencionados antes); o culto, presente em *A pena e a lei* e *Farsa da boa preguiça,* assinalando-se para a matriz da segunda peça os dois últimos entremezes indicados.

A pena e a lei apresenta ainda um interessante caso de intertextualidade, que consiste na colagem de exemplos musicais baseados em diferentes ritmos da tradicional cantoria popular nordestina. Não são expletivos, porque se integram à ação. Por outro lado, reforçam os elos da peça com o mamulengo, pois esse tipo de espetáculo exige e inclui a música na sua apresentação. O próprio cerne de segundo ato vem em música, sob o aspecto de adivinhação, proposta por Joaquim, sobre o veredito a respeito de seu envolvimento com o roubo do animal.

Os ritmos de cantoria presentes na peça são identificados por I. F. Santos: galope (Rosinha, PL, p.75; Vicentão, PL, p. 77); martelo agalopado (Vicentão, PL, p. 91; Joaquim, PL, p. 92); martelo (Rosinha, PL, p. 129; Padre Antônio, PL, p. 129); gemedeira (Benedito, PL, p. 118); mourão de sete linhas (Cheiroso, PL, p. 84, p.138; Cheirosa, PL, p. 85; p. 138): sextilha (Joaquim, PL, p. 137); xaxado (introdução e conclusão de dança, PL, p. 31-32); baião (introdução ao espetáculo de marionetes, p. 36); embolada (introdução do ato III, entrada de Benedito, PL, p. 144-145).

Outro tipo de intertextualidade presente em *A pena e a lei* é a paródia ao discurso médico, numa espécie de atestado de óbito histriônico, já apontado antes.

Na mesma peça, existe ainda um outro tipo de procedimento: o personagem do mamulengueiro Cheiroso, ao se tornar o diretor da peça dentro da peça, empreende um rebaixamento próprio da carnavalização, ao transpor e retomar parodicamente as atitudes do personagem Autor, presente no auto sacramental *O grande teatro do mundo*, como se verá mais adiante, na abordagem desse tópico.

O CASAMENTO SUSPEITOSO (1957)

Classifica-se esta peça em prosa, em três atos, como uma comédia de costumes. Não é por acaso que vem publicada junto com *O santo e a porca*, com a qual mantém pontos de contato: estrutura-se conforme o modelo grego da Comédia Nova de Menandro, não tem matriz textual retirada ao Romanceiro, seus personagens pertencem a famílias constituídas e o seu ponto nodal consiste no interesse pelo dinheiro associado ao matrimônio. *O casamento suspeitoso* é a menos rural das peças de Suassuna, não só pelo tema como pela estrutura. Sua ação se passa na casa da matriarca Dona Guida e sua problemática é doméstica, tal como em *O santo e a porca*.

A peça não tem quiproquó, mas apela para o riso farsesco provocado pelos inúmeros travestimentos, pelas cenas de pancadaria e pela sátira social aos membros da Igreja e da Justiça. Aproxima-se mais da dramaturgia burguesa do que do Romanceiro, do qual toma apenas o personagem Cancão, protagonista de inúmeros folhetos, aqui "recriado como tipo e não como transposição direta do mito" (1982), conforme o próprio dramaturgo explica. O par Cancão/Gaspar retoma uma tradição do teatro popular, a "dupla circense que o povo, com seu instinto certeiro, batizou admiravelmente de o Palhaço e o Besta" (1982), sempre segundo Suassuna. Ela também é encontrada na propaganda popular nordestina e no bumba meu boi, ao mesmo tempo em que evoca os empregados astutos e independentes de Molière e da *commedia dell'arte*.

Como a comédia não parece ter nenhuma matriz textual conhecida, torna-se impossível fazer uma análise comparada reveladora de sua intertextualidade. Mas contém uma cena visivelmente próxima de uma outra, existente em *Hamlet,* que permite a comparação entre os dois textos.

No ato III, cena 4, Polônio oculta-se atrás de uma tapeçaria para que a rainha fale com Hamlet. Sentindo-se ameaçada pelo filho enlouquecido, ela grita, provocando reação verbal de Polônio, escondido. Hamlet então desembainha a espada e dá uma estocada na tapeçaria, matando o que considera um rato.

N'*O casamento suspeitoso,* o ardiloso empregado Gaspar se esconde atrás de uma cortina para surpreender a conversa dos três impostores, Lúcia, Roberto e Suzana. Quando fazem ameaças a ele, a rubrica informa que, ao ser mencionado, Gaspar involuntariamente faz a cortina tremer e assim propõe que Roberto, tirando o cinturão, dê uma surra no personagem.

O motivo em ambos os casos é o mesmo, embora com evidente rebaixamento cômico por parte de Suassuna e com a atenuação da morte em pancada. Aqui não se trata, propriamente, de jogo com o enunciado, mas do aproveitamento do motivo de uma cena.

O santo e a porca (1957)

Esta comédia em três atos adota modelos da alta cultura e transpõe a peça de Plauto, *Aulularia* (A panela, século III a.C.), imbricando-a com a de Molière, *L'avare* (O avarento, século XVII). É toda em prosa, como a tradução de Molière em que se baseia o texto francês, mas inclui uma pequena cantiga do Romanceiro. Os nomes dos personagens se identificam no plano sonoro e significativo, acompanhando

Plauto, como aponta Paulo Roberto Guapiasssu (1980): Euclião corresponde a Euricão; Megadoro a Eudoro; Eunômia a Benona; Estáfila e Caroba designam plantas; Pinhão remete a pião, significado de Estrobilo.

O núcleo de *O santo e a porca* repousa sobre dois módulos: o caráter do avarento e o casamento de sua filha. A análise do caráter do protagonista em contraposição aos demais personagens é constante nos três autores, embora sua apresentação e seu comportamento sejam diferentes e mostrados de maneiras distintas. Assim, ele aparece como um tipo eterno e imutável nas sociedades retratadas, um traço de personalidade independente das injunções do mundo exterior, por ser pintado e descrito de maneira atemporal. Tais sociedades, díspares no tempo e no espaço, comungam no entanto quanto à propriedade privada e à divisão em classes, produzindo senhores e criados em posições antagônicas e permanente conflito de interesses. Por isso, o tesouro é tão ciosamente guardado, e seu roubo, além de desesperar o lesado, deixa o ladrão em situação superior e em condições de atingir seus desígnios.

Em contrapartida, o casamento da filha é realizado de modo variado nas obras em apreço, com graus diversos de complexidade. Isso se traduz por um número cada vez maior de dificuldades a serem ultrapassadas e de personagens envolvidos na situação. Esta, por sua vez, se encontra extremamente bem ancorada na cor local de que se revestem os hábitos da época ou da região em que decorre a ação, conforme a peça.

O esquema inicial de Plauto – ou seja, dois pretendentes à mesma donzela –, é enriquecido por Molière a partir de uma série de duplicações: dois filhos para Harpagon (Cléanthe, Elise), portanto dois casamentos (Valère e Elise, Marianne e Cléanthe) e um terceiro irrealizado (Harpagon e Marianne, com a mediação de Frosine), além de uma família reencontrada (Anselme, mãe, Valère, Marianne). Molière abandona o deus protetor e mantém um grande número de empregados, de função expletiva na ação, que Suassuna elimina, decerto pensando no número de atores necessários à montagem. Suassuna recupera a divindidade protetora em Santo Antônio, além de transformar o prólogo monologado em epílogo de Euricão.

O dramaturgo paraibano desenvolve os dois modelos, enxertando-os, de modo a haver três casamentos (da filha Margarida com Dodó; da irmã Benona com Eudoro, pai de Dodó; dos dois empregados, Pinhão e Caroba). Adota de Plauto o deus Lar, transformado em Santo Antônio, divindade tão protetora quanto o cofre em forma de porca; de Molière, a dupla família.

As três peças conservam o pretendente descartado (Megadoro por Fédria; Harpagon por Marianne; Anselme por Elise; Eudoro por Benona e depois por Margarida), a intermediação feminina para o casamento (discreta em Eunômia, profissional em Frosine, ativa e disfarçada em Caroba), os criados como ponto de apoio para a trama (Estáfila; La Flèche; Caroba e Pinhão), a descoberta do dinheiro (Estrobilo; La Flèche; Pinhão), a reviravolta final reveladora de identidade ignorada (Licônides, pai do filho de Fédria; Anselme, pai de Valère e Marianne; Dodó, filho de Eudoro) e sobretudo, enriquecendo-o, a jovem conspurcada, objeto de quiproquó em todas as peças.

Mas Ariano inova em muitos aspectos: ao imaginar a união de Euricão com a porca; ao casar os empregados e o par de ex-noivos; ao colocar a realidade local nordestina, revestindo o tema de total comicidade, devido aos inúmeros travestimentos, mal-entendidos, pancadarias e correrias, de cômico de gesto e de situação. As diferenças entre os três autores podem ser vistas assim:

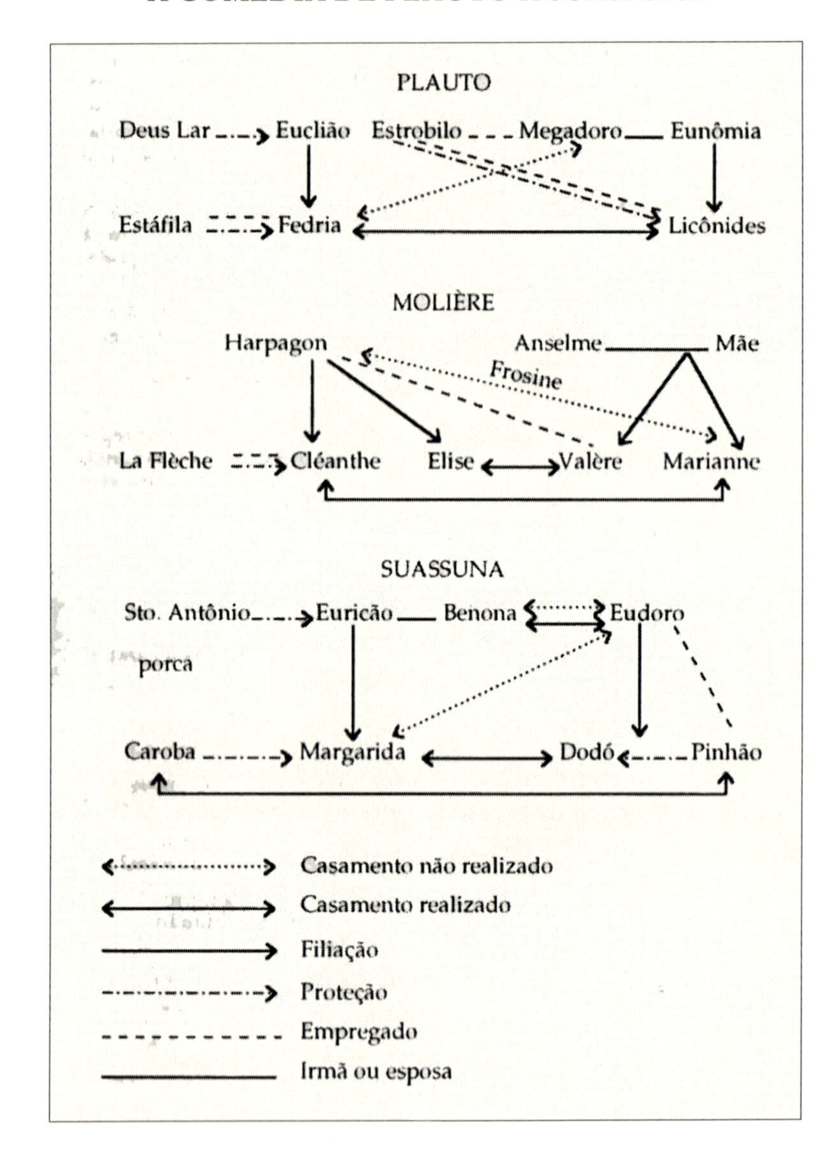

Na relação entre Suassuna e Plauto há que distinguir o modelo e o texto. A propósito do primeiro, podem-se comparar os dois esquemas – na verdade três, por causa da interferência de Molière – e constatar as modificações introduzidas, conforme o sistema anterior. No tocante ao texto, verificam-se duas ocorrências palpáveis: a apropriação do texto e a sua atualização, inserindo-o no contexto do Sertão e no molde de Suassuna.

Entende-se por apropriação do texto a sua citação quase *ipsis litteris,* que pode ser observada no diálogo entre o candidato rico à mão da moça e o pai desta. Dada a semelhança entre os termos, é possível identificar a tradução da *Aulularia* consultada por Suassuna. Ela se deve a Agostinho da Silva e foi publicada em 1952, pela Editora Globo, conforme se depreende do confronto entre os dois diálogos:

Aulularia	*O santo e a porca*
1) Euclião (à parte) – Isto parece promessa, mas é pedido. Está ardendo por me devorar o dinheiro. [...]	1) Euricão – Isso parece promessa, mas é para preparar o pedido. Está faminto, sedento por dinheiro emprestado.
2) Megadoro – Dize-me lá, que tal te parece a minha família?	2) Eudoro – Que tal lhe parece minha família?
3) Euclião – Boa.	3) Euricão – Boa.
4) Megadoro – E o meu caráter?	4) Eudoro – E o meu caráter?
5) Euclião – Bom.	5) Euricão – Bom.
6) Megadoro – E os meus atos?	6) Eudoro – E os meus atos?
7) Euclião – Nem maus, nem desonestos.	7) Euricão – Nem maus, nem desonestos.
8) Megadoro – Sabes a minha idade?	8) Eudoro – Qual é a opinião que você tem de mim?
9) Euclião – Sei que é bastante grande, como a fortuna.	9) Euricão – Sempre o considerei um cidadão honrado.
10) Megadoro – Pois eu realmente, por Pólux, sempre achei e ainda acho que tu és um cidadão sem malícia nenhuma.	10) Eudoro – Pois eu também acho você um cidadão sem defeitos.

Aulularia	*O santo e a porca*
11) Euclião (à parte) – Já cheirou o dinheiro. (Alto) Que me queres tu agora? (Plauto e Terêncio, 1952, p. 69-70)	11) Euricão – Se não for dinheiro emprestado, eu me dano! O que é que você quer? (SP, p. 26)

Analisando as réplicas, constata-se que em ambos os textos a primeira fala começa igual e se desenvolve com o mesmo sentido, mas o aparte evidente não está indicado na rubrica de Suassuna. Da segunda à sétima, os textos são idênticos. A oitava e a nona se equivalem quanto à honradez dos personagens, mas não quanto aos vocábulos. A décima tem equivalência de sentido e de palavras, embora os termos não sejam idênticos nos dois enunciados. A última tem equivalência de sentido no início e identidade na pergunta formulada, abstraindo-se a modulação tu/você. A única diferença importante situa-se entre a primeira e a segunda réplicas, em que há um diálogo mais longo em Plauto, que Ariano reduz, concentrando mais suas falas. Nesse exemplo, Suassuna opera uma verdadeira citação de Plauto intermediada pela tradução.

Incluindo-se o prólogo do deus Lar, a *Alularia* tem vinte monólogos, dos quais oito são de Euclião. *O santo e a porca* tem onze, sendo sete de Euricão, e não tem prólogo. A atualização da peça à estética do presente faz Ariano reduzir os apartes e diluir os monólogos, ora concentrando-os, ora distribuindo-os em falas mais curtas e diálogos. Comparando o famoso monólogo em que o avarento se percebe lesado, nota-se em Suassuna maior condensação no texto e pouca influência de Molière, de quem toma apenas algumas ideias.

No monólogo de Euclião, Plauto utiliza nove unidades: 1) três maneiras de indicar a perdição extrema; 2) correr ou não correr; 3) a quem agarrar; 4) cegueira, desorientação; 5) falas dirigidas ao público à procura do dinheiro; 6) perguntas para saber quem tem o dinheiro; 7) lamentos; 8) roubar a si próprio, ao próprio espírito; 9) deleite alheio x prejuízo próprio.

O escritor brasileiro adota concentradamente as unidades 1 a 4 e as duas últimas, com texto muito parecido. As unidades 5 e 6 sofrem modificações: são transformadas em diálogo posterior ao monólogo. Como tal, recebem uma resposta indicando o criminoso, fato inexistente tanto na peça latina quanto na francesa, visto que o público, acatando as convenções cênicas, não responde às perguntas que lhe são feitas sob a máscara do aparte. Essas mesmas operações de condensação e deslocamento já foram apontadas em relação à transposição do folheto para o teatro. Revelam, portanto, uma característica própria de Suassuna: elaborar seus textos a partir das fontes. Em compensação, de Molière vêm o motivo da incriminação do ladrão e o apelo à justiça, realizada, aliás, por Euricão sobre Pinhão.

Tal como fazem com a avareza e o desespero pela perda dos bens materiais, as três obras revelam o mesmo tipo de relação entre patrão e empregado, selada pelos maus tratos físicos e pela desconfiança. Assim é que Euricão os revista, do mesmo modo que Plauto e Molière (ato I, cena 3). Porém, a cena em Plauto é bastante longa, em Molière muito curta e em Suassuna é repetida, com Caroba e com Pinhão. Dois motivos a perpassam: a vistoria às mãos do criado – a esquerda, a direita, ambas, as outras – e às suas roupas, o que gera protestos morais por parte de Caroba.

No entanto, se o esquema genérico provém de Plauto, Molière recriou a peça à sua maneira, introduzindo-lhe situações que vão ser adotadas por Suassuna: os pretendentes jovens, filhos de boa condição social, empregam-se na casa do avarento para conquistar a amada e usam disfarces e subterfúgios para agradar ao patrão, ganhando-lhe a confiança; pai e filho são rivais no amor à jovem; as donzelas recusam os noivos impostos, sob pena de preferirem o convento.

Molière empresta ainda seu exemplo no tocante a uma técnica para provocar o riso, certamente oriunda da movimentação cênica da comédia italiana: frases idênticas, porém uma afirmativa e a outra negativa. Em *L'avare*, ela se situa no ato I, cena 4, a propósito da imposição de um noivo idoso a Elise. N'*O santo e a porca* também se situa no primeiro ato, mas refere-se à leitura da carta de Eudoro.

Nesse caso específico, Suassuna condensa mais o diálogo original, mas nem sempre o procedimento é o mesmo. As relações entre as três peças são tão profundas que merecem um estudo exclusivo, alheio ao presente propósito, que é mostrar o jogo intertextual empreendido pelo escritor brasileiro. Paulo Roberto Guapiassu tem uma tese sobre a recriação de Plauto por Suassuna, mas nela desenvolve pouco o papel representado por Molière na tríade.

A análise das matrizes textuais que servem de fonte para a criação literária de Ariano Suassuna revela duas marcas capitais na obra do autor em questão: a hipertrofia da intertextualidade e a predominância da medievalidade.

Pelo confronto dos textos, constata-se que a principal operação intertextual empreendida pelo dramaturgo é a citação quase literal do folheto. No entanto, há um certo número de adaptações e atualizações, quanto ao vocabulário e aos anacronismos. Mas ocorrem ainda alterações de outro porte, como eliminações e substituições, inversões nas sequências narrativas, desdobramentos e reduplicação de situações. Outras modificações incidem sobre a transposição de um gênero literário a outro e de um tipo de público a outro. Estas, indispensáveis, dirigem-se mais para o aspecto formal das peças, ao passo que as anteriores traduzem uma reelaboração pessoal e interpretativa sobre as matrizes.

Na questão da intertextualidade em Suassuna, transparece o paralelismo de sua obra em contraponto à literatura popular. De outro ponto de vista, a retomada de textos alheios, imbricados ou não, produzindo uma versão nova, remete à intertextualidade medieval pelo aspecto das versões diversas e variantes livres de um texto, próprio ou alheio.

A mesma situação se presentifica no cordel, que, além desse traço, inclui vários outros que são reveladores do seu caráter medievalizante, questão já bastante analisada e que não será abordada aqui porque extrapola o assunto. Entretanto, Suassuna não adota a forma da literatura popular. Dela aproveita, em maior ou menor escala, os temas, as sequências narrativas, a estrofação e as rimas, o conteúdo e a visão de mundo – aspectos que denotam muito da medievalidade não só dessa literatura como na região que a cultiva.

A medievalidade atingida através da literatura popular é reforçada por outra, a dos modelos formais selecionados por Suassuna, para coadunar sua dramaturgia com o estímulo da produção dos textos. O resultado final explicita a harmonia das fontes textuais e formais para a transposição, ao ambiente culto, de uma obra que manteve a mesma verve popular própria das criações literárias europeias da época dos descobrimentos. No texto de Suassuna, alguns aspectos convergem para este período, como se viu. Eles derivam, pois, não só do âmbito literário como, também, das peculiaridades sociais da região, que atua como pano de fundo para seu universo ficcional.

5

MODELOS FORMAIS

Assim como é possível ler-se um texto através de outro, no eixo horizontal, também é cabível analisar-se o seu molde formal, no eixo vertical, levando em conta os modelos diversos que se entrelaçam para compô-lo, tomados a múltiplas naturezas de fontes. Entram aí não só a estrutura narrativa dos folhetos de cordel como o improviso e a música do mamulengo, a justaposição de episódios do bumba meu boi, o apresentador circense de inúmeras peças. Predominam os modelos tomados à tradição do teatro europeu do Ocidente, sobretudo o molde cristão medieval ou medievalizante (como o auto sacramental), num âmbito que cobre as modalidades prevalecentes no período compreendido entre os séculos XV e XVII, como o mistério, o milagre, a moralidade, a farsa, a comédia italiana e a francesa clássica. Esses séculos em si ultrapassam a cronologia oficial atribuída à Idade Média, mas neles subsistem ainda remanescentes daquela fase anterior.

Coerentemente com a fisionomia da cultura popular nordestina, cujos moldes se congelaram em formas europeias associadas ao mundo da oralidade, as peças assim concebidas correspondem à adoção de temas do Romanceiro. No entanto, aquelas que fogem a esse esquema têm estruturas alheias às fórmulas regionais, porque se baseiam no cânone da comédia greco-latina ou Comédia Nova de Menandro. Em todos os casos, o produto final constitui um todo coerente, no qual se reconhece a fórmula recorrente de Suassuna.

Essa relação entre um texto e um modelo "formal", característico de um gênero que viveu historicamente, é um dos caminhos da intertextualidade. O conjunto de estruturas semânticas e formais forma um arquitexto, pois os arquétipos de gênero, ainda que abstratos, constituem estruturas textuais presentes ao espírito de quem escreve, conforme aponta Laurent Jenny (1976). Todas as linguagens são sistemas modalizantes, isto é, estruturam o sentido, sendo assim portadoras de conteúdo. Desse modo, pode-se então falar de intertextualidade entre uma obra precisa e um arquitexto de gênero literário, porque estão colocados em relação a dois sistemas de signos cuja organização é de mesma natureza.

Tal problemática remete à questão dos gêneros literários. É claro que não há gêneros puros, mas a nível teórico cabe definir cada um deles, para se verificar como atuam na prática. A questão se reforça em Ariano Suassuna por causa do hibridismo do seu teatro, fenômeno devido a três causas: a medievalidade, o projeto estético armorial, o saber teórico do autor.

De acordo com a interpretação figural cristã proposta por Auerbach para conceituar a visão de mundo medieval, o teatro desse período não faz *a priori* uma distinção canônica entre dramaturgia litúrgica e profana, pois pela ideologia do teocentrismo todas as misturas e fusões se dão sob a permissão divina. Consequentemente, não só os temas como as formas vão-se imbricando, num processo sempre híbrido. Portanto, a medievalidade é um importante foco de hibridismo e de intertextualidade, não só a nível de texto mas ao de estruturas formais.

O projeto estético armorial propicia uma segunda via ao hibridismo e ao estudo das estruturas formais, visto que associa formas populares a outras, eruditas. É evidente que o conhecimento teórico do autor facilita a associação, pois lhe permite dialogar com os diferentes modelos, gêneros e subgêneros dramáticos, resultando daí a criação de seu molde próprio. O autor revela-se consciente desse trabalho quando dessacraliza os gêneros literários. No prólogo de *A pena e a lei*, define a peça como, simultaneamente, "tragicomédia lírico-pastoril", "drama tragicômico", "farsa de moralidade" e "facécia de caráter bufonesco".

Não se ignora que tal acúmulo de termos teatrais produz um efeito cômico. Mas não se trata aqui de paródia à erudição, visto que os termos estão empregados com pertinência e sentido próprio. Eles trazem, porém, um problema teórico, o da definição do gênero, pois uma só peça atende a diferentes arquétipos de categorias dramáticas *de per se*, acrescentando-se o fato de serem apresentadas pelo teatro de bonecos.

As obras de Ariano Suassuna enquadram-se de maneira geral no modo imitativo baixo conceituado por Northrop Frye, que atua na comédia e na história romanesca. Entretanto, nem todas são comédias no sentido estrito. Por isso é preferível considerá-las dentro do cômico, em vez de comédias. E como nem todas são cômicas, mais adiante serão vistos os problemas de classificação que elas acarretam.

Para Northrop Frye, em *Anatomia da crítica*, o imitativo baixo constitui um dos modos da ficção cômica, cujo tema é a integração à sociedade. Tem sua primeira presença na Comédia Nova de Menandro (século IV-III a.C.), sucessora da Comédia Antiga de Aristófanes, e apresenta uma forte propensão para a comédia social. Seu desenlace envolve frequentemente uma promoção social e um final feliz, conforme o arquétipo da Cinderela no mundo doméstico. O crítico explicita essa modalidade dramática nos seguintes termos:

> A Comédia Nova apresenta normalmente uma intriga entre um rapaz e uma jovem, obstada por algum tipo de oposição, geralmente paterna, e solucionada por uma reviravolta no enredo, a qual é a forma cômica do "reconhecimento" de Aristóteles, e é mais manipulada do que sua contrapartida trágica. No começo da peça as forças que se opõem ao herói estão sob o domínio da sociedade da peça, mas depois de um descobrimento com o qual o herói se torna rico ou a heroína respeitável, uma sociedade nova se cristaliza no palco em torno do herói e sua noiva. A ação da comédia move-se assim no sentido da incorporação do herói à sociedade à qual ele naturalmente se ajusta. O herói em si mesmo raramente é uma pessoa muito interessante: em conformidade com o decoro imitativo baixo, é medíocre em suas virtudes, mas socialmente atrativo (1973, p. 50).

Os temas de Ariano provêm de fontes diversas e o mesmo ocorre com o aspecto formal de suas obras, cujos arquitextos se reconhecem na comédia da Antiguidade, no teatro religioso medieval, no teatro popular e nos folguedos nordestinos.

Dentro dessas macroestruturas, o artista constrói suas peças fazendo combinatória de microestruturas diversas, despreocupado com a pureza dos gêneros, consoante o hibridismo medieval. Assim, identificam-se quatro tipos de composição a partir das estruturas das peças analisadas:

1) Comédia da Antiguidade com final moralizante (*O santo e a porca, O casamento suspeitoso*), acrescentando-se, quanto à última, personagem tirado ao Romanceiro.
2) Duplicação técnica (parte narrativa mais parte dramática) aliada à estrutura de folheto de cordel com música, acrescentando-se uma bifurcação:
   (a) fusão de milagre com moralidade mais julgamento (*O castigo da Soberba*);

(b) teatro dentro do teatro, pela inclusão do romance velho ibérico e do bumba meu boi (*O homem da vaca...*).
3) Mamulengo com apresentação épica e metateatro, também bifurcado por acréscimo de:
(a) moralidade (*O rico avarento*);
(b) personagens de comédia italiana (*Torturas de um coração*).
4) Ao polo do metateatro entrecruzam-se estruturas diversas – teatro religioso, teatro popular, Romanceiro – que se concretizam em três possibilidades:
(a) mistério da Paixão; personagens de comédia italiana; ritmos da cantoria (*A pena e a lei*);
(b) moralidade; farsa; citação de folhetos (*Farsa da boa preguiça*);
(c) milagre, apresentação de circo, reescrita de folhetos (*Auto da Compadecida*).

Através do estudo das estruturas empregadas pelo dramaturgo paraibano, vê-se que predominam modelos formais que apontam para a medievalidade dos seus arquitextos.

Comédia da Antiguidade

É o modelo formal mais antigo da tradição dramática ocidental na comédia. Está presente em Suassuna e, coincidentemente, atua em peças que não se relacionam com o Romanceiro, a saber: *O santo e a porca* e *O casamento suspeitoso.*

A comédia canônica, que tem final feliz, reviravolta e integração a uma nova sociedade, conforme Northrop Frye (1973), só existe em *O santo e a porca.* Talvez porque esta peça seja herdeira dos modelos descendentes da Comédia Nova de Menandro, com estrutura estável através do tempo e largamente difundida enquanto modelo. Este tipo de comédia foi adotado e divulgado por Plauto e Terêncio e retomado na Europa com o Renascimento, originando no século XVII a comédia clássica de Molière. Convém lembrar que Plauto e Molière trataram o tema do avarento e seus textos funcionam como matrizes para Suassuna.

A peça *O santo e a porca* apresenta todos os elementos indispensáveis a este modelo de obra: o par de jovens enamorados, a obstrução paterna, a reviravolta propiciadora do reconhecimento cômico, o final feliz constituindo uma nova sociedade. Porém intrometem-se alguns matizes, já que a situação se complica, resultando num desenlace com triplo casamento. Por outro lado há um deslizamento, pois o herói não é o jovem enamorado e, sim, a dupla de empregados intrigantes, em especial Caroba. O final contudo é agregador e traz promoção social aos noivos, ainda que este objetivo tenha sido atingido graças aos ardis da criada. Só não ocorre *happy end* para o personagem que se exclui do convívio social, moralmente condenado por sua avareza e destinado a conviver com seu ouro desvalorizado.

Em compensação, *O casamento suspeitoso* difere um pouco do modelo anterior, embora ainda se enquadre como herdeiro da Comédia Nova, apesar das modificações no padrão. Nessa peça há também reviravolta e final feliz, tudo fica nos seus eixos, conforme o esquema da comédia. Mas existe um impostor que precisa ser desmascarado, subdividido em três personagens: Lúcia Renata, Roberto Flávio e Suzana Cláudia. Com isso, o desenlace desejável é o impedimento do casamento indesejável.

No início da peça, a mãe do noivo configura-se como elemento da sociedade obstrutora que não aceita o casamento do filho. Este, associado ao trio composto por noiva, futura sogra e primo, representaria a nova sociedade a ser constituída com o desenlace. Denunciada esta última e expulsos os impostores após serem descobertos, não se tem aí a expulsão ritual do *pharmakós*, ou bode expiatório, porque eles não são inocentes.

O final da peça traz as mesmas sociedades, mas com sinais trocados: a que primeiro era tida com obstrutora mostra-se a adequada; a que era considerada desejável revela-se inadequada, porque baseada em falsos embustes. O herói não é o noivo conforme exigência do modelo canônico, mas desloca-se para a dupla de empregados desmascaradores. A noiva, arquétipo da Cinderela que almeja casamento, promoção social e final feliz – aspirações próprias da comédia doméstica posterior à Comédia Nova grega – é desmascarada em sua hipocrisia. Assim, ela não se torna a heroína rica, respeitável e digna.

Em *O casamento suspeitoso*, há um traço de ironia na inversão de padrões, mas dá-se uma integração do personagem à sociedade, com *happy end* e revelação cômica. Existe uma regra moral de liberdade: escolher o certo ou o errado. Optando pelo errado, aquela sociedade aparentemente desejável, mas baseada em premissas falsas, se desagrega. Desse modo, a noiva não se torna a heroína. A vitória do Bem é preparada pela dupla de criados ardilosos, herdeiros do *dololus servus* da comédia romana. Na função de arquiteto da ação cênica, o par é responsável pela maior parte da motivação cômica da peça e se aproxima do tipo bufonesco. Essa comédia de maneiras e de costumes mostra uma sociedade voltada para o esnobismo e a difamação. Quem se opõe a ela ou dela é excluído obtém a simpatia da audiência.

Quanto às outras peças de Ariano, que fogem à conceituação de Frye, situam-se quase todas no cômico, porém com forte influência da mistura de gêneros própria da Idade Média, o que se associa à religiosidade também medieval dos temas escolhidos pelo escritor.

Partindo do fato de que o teatro medieval surge na missa, reduplicando e explicitando didaticamente a liturgia durante o sermão para ilustrar passagens bíblicas, em especial do Novo Testamento, no qual se presentifica a vida de Jesus Cristo, pode-se considerá-lo paródico no sentido etimológico de paralelismo.

Não cabe aqui retomar a discussão a respeito do surgimento do teatro profano, para definir se ele brota dos enxertos ao teatro litúrgico, se aparece a partir da comédia em latim praticada nos conventos durante a Plena Idade Média, se descende da tradição dos mimos e do teatro latino – não de todo desaparecida na Idade Média –, ou se ele é autônomo e correlacionado ao desenvolvimento das cidades e feiras. O caso é que se encontram no teatro de Suassuna modelos pertinentes às duas modalidades de teatro medieval. Quanto às do teatro litúrgico, podem ser postas em correlação com o mistério, o milagre e a moralidade. Inclui-se aí o auto sacramental espanhol seiscentista, porque ele é uma extensão do teatro religioso medieval, uma vez que mantém a supremacia da temática religiosa própria do medievo e reforça o teocentrismo de base tridentina. Em relação ao teatro profano, a matriz predominante provém sobretudo da farsa.

O mistério ou encenação dos mistérios da fé e da religião pode ser exemplificado com *A pena e a lei.* Não se trata de enunciado paródico, mas de um processo de teatro dentro do teatro, com transição paulatina da peça principal para a cena segunda, por meio de encaixes e imbricações. Seu terceiro ato se passa na Sexta-feira Santa, "dia da morte de Cristo" (PL, p. 142), e Cheiroso tem um pedaço de pão e um resto de vinho. Isso remete à Última Ceia e à Paixão de Cristo, cujas grandes representações se tornaram famosas ao final da Baixa Idade

Média, e também à encenação anual em Fazenda Nova, Pernambuco, que se iniciou com membros egressos do TEP.

Num primeiro momento, Cheiroso representa Cristo e vai ser novamente julgado, só que dessa vez pelos personagens da peça, que acabam de morrer. A transição para o início da Paixão se dá com o beijo de Vicentão, inegavelmente calcado no de Judas. Em seguida, o personagem Pedro responde negativamente três vezes e o galo canta, em visível alusão a São Pedro. A partir desse ponto, cada pergunta do Acusador corresponde a um dos passos da Paixão: o Cristo é levado diante de Pilatos, em seguida a Herodes e, depois, entregue aos homens para ser crucificado, quando brada que tudo se consumou. E finalmente Cheiroso/Cristo conclui o espetáculo com um grande monólogo, no qual declara que Cristo foi mais uma vez julgado e crucificado.

Assim, de modo resumido, Ariano incorporou o mistério da Paixão de Cristo à representação do último ato de uma peça que, no primeiro, é representada por atores imitando bonecos. A obra mostra, pois, na sua estrutura, uma parte dentro dos moldes do teatro de mamulengo, outra no do mistério e a de transição em uma que foge ao convencional, na medida em que os atores devem representar usando uma atitude canhestra, intermediária entre o boneco e o ser humano.

O milagre, enquanto estrutura dramática, não se faz presente, porque nenhum texto narra ou encena os descalabros da vida do pecador que deverá se arrepender ao final. No entanto, ocorre resumidamente todas as vezes em que a intervenção de Nossa Senhora opera a salvação de almas tresmalhadas. Desse modo, incorpora-se o cânone dessa modalidade dramática medieval a uma peça com outra estrutura. Vê-se tal ocorrência em *O castigo da Soberba* e no *Auto da Compadecida.*

Na primeira, Maria interfere favoravelmente junto ao Filho e obtém êxito na missão, ao ser solicitada pela Alma desamparada pelo pecado. Repete-se no entremez o mesmo modelo do milagre: o pecador, vendo-se perdido e arrependendo-se de seus maus atos, invoca a mãe de Deus e consegue o perdão. A diferença reside no fato de que os personagens do milagre têm existência histórica, ao passo que em *O castigo da Soberba* são alegóricos como os da moralidade. O mesmo hibridismo não acontece no *Auto da Compadecida,* em que realmente estão presentes todos os elementos do milagre: a vida devassa, a intercessão de Nossa Senhora, a remissão dos pecados.

Nessa última peça, repete-se a mesma situação. Quando o julgamento parece decidido, diz o Encourado: "A situação está favorável para mim e preta para vocês" (AC, p. 159). Ao que o amarelo responde com autossuficiência: "Tudo precisando de João Grilo! Pois vou dar um jeito" (AC, p. 168). E acrescenta: "Meu trunfo é maior do que qualquer santo" (AC, p. 169). Em seguida, invoca a Virgem duas vezes, cantando a cantiga de Canário Pardo. Ela responde e age, para que os filhos de Deus não sejam condenados.

Nessa peça, a situação se torna mais complexa, porque, ao final do julgamento, João consegue a absolvição dos cinco pecadores e ele próprio obtém a graça de voltar à Terra, como segunda oportunidade. Aqui a intercessão da Virgem opera inegavelmente a grande reviravolta de impedir a condenação de todos. Embora só se tenha uma amostra do comportamento de cada personagem, porque sua vida não é integralmente narrada, a acusação a cada um resume moralmente aquele relato. Conclui-se então que houve efetivamente um milagre da Virgem, pois a situação seria desesperadora sem a sua mediação.

A estrutura do milagre está presente desde o século XIII, como no *Miracle de Theóphile,* texto no qual a narrativa mostra que o pecador arrependido de ter feito o pacto com o Diabo se salva pela mediação da Virgem. Esta peça de Ruteboeuf prefigura o *Fausto* de Goethe, século XIX. Entre ambas, figura o texto inglês *Doctor Faust,* de Christopher Marlowe, do século XVI, que já é uma tradução de texto francês anterior.

A moralidade tem um arquitexto no qual se dá o julgamento de uma alma. Ela emite como mensagem a atenção aos gestos na Terra, porque deles depende a vida posterior. A moralidade propriamente dita comparece em dois entremezes, um sob o modo sério, *O castigo da Soberba,* outro jocoso, *O rico avarento.* Inevitavelmente, a moralidade implica juízo final (que também ocorre em outras peças de Ariano) e alegoria, pois estão em jogo valores morais e espirituais e não propriamente personagens. Entretanto, ainda se encontram traços de moralidade em outras peças, como as que contêm juízo final e as que terminam por reflexões moralizantes.

Embora tematize um milagre, *O castigo da Soberba* caracteriza-se como moralidade, porque usa alegoria e fornece um exemplo a ser seguido. O prólogo, encenado por dois cantadores e coro, narra a vida do rico barão soberbo. O desenvolvimento da peça mostra o julgamento da Alma às portas do céu, tendo como outros personagens, todos alegóricos – São Miguel, São Pedro, Jesus, o Diabo, a Virgem –, com implorações coletivas dos dois semicoros. O desfecho traz novamente à cena os dois cantadores e o coro, concluindo pela salvação de quem se apega a Deus, a Cristo e à Virgem Maria. Esta atua como advogada de defesa, nesse entremez em que se assiste ao processo de julgamento da Alma, que é o réu, sendo Jesus o juiz e o Diabo o acusador.

Em outra moralidade, *O rico avarento,* excentuando-se Tirateima, os personagens também são alegóricos: o Rico, a Cega, a Mendiga, o Mendigo, os três diabos Canito, Cão Coxo e Cão Ciúme, respectivas máscaras do Maligno. Aliás, a identificação popular do demônio com cães e bodes já se encontra em Gil

Vicente, pois na *Barca do Inferno* fala-se em "lago dos cães" e o diabo da *Barca do Purgatório* berra como um caprino. Cães e bodes são seres ctônicos, resultantes também da demonização binária operada na Idade Média pela cristianização/assimilação das divindades pagãs.

Nesse segundo entremez que se molda sobre a moralidade, não há narrativa da vida pregressa do rico, porque suas más ações são encenadas e precedem seus últimos momentos. Contrastando com o anterior, o julgamento é sumário, embora Canito deixe ao Rico uma possibilidade de defesa: um prazo de sete dias para que alguém reze por ele.

Ainda que apresentado de modo jocoso, o tema do entremez é sério e retoma assim a tensão medieval entre assunto sério e carnavalização pelo tratamento cômico. O anúncio do prazo fatal e a possibilidade de salvação, presentes em *O rico avarento*, remetem ao *Auto de moralidade de Todo o Mundo*, obra anônima inglesa dos princípios do século XVI, considerada a mais famosa moralidade. Para Maria Luísa Amorim, que a traduziu e analisou, embora a moralidade seja um produto universal, em cada parte da Europa ela surge com características diferentes. Assim, na Inglaterra questiona-se o fim último do homem, ao passo que na França está em foco o comportamento social do indivíduo. Desse modo, pode-se considerar *O castigo da Soberba* como uma moralidade à inglesa, enquanto que *O rico avarento* melhor se enquadra na modalidade francesa.

Na famosa moralidade inglesa, a Morte não dilata o prazo do personagem Todo o Mundo, mas o desenvolvimento da peça revela-o numa espécie de exame de consciência figurado, à procura de companhia para a última viagem. Ele só a obterá através de Boas Ações, quando, após a confissão, se houver liberado dos pecados. Esse intervalo é mostrado cenicamente e por isto pode ser adaptado para O *rico avarento*, com a diferença de que no entremez o prazo é verbalizado e não encenado. A busca de um companheiro salvador, representada em *Todo o Mundo* por Boas Ações, traduz-se no texto de Suassuna pelo pedido de orações.

A *Farsa da boa preguiça*, que não é propriamente uma moralidade pura mas está calcada em O *rico avarento*, também tem a "hora do castigo" (FBP, p. 159). Os três pedintes se identificam como São Miguel, São Pedro e Manuel Carpinteiro (Jesus). Nessa peça, o prazo de penitência se restringe, sendo sempre indicado pelos seres do Mal, como no entremez, pois Fedegoso propõe apenas sete horas para o ricaço encontrar quem reze por ele. Do mesmo modo, o decurso de prazo não é encenado, mas sim verbalizado. Na peça, o poeta Simão e sua mulher Nevinha escapam através do recurso à pancada, tal como Tirateima, de O *rico avarento*. Mas, contrariamente ao entremez, conseguem absolver o casal rico rezando as orações em tempo recorde.

A moralidade remete ainda ao *Auto da Alma* vicentino. Contudo, a conhecida peça do autor português não parece servir de base para Suassuna, pois tematiza a Igreja como estalajadeira para refeição e descanso das almas, tema que se afasta do brasileiro por ser excessivamente denso. Em contrapartida, assinala-se no auto português a presença dos personagens alegóricos.

O juízo final, um motivo recorrente em Suassuna que se considera dependente da moralidade, intervém em inúmeras peças. Já foi visto explícito em O *castigo da Soberba* e implícito em O *rico avarento*, peças identificadas como moralidades, bem como em *Farsa da boa preguiça*, obra calcada na anterior. Ele aparece detalhadamente no *Auto da Compadecida*, associado ao milagre da Virgem, em relação a João Grilo. Também é visto em *A pena e a lei*, no mistério da Paixão em que Cristo/ Cheiroso passa novamente pela cruz.

Não há juízo final, mas ocorre um julgamento sumário na condenação à morte do caçador, no romance de Clara Menina embutido em *O homem da vaca...* Não se encontram cenas explícitas de julgamento em *O santo e a porca* e em *O casamento suspeitoso*, o que não exclui a condenação moral nos dois casos: Euricão é censurado pela avareza e destinado a ficar só em companhia do cofre-porca; o desmascaramento de Lúcia Renata, Roberto Flávio e Suzana Cláudia como impostores permite situá-los como personagens moralmente desaprovados.

Além das moralidades propriamente ditas e das cenas de juízo final, percebe-se em todo o teatro de Suassuna um tom moralizante no término de cada peça, à guisa de conclusão. Ele faz parte do arsenal de recursos ideológicos da sua dramaturgia, que repousa em visão de mundo cristã, maniqueísmo, personagens alegóricos.

Cronologicamente, a última manifestação de teatro religioso é o auto sacramental. Denomina-se assim a forma dramática religiosa do *siglo de oro* espanhol que se manifesta na época do imperador Carlos V, trazendo a temática da vida como representação ou sonho e a expressão alegórica, segundo Maria de Lourdes Martini. Trata-se de uma representação profano-litúrgica em uma jornada ou ato, encenada por ocasião de Corpus Christi e referente ao sacramento da Eucaristia, de acordo com teóricos como Vossler (1960), Valbuena-Pratt (1957) e todas as definições arroladas por Bruce Wardropper (1953) a propósito do assunto.

Relaciona-se com obras devotas da primeira metade do século XVII, transpondo para o sagrado temas profanos, lendas populares ou acontecimentos de atualidade, adaptando-os e acrescentando às moralidades o vilancico eucarístico. Propõe-se a divertir instruindo teologicamente, como ocorre em toda a arte medieval de que o auto sacramental é de certo modo o rebento tardio, que se apresenta através de brilhantes representações apoiadas por instituições oficiais. Assim, a pompa e a riqueza da encenação contribuíam para que um público heterogêneo pudesse acercar-se das sutilezas do dogma. Ou seja, o auto sacramental atualiza elementos dramáticos já existentes na procissão de Corpus Christi, saídos da tradição teatral da Idade Média.

A primeira indicação da sua presença na Espanha é atestada em Valência, em 1570, mas a comemoração ao Santíssimo Sacramento já é documentada na Europa desde 1246. Foi instituída como festa ecumênica da Igreja católica pelo papa Urbano IV em 1264.

A utilização da alegoria revela-se indispensável na concretização de conceitos abstratos através de personagens, nas metáforas continuadas do texto, na relação entre jogo de ficção e realidade. O autor mais representativo do auto sacramental é o espanhol Calderón de la Barca.

Para Arnold Hauser (1965), nesse autor e na corrente do maneirismo se tematiza a desilusão como manifestação de autoconsciência, sob a forma de vida como sonho, imagem do teatro do mundo. Por isso, a vida é representação. Então, o Autor, terminologia da época para indicar o empresário, o criador – logo, Deus – distribui os papéis, donde o teatro dentro do teatro. Autor/Deus cria os homens e os envia ao Mundo para a representação. O Mundo fornece as caracterizações dos atores/homens, despojando-os do que lhes fora entregue: os papéis, isto é, a vida.

Outro tema próprio do auto sacramental é a fugacidade da vida (ausente em Suassuna), comum ao século XVI, como se percebe na obra de Ronsard, em especial na *Ode à Cassandre.* Associado a ele encontra-se o do merecimento (do Céu ou do

Inferno) pelas obras realizadas. Por isso, após a morte, os participantes da comédia da vida são julgados pelo Autor, dele recebendo prêmio ou castigo, segundo a qualidade da representação vivida. Em tal contexto, a construção em abismo e o metateatro em *Grande teatro do mundo* implicam uma teatralidade anterior à própria teatralidade, processo de conscientização explicitado em Shakespeare, Cervantes e Calderón, pelo qual os personagens discutem os papéis recebidos. Entretanto, também vemos tal procedimento na *Trilogia das Barcas,* embora Gil Vicente não seja maneirista e até mesmo preceda todos os autores aqui mencionados.

O auto sacramental vincula-se com as danças da morte medievais, o que permite caracterizá-lo como a fórmula de conciliação entre a criação do poeta culto e a criatividade de base popular para equacionar uma mensagem dirigida à massa heterogênea de receptores. Nas danças da morte espanholas do século XVI, há elementos explorados pelo teatro seiscentista daquele país: a vida como um breve momento, a representação dos diversos estados sociais, a inevitabilidade da morte igualadora, a exemplaridade do merecimento pelas boas obras realizadas, a alegoria. Deduz-se do exposto uma profunda relação entre dança da morte, moralidade e auto sacramental. O último se especifica através de sua identificação com a Eucaristia, ao passo que os três tipos são modalidades de teatro religioso que usam a alegoria.

O crítico Sábato Magaldi considera Suassuna influenciado pelo auto sacramental, conforme declara no estudo introdutório a *A pena e a lei.* No entanto, acredita-se possível discordar, visto que nas obras do escritor não se tematiza a Eucaristia, que é a razão primeira desse tipo de peça. Julga-se mais plausível considerar em Suassuna a adoção naquela peça de certos traços específicos do *Grande teatro do mundo,* de

Calderón, e não a de todo o subgênero literário, pelos seguintes argumentos:

1) a religiosidade e a alegoria são comuns a outras formas de representação teatral e artística anteriores ao surgimento histórico desta modalidade teatral;
2) a referência à Eucaristia é indispensável porque o auto sacramental encena a comemoração de Corpus Christi; contudo, ela só aparece em Suassuna uma única vez e episodicamente, em *A pena e a lei,* através da representação do mistério da Paixão. Evidentemente, a cena precisa começar pela última ceia, na qual Cristo institui o pão e o vinho como corpo e sangue do Senhor;
3) os temas do merecimento e do julgamento já são conhecidos desde as moralidades e estão presentes em obras historicamente anteriores, como o *Auto da Alma* e a *Trilogia das Barcas* de Gil Vicente; também o da fugacidade da vida, já tratado por Ronsard, autor quinhentista como o teatrólogo português.

Resta então, de Calderón, o metateatro, que, aliás, também aparece em Shakespeare, no *Hamlet.* É oportuno notar que os dois autores, por serem maneiristas, adotam a construção da obra dentro da obra, própria desse estilo de época, e encontrada também no *Quixote.* Porém, nada impede que o conjunto de características que convergem para o auto sacramental tenha sido adquirido por Suassuna através da peça de Calderón, motivando a afirmação mencionada. Em última instância, observa-se que sua dramaturgia não contém o marco nodal do auto sacramental, contentando-se com os acessórios, que são encontrados em outras modalidades teatrais anteriores. Por isso julga-se que não há auto sacramental na obra de Suassuna, embora *A pena e a lei* apresente alguns pontos de contacto com aquela especificidade dramática tão marcante no seiscentismo espanhol.

Tudo leva a crer que do auto sacramental, ou melhor, do *Grande teatro do mundo,* Suassuna tenha adotado o metateatro. Aliás, em quase todas as suas peças ele usa não só aquela construção como a metalinguagem. Excetuam-se aquelas moldadas na comédia da Antiguidade e os entremezes *O castigo da Soberba* e *O homem da vaca...,* muito vinculados ao folheto de cordel. Neles o processo aparece diluído. Encontra-se teatro dentro do teatro em *Torturas de um coração, Auto da Compadecida, A pena e a lei, Farsa da boa preguiça.*

O castigo da Soberba não tem metalinguagem, mas ela existe n'*O homem da vaca...,* como se pode constatar a partir das seguintes incidências:

1) a última fala de Simão no prólogo, indicando a consciência da representação;
2) a inserção do referido romance velho ibérico na estrutura do entremez;
3) a fala da mulher de Simão, ao final da apresentação do romance velho – "Está muito boa a peça!" (SPV, p. 43) – reitera a consciência de que há uma peça dentro da peça, ao mesmo tempo em que retoma a deixa anunciada por Simão no primeiro exemplo;
4) a intromissão do bumba meu boi no entremez, através do primeiro cantador identificado como vaqueiro e usando máscara. O folguedo é mais nítido na apresentação deste figurante e na sua doação da vaca, mas aparece cada vez que ele entra caracterizado como naquela encenação, montado em animais artificiais ou trazendo-os para as trocas, de acordo com as rubricas.

O metateatro faz-se presente em *Torturas de um coração* a partir de dois personagens: Manuel Flores, apresentador do entremez que intervém nos dois prólogos e no epílogo, e Benedito, protagonista e mamulengueiro, que comanda as ações dos outros personagens, sobretudo na parte situada entre os dois prólogos. Esta se configura como uma espécie de interlúdio para a construção dos personagens e preparação à peça propriamente dita, que tem início após a segunda fala do apresentador. O tipo mesmo de peça, a de marionetes, favorece a técnica do teatro dentro do teatro, pois para sua apresentação é instalado um pequeno palco sobre um tablado.

O apresentador Manuel Flores atua como uma espécie de mestre sala do espetáculo, estabelecendo a relação entre o palco e o público, o que elimina a quarta parede. No primeiro prólogo, ele se dirige canonicamente à audiência, situa o local da ação, explica a natureza do espetáculo – uma farsa à alta sociedade – e apresenta os personagens. Aí nota-se o contraste cômico entre a excelência do Senhor Cabo e as suas banais atribuições cotidianas.

Na segunda intervenção, Manuel Flores identifica-se com o público, comentando com ele a recente situação favorável de Benedito e a explicação de suas causas, que apontam para um evidente recurso ao *flash back.* O apresentador menciona a natureza do espetáculo, os responsáveis, o título da peça e encomenda a indispensável música. O que antes era farsa agora se torna drama de mamulengo.

O epílogo do entremez traz novamente à cena o apresentador, concluindo a representação, cujo conteúdo enfatiza resumidamente como "empório de paixões da humanidade". Em todas as intervenções, Manuel Flores mantém-se distante dos personagens embora conhecedor de tudo, uma espécie de Deus ou de Autor do auto sacramental.

O outro personagem que indica teatro dentro do teatro é Benedito, ao comandar a apresentação dos demais personagens. Exerce tal função no interlúdio situado entre os dois prólogos de Manuel Flores. Além disso, Benedito prepara sua trupe para o espetáculo, empregando o termo que os mamulengueiros aplicam à sua atividade: "Entre também, que vai começar a brincadeira" (SPV, p. 67). O negro é tão consciente da representação teatral de que vai participar quanto de seus poderes junto aos demais personagens. Por isso se gaba de suas qualidades junto ao público.

No *Auto da Compadecida*, a função metateatral é exercida pelo Palhaço, o condutor do espetáculo à maneira circense. Ele dirige-se ao público, anunciando o que está por vir e fazendo comentários. Na sua qualidade, ele não se mistura à ação da peça. Aparece assim, no prólogo do início de cada ato e no epílogo. Porém, em uma de suas intervenções, torna-se também ator, ou melhor, curinga, pois participa da cena do enterro de João Grilo.

No início do primeiro ato, em altos brados, ele anuncia o que vai acontecer, reduzindo a tensão dramática da peça porque já antecipa seu desenlace. Na mesma ótica, também aponta quem virá à cena – "A intervenção de Nossa Senhora no momento propício, para triunfo da Misericórdia" (AC, p. 23) – e as intenções do autor, ou melhor, Autor, como na obra de Calderón. Exerce desse modo a função metateatral e anti-ilusionista, além de explicitar as intenções da obra: combater o mundanismo, praga da Igreja. Em seguida, inicia três vezes sua fala citando o nome da peça a ser representada. Na primeira, dá explicações ao público sobre o efeito cênico da aparição posterior de Manuel; na segunda, qualifica a peça ("uma história altamente moral e um apelo à Misericórdia" – AC, p. 24) e, na terceira, inicia o canto que será seguido em coro pelos demais atores. Assim, para apresentar e construir os personagens, resume o mesmo tipo de interlúdio, que também consta de *Torturas de um coração*.

O Palhaço dirige-se ao público indicando as convenções do cenário e se retira do palco, no primeiro ato. Só retorna no início do segundo, num longo monólogo em que comenta os sucessos ocorridos e os que estão por acontecer. Volta a reaparecer no começo do terceiro ato, quando efetivamente exerce a função metalinguística. Nesse momento, dá ao público uma série de explicações, indispensáveis à transposição de temas populares ao ambiente culto. Essa intervenção, mais uma vez na mesma peça, rompe com a ilusão teatral, porque os personagens tornam-se atores: as mudanças no cenário são feitas diante da plateia, a ação da peça desliza insensivelmente para o plano do Céu e mais tarde para o da Terra, no enterro de João Grilo (início do quarto ato).

A única função do Palhaço na cena do enterro é a de figurante, pois segura com Chicó as pontas da rede onde está João Grilo, aumentando o número de suas réplicas em relação ao ato III. Fisicamente, a rede só pode ser carregada por duas pessoas. Porém, como os demais personagens estão mortos ou permanecem no plano do Céu, por uma questão de verossimilhança só o Palhaço pode segurar a alça. Tendo uma função expletiva na ação da peça, ele não chega a se tornar realmente um personagem. Por outro lado, seu papel de apresentador, que o deixa à margem da ação principal, permite que ele atue como um curinga nessa situação passageira.

A última aparição do Palhaço se dá no epílogo. Ele encerra a história, explicando as fontes populares da peça – em visível função metalinguística – e solicita aplausos ao público.

Outra peça, *A pena e a lei*, extremamente fértil em recursos técnicos, encerra o maior número de ocorrências metateatrais.

Isso se deve à sua matriz no mamulengo, que acarreta por sua vez a rica presença musical integrada à ação. Tal como em *Torturas de um coração,* cada ato tem um interlúdio antes de a cena principal começar, com eliminação da quarta parede, porque o apresentador se dirige ao público.

A teatralidade é reforçada no caso por três motivos: a própria encenação, que transita do teatro de bonecos para o de seres humanos; a matriz estrutural do mamulengo, cuja encenação implica palco sobre o tablado; a peça dentro da peça, com a representação do mistério da Paixão de Cristo. Ademais, *A pena e a lei* traz inúmeras reflexões metalinguísticas sobre o próprio espetáculo, feitas principalmente por parte de Cheiroso, que se coloca tanto como Deus/Autor criador da própria comédia da vida, quanto como autor teatral do *Auto da Compadecida.*

Os três atos da peça começam pelo endereçamento ao público, entrecortado por intervenções de personagens, como se eles ainda estivessem preparando a cena nos bastidores. Porém, no primeiro, um número musical coletivo antecede o começo do prólogo. No ato inicial, Cheiroso anuncia o espetáculo ao público, secundado por Cheirosa, de modo que as falas sucessivas cada vez acrescentam algo à informação.

O modo circense da apresentação é rompido pela explicação de Cheiroso sobre a encenação do "presente presépio de hilaridade teatral" (PL, p. 33), que, por sua vez, é interrompido por xingamentos entre os dois apresentadores. É retomado pela dupla, sempre com muitos superlativos e metalinguagem sobre o espetáculo, cada qual aumentando o âmbito do anterior. Há um novo corte na cena, com a discussão do papel que Marieta vai representar. Finalmente, Cheiroso dá ordem para o início do espetáculo, explicando o conteúdo do primeiro ato. Mas volta a brigar com a parceira antes de pedir a música que realmente introduzirá a ação principal.

Conclui-se então pela existência de duas situações paralelas: a tentativa de apresentar o espetáculo e as suas interrupções. É como se no mesmo palco houvesse dois planos, um para o público e outro só para os intérpretes, o que transmite a impressão de improviso, tão própria do mamulengo, e rompe com a ilusão teatral.

O segundo ato repete as mesmas interrupções e paralelismos do anterior. Cheiroso comenta "a primeira peça mostrada" (PL, p. 87) e explica as técnicas da representação empregadas. No ato inicial, "os atores fingiram de bonecos" (PL, p. 88), mas no seguinte assumem outra caracterização: "enquanto estivermos aqui na Terra, somos seres grosseiros, mecanizados, materializados" (PL, p. 88). Sempre com interrupções da parceira, indica os três itens que serão mostrados na "peça" (em vez de ato), anunciando-a pelo nome.

A última parte desenvolve mais o começo, ao qual se acrescenta o número musical. Cheiroso dirige-se ao "respeitável público", anuncia o tipo de encenação ("agora vamos representar como gente" – PL, p. 134) e o papel que fará. Tudo é entrecortado pelos falsos improvisos de Marieta, agora em sintonia com o metateatro, porque discute o papel que vai representar. O desenrolar do ato no plano do Céu provoca comentários metalinguísticos, pela associação com outra peça: "Pois vão dizer que você não tem mais imaginação e que só sabe fazer, agora, o *Auto da Compadecida*" (PL, p. 141). Cheiroso retruca com réplicas muito interessantes, pois questionam o fazer teatral, o problema da autoria e a remissão horizontal a outra peça de Ariano Suassuna, num evidente procedimento intertextual. Por outro lado, Cheiroso se declara autor de obras dramáticas. E como já anuncia que representará Cristo/Autor/mamulengueiro, observamos aí uma transposição muito adequada do *Grande teatro do mundo* por causa da carnavalização e do rebaixamento cômico.

O problema da identificação de Cheiroso é reiterado no meio deste ato, no início da cena de julgamento, quando ele afirma travestido: "Acontece, meu filho, que, agora, eu represento Cristo, o Salvador do mundo" (PL, p. 193). A questão maneirista e hamletiana do ser e do parecer está colocada e reforçada quando Pedro afirma: "Levante-se, Padre Antônio! Esse barulho todo e é somente o dono do mamulengo!" (PL, p. 193). As falas subsequentes de Cheiroso no prólogo explicam convenções do cenário e da representação da Paixão, precedendo o anúncio do título do terceiro ato por Cheirosa.

As referências à metalinguagem versam sobre o tipo do espetáculo e os papéis a serem encenados. A maioria delas situa-se no prólogo de cada ato. Mas ocorrem também no meio do terceiro, antes do início da representação da Paixão. Mostram as indicações de Cheiroso sobre a disposição do cenário, como se fossem uma preparação ou prólogo para essa peça dentro da peça.

Outra obra, a *Farsa da boa preguiça,* tem um original sistema de teatro dentro do teatro, embora diferente de *A pena e a lei,* porque não possui a estrutura do mamulengo. O exemplo aparece nos prólogos e epílogos existentes em cada ato, mais desenvolvidos que em todas as outras peças do autor. Vem também associado aos personagens do plano celeste da ação. Por isso, o endereçamento ao público – o "cavalheiro" ou "os cavalheiros e as damas" – é feito por Manuel Carpinteiro, cognome de Jesus. Ele se apresenta como Camelô de Deus, vende seu "produto providencial" e "espiritual" garantido pela "fábrica original", mas que tem seu "preço". Manuel encara a representação como um "jogo" realizado "no palco deste mundo", com um "roteiro" sujeito às "andanças da roda de Fortuna", quando a "função continua", e tem noção do que "se destina a enrolar o público". Estes exemplos aproximam inegavelmente

Manuel Carpinteiro de Cheiroso e ambos traem o modelo calderoniano rebaixado comicamente.

O palco da representação tem muitos planos, em perfeita sintonia com a teoria do teatro medieval, que ignora as três unidades e adota a alegoria. Num deles situa-se Manuel Carpinteiro. Explica o que faz – "De cima, entramos nós dirigindo o espetáculo" (FBP, p. 5) – com seus companheiros, que formam com ele uma trindade, sem esquecer de apresentar e caracterizar, indiretamente, todos os personagens. Manuel se apresenta contraditoriamente em dois momentos. Ora é "o lume de Deus, o Galileu" (FBP, p. 5), ora não, instaurando o problema do ser e do parecer e a questão do jogo, quando declara que apenas representa o Cristo.

Além das situações explícitas de peça dentro da peça, o teatro de Ariano Suassuna apresenta casos de discussão da linguagem utilizada. Embora não se trate de metateatro, é uma modalidade de metalinguagem, pois rompe com a ilusão teatral. Tal circunstância ocorre em *O rico avarento* e na *Farsa da boa preguiça.* Na primeira, Tirateima inicia o prólogo explicitando a classificação de suas obras em "ligeiras" e "demorosas" e encerra o entremez inserindo-o na tipologia adotada.

Conjeturas semelhantes reaparecem na *Farsa da boa preguiça.* Dona Clarabela vai ao Sertão para fazer um estudo sobre "histórias de folheto e bendito" (FBP, p. 16) e tem ocasião de saber as definições das cantigas e suas subdivisões: "cantiga de bicho, de pau ou de gente, [...] do estilo penoso ou do estilo amolecado" (FBP, p. 35). Dentre elas, a do canário "é a mais penosa,/ tanto porque é triste como porque é de canário/ e canário tem pena!" (FBP, p. 35).

Os dois romances que Simão canta no primeiro ato, o de canário e a cantiga dos macacos, mais o de Cirilo sobre Camões, junto com a citação do próprio vate português, no terceiro, são também exemplos próximos ao metateatro. Significam a inserção de uma obra dentro de outra, numa espécie de construção em abismo. Outro exemplo da obra intercalada é o "folheto arretado" que Simão vai fazer sobre a gata que pariu o cachorro. Mas como o personagem só indica o resumo da obra, a escala metateatral é menor.

Outro caso típico de metalinguagem se revela nas explicações e interpretações de Clarabela sobre os romances cantados por Simão. O segundo é tido como "fácil" (FBP, p. 40), isto é, "usa uma forma tradicionalista/ e um moralismo de sermão" (FBP, p. 42). Mas o primeiro recebe uma análise mais aprofundada por parte da ricaça, que conclui considerando-o subliteratura com pretensões.

As preferências intelectuais e teóricas de Clarabela também indicam o uso de metalinguagem. O diálogo se reveste de um efeito cômico quando a mesma palavra tem duplo sentido, sendo obviamente o do Sertão diverso do da cidade. Manifesta-se assim o contraste entre as duas culturas. É o caso de vários trocadilhos, em procedimento comum a outras peças.

Convém lembrar que todas as situações que envolvem prólogos, epílogos, falas com o público, cortes na ação para a explicação da troca de cenários, bem como a intercalação de folheto e música dentro da peça são traços característicos do teatro épico, como já foi apontado anteriormente.

Teatro popular

Adota-se tal denominação porque ela é operacional e frequente, embora se saiba que é controvertida. Tanto o teatro litúrgico medieval quanto o profano são populares, seja porque buscam educar o povo, seja porque exprimem um ponto de vista focado nele. Um dos problemas é conceituar povo na Idade Média e no Renascimento (anacronismo verbal); o outro é a própria conceituação de popular. Embora tais questões escapem ao tema aqui abordado, convém tê-las em mente.

Os arquitextos de teatro popular profano que mais se relacionam com as obras de Ariano Suassuna são a farsa e a *commedia dell'arte.* Ambos predominam na passagem da Idade Média para o Renascimento, são manifestações populares e perceptíveis através de certas técnicas do mamulengo, que as herda e amalgama a partir daquelas duas modalidades. Numa época marcada pelo religioso, são consideradas profanas. Fora desse momento e contexto, encontra-se o circo como expressão teatral popular que também atua sobre Suassuna.

A farsa, originalmente, é uma peça curta, cômica, com personagens estereotipados tomados em geral à burguesia e não à aristocracia. Com muita frequência, um deles é um espertalhão que pode acabar logrado, como na anônima *Farce de Maistre Pathelin,* do século XV, considerada pela crítica como uma obra-prima do gênero. Seus temas são buscados na vida cotidiana. Não pertencendo ao teatro religioso, também não se preocupa com a moral. Sendo popular, pode adotar formas de cômico grosseiro e obscenidades próprias do baixo corporal e material e da cultura popular medieval e renascentista. Seus efeitos tentam portanto atingir o riso puro, sem maiores pretensões, como se vê na coletânea de doze *Farces du Moyen Age.*

A *Farsa da boa preguiça,* apesar do título, não chega a ser uma farsa propriamente dita. É longa, não é especialmente cômica, porque tem um caráter religioso muito pronunciado, ficando mais próxima da moralidade. Seus personagens pertencem à vida cotidiana, mas o que se sobressai entre eles são os contrastes entre os casais (rico x pobre, urbano x rural etc.) e não o logro ou o riso gratuito. Tanto o poeta Joaquim Simão quanto o ricaço Aderaldo Catacão têm momentos de vitória, um à custa do outro, situação que muda porque sofrem ambos os reveses da Fortuna. No entanto, isso não os caracteriza como os espertalhões logrados do protótipo.

Esta é a única peça de Ariano Suassuna com forte presença do baixo corporal e material de Bakhtine, quase inexistente nas outras. O dramaturgo paraibano emprega essa categoria da cultura popular em aspectos como o erotismo, a gestualidade, a linguagem da praça pública. Configura assim sua relação com a visão popular europeia da época dos descobrimentos e confirma a permanência daquele postulado no enfoque sertanejo. O baixo corporal e material prepondera aqui por causa do seu gênero mesmo. No entanto, existe noutras peças em menor escala.

O erotismo também se liga ao baixo corporal e material porque envolve o corpo e os sentidos, em contraposição à ascese e à repressão da cultura oficial. Ele pode ser observado especialmente na *Farsa da boa preguiça:* consiste numa tentativa de troca de casais, com êxito parcial. Implica contatos físicos, como a massagem de Clarabela no poeta, sua excitação provocada pelos amantes infernais Fedegoso e Quebrapedra, os toques de Andreza em Nevinha, prenunciando os de Aderaldo: carícias no "pé", na "perna", em "duas pernas e um bucho", no "pescoço" (FBP, p. 15, 16). Tais toques, realizados por interposta pessoa, desagradam àquela que os recebe.

Provavelmente por causa de sua temática religiosa e pela rígida moralidade do Sertão, o erotismo não constitui uma tônica em Suassuna. Por isso, aparece pouco e de maneira discreta. A mulher fatal Marieta recebe presentes dos sedutores *(Torturas de um coração, A pena e a lei),* mas "morre de vergonha" de beijar Benedito diante do público (SPV, p. 66). Grandes ousadias são o "beliscão no espinhaço", proposta da solteirona

Benona para Eudoro (*O santo e a porca*), que faz pensar nas carícias das *Memórias de um sargento de milícias* (beliscão e pisão no pé), e os latidos de Roberto para seduzir Lúcia (*O casamento suspeitoso*). Percebe-se então que no Sertão há pudicícia e respeito às normas vigentes, sendo as transgressões feitas por personagens citadinos, como Clarabela e Aderaldo (*Farsa da boa preguiça*) e o trio de impostores (*O casamento suspeitoso*).

Reforça-se, mais uma vez, o contraste entre o mundo rural e o urbano, aquele positivo rejeitado por este, negativo. Nevinha repudia Aderaldo com base nos mesmos preceitos, que exigem também observância ao ritual do casamento (*O santo e a porca*, *O casamento suspeitoso*). As formas de contacto físico mais frequentes em Suassuna são as pancadas, obviamente sem nenhuma relação com o erotismo nesse contexto.

Tal como é rarefeita a marca do erotismo, quase não se encontram exemplos de baixo corporal e material associado à gestualidade, exceção feita às agressões físicas. Está presente apenas através de duas rubricas de cena, uma explicando que Aderaldo dá uma "banana" (FBP, p. 53), outra em que Fedegoso dá "poupas e traques" (FBP, p. 160).

Em compensação, é bem mais frequente a utilização da linguagem da praça pública, cuja riqueza e vitalidade são assinaladas por Bakhtine e que remete à cultura popular medieval e à carnavalização. Ela se traduz pelo uso de expressões familiares e de baixo calão, com termos referentes às funções de digestão e reprodução empregados para exprimir outras situações. Explora sobretudo os orifícios pelos quais o corpo se comunica com o exterior pelo baixo-ventre e aquilo que o corpo expele. Algumas delas são estereotipadas: 1) o provérbio de Simão Pedro: "A quem muito se agacha/ o fiofó aparece" (FBP, p. 111); 2) o palavrão disfarçado de Andreza: "Vá va vuta que o variu" (FBP, p. 64); 3) exclamações descontraídas como a de Nevinha ("Vai ser um cu de boi dos seiscentos diabos!" – FBP, p. 26), a de Aderaldo ("Me acuda, uma peida!" – FBP, p. 168), as do poeta Simão ("Delicado, uma peida!" – FBP, p. 35 – e "Sabe tudo uma merda!" FBP, p. 75).

A escatologia baixa é muito pronunciada no próprio tema do folheto sobre Camões, conforme difundido anedotário da cultura oral sobre o artista, e se reforça verbalmente na sua conclusão: "a jarra se abriu em duas/ foi merda pra todo lado" (FBP, p. 127). Ela aparece também na linguagem familiar, como a preocupação com os "chifres" (FBP, p. 71,75), a "caganeira" de quem comeu semente de jerimum (FBP, p. 54), mencionada por Joaquim Simão, e a maneira que ele tem para afastar Quebrapedra: dá-lhe "chapuletadas", que repercutem sobre a frouxidão dos intestinos.

O baixo corporal e material impera quando Clarabela verbaliza o que considera a pureza e a rusticidade do campo. Adotando uma aparência de cor local, ela enfatiza o sensorial através de diversas aparências, como o excrementício, o olfativo, o auditivo e o sexual, numa espécie de sinestesia coprológica renovadora. Ao contrastar com o ambiente citadino de onde provém o personagem da ricaça intelectualizada, o mundo rural deixa-lhe a "alma lavada".

O texto mostra bem um exemplo de inversão carnavalesca ao explicitar a purificação por meio do excrementício. Remete ainda, assim, a certos rituais primitivos próprios das sociedades etnológicas, conforme elucida Laura Makarius em *Le sacré et la profanation de l'interdit.* De passagem, a presente situação faz pensar em traços arcaicos sobreviventes na sociedade rural nordestina.

Contudo, de uma maneira geral, poucas peças de Suassuna usam a linguagem da praça pública. E quando o fazem, é incidentalmente e através de expressões corriqueiras para traduzir situações vulgares, constantes em *Torturas de um co-*

ração e *A pena e a lei.* O medo é indicado por "dar o cagaço" (TC, PL); o desaforo envolve "a mãe de quem chamou" (PL) e permite reduzir o valentão, um "furriel de merda", a "pó de peido laminado" (TC). Em *O santo e a porca,* o "fiofó" é o lugar por onde a alma pode escapar. Veja-se a esse respeito também o *fabliau* "Le pet du vilain", de Ruteboeuf, em cujo texto o demônio está persuadido de que a alma dos camponeses sai pelo ânus. O mesmo termo ainda serve também de motivo à comparação depreciativa: "Essa vida é um fiofó de vaca" (PL, p. 84).

O baixo corporal e material, sob o aspecto de produtos que o corpo elimina, aparece em *A pena e a lei,* na música com a qual Joaquim define o valente Vicentão através do seu mau cheiro. A associação de Joaquim aos odores se reforça em outra cantiga, que diz que "angu queimado/ tem catinga de urubu" (PL, p. 181, 182). Padre Antônio não foge aos exemplos medievais em que até mesmo a Igreja adere, por momentos, ao mundo da cultura popular e do baixo corporal e material. Por isso, usando a solfa do martelo, entoa melodia sobre as agruras intestinais de um guloso ao tentar expelir o caroço da manga que comeu.

Percebe-se, pois, que a utilização do baixo corporal e material por Suassuna incide sobre peças cujos modelos formais se prendem ao teatro popular, como a farsa e o mamulengo. As situações eróticas predominam em personagens de procedência citadina (Clarabela e Aderaldo em *Farsa da boa preguiça,* o trio de impostores em *O casamento suspeitoso),* ao passo que a linguagem desabrida é utilizada indiferentemente por personagens rurais e urbanos. Predominando nos primeiros, percorre entretanto todas as camadas sociais, dos mamulengueiros à ricaça, passando pelo padre. No contexto moralista do Sertão, a utilização dessa linguagem remete ao discurso carnavalizado.

Em outras circunstâncias, não se encontra seu uso mesmo que o tema o solicite. Assim, no *Auto da Compadecida,* o animal defeca ouro por meio de metáfora e neologismo: o gato "descome" dinheiro (AC, p. 89, 94). Para o ator tirar as moedas de dentro do animal, a rubrica sugere que o personagem "passa a mão no traseiro do gato e tira uma prata de cinco tostões" (AC, p. 96). A ação é verbalizada como "parto" (AC, p. 96).

Os pedintes famintos de *O rico avarento* e da *Farsa da boa preguiça* não parecem enquadráveis na categoria bakhtiniana: sua função nas peças tem um caráter moral e, ademais, o ambiente pobre e famélico do Sertão justifica verossimilmente a busca de alimento. O problema mostra-se, ainda, no prometido jantar em casa de Euricão, de *O santo e a porca.*

Embora o teatro de Suassuna seja extremamente cômico, seu riso se submete aos ensejos moralizantes, por causa das preocupações religiosas que interferem nos temas e na realização da ação cênica, através da presença dos personagens sobrenaturais. Contudo, o riso pelo riso é muito pronunciado em *Torturas de um coração,* certamente pela contaminação do mamulengo. Tem muita relação com a pancadaria e as formas de cômico gestual e verbal, mas não se deve confundir o riso com os efeitos cômicos, ambos abundantíssimos na obra do paraibano.

Dentre as modalidades de risos farsescos ressaltam-se os travestimentos, usados pelo personagem para atingir seus objetivos. Um bom número deles aparece em *O santo e a porca:* Dodó se disfarça para não ser reconhecido e poder cortejar Margarida; Benona e Caroba trocam de vestido para que a segunda engendre os casamentos que deseja. Em *O casamento suspeitoso,* Gaspar cobre o rosto com gaze para se transformar em juiz e Cancão põe barbas postiças e adota sotaque para se passar por Frei Roque.

Maior quantidade de travestimentos se vê na *Farsa da boa preguiça:* Clarabela vestida de "rústica", Simão trajado de mordomo ou mestre-sala de bumba meu boi, Fedegoso apresentado como frade, Quebrapedra como calunga de caminhão ou como vaqueiro, Andreza como cabra. Além dos diabos, também os personagens celestes se disfarçam: São Miguel como mendigo, cego e outros tipos, São Pedro e Manuel. Cheiroso coloca um manto e torna-se Jesus em *A pena e a lei.*

Os travestimentos dos seres sobrenaturais não são cômicos e sempre visam a testar o comportamento dos ricos. Os diabos se denunciam aos humanos porque sempre têm algo de cão e de bode, apesar da forma humana, o que não deixa de ser uma espécie de travestimento repetitivo e duradouro. Aliás, no *Auto da Compadecida* aparecem como vaqueiros – o Encourado. Há ainda uma espécie de travestimento não farsesco bastante original: o do Cristo, que só é negro para efeito dessa peça. Portanto, nem todos os travestimentos são cômicos e sua duração é variável.

Outra característica da farsa, aquela que repousa no personagem espertalhão e cheio de ardis, ocorre com muita frequência em Ariano. Liga-se à presença do "amarelo" ou "quengo", que pode ser assinalado como resíduo do *trickster* das sociedades etnológicas e do pícaro ibérico. Esse tipo de protagonista também se associa aos criados astuciosos da *commedia dell'arte.* Pode-se apresentar com ou sem parceiros, como João Grilo/Chicó, Cancão/Gaspar, Pinhão/Caroba, Benedito e Tirateima. Todos eles adotam as artimanhas e malícias como modo de luta pela sobrevivência numa sociedade hostil em que não ocupam posição de mando.

Tal como historicamente as técnicas da farsa têm sido assimiladas a outros tipos de peça, há interpenetração dela com outros gêneros também em Suassuna. Por isso Sábato Magaldi aponta elementos farsescos em *A pena e a lei* e Henrique Oscar faz o mesmo quanto ao *Auto da Compadecida.*

Entre as matrizes estruturais para as peças de Suassuna figura ainda a *commedia dell'arte,* criação italiana do meado do século XVI que funde tradições populares medievais como a do mimo e do jogral com possíveis resíduos do teatro latino (ainda representado em conventos) e o espírito da Renascença. Atinge no produto final uma dramatização improvisada com personagens fixos, baseada em roteiros em vez de textos. Ela dá toda a primazia ao gesto e ao visual, para deixar a palavra em segundo plano. Embora este tipo de teatro deixe marcas na dramaturgia de Suassuna, não parece tê-lo influenciado diretamente, porque em seu estado "puro" o gênero desapareceu. Tendo se difundido vastamente na Europa durante séculos (do XVI ao XVIII), muitos de seus procedimentos e técnicas foram entretanto incorporados a outras modalidades de espetáculos populares, aliás fontes da comédia italiana. O mamulengo, por exemplo, apresenta fortes aproximações com esse tipo de encenação.

Assim, por via indireta, pode-se reconhecer em Ariano Suassuna alguns traços da *commedia dell'arte,* como o primitivismo dos personagens, que atuam às vezes aos pares. Eles encarnam tipos populares, em sua estrutura plana, conforme estudada por Forster, e usam linguagem rústica. Os tipos fixos ou máscaras daí decorrentes, tomados à realidade social e emprestados às referências literárias nordestinas, podem mudar de nome (João Grilo, Chicó, Malazartes, Benedito, Cabo Rosinha), mas encarnam sempre a mesma função, sendo recorrentes sem, no entanto, aparecer em todas as peças. Também são incorporados os travestimentos, de que há uma enorme variedade, como já foi apontado.

Nas peças de Suassuna, não há predomínio do visual sobre o verbal. Porém, certos efeitos visuais são muito importantes para a própria dinâmica do espetáculo, como as correrias, a agilidade em cena, a aparição do Cristo negro *(Auto da Compadecida)*, os raios e trovões *(Auto de João da Cruz, O rico avarento, Farsa da boa preguiça)*. Além disso, gestos brutais, como as cenas de pancadaria, persuadem mais do que o discurso e associam-se à ausência da finura psicológica dos personagens. Aliás, seu humor grosseiro mais se aproxima da farsa e do teatro do mamulengo.

Nesse sentido a *commedia dell'arte* se justapõe à farsa, de que de certo modo é herdeira, desembocando no teatro popular de feira, como amálgama de procedimentos. Em ambos os casos – e também no teatro de Suassuna – há uma tendência ao individualismo, na medida em que cada ator deve se esmerar em conseguir maior número de tiradas ou de gestos de efeito. Daí resultam personagens que quase agem por si sós, como o empregado esperto que burla todos, seja o amarelinho João Grilo ou seu duplo Chicó, que engana pela mentira. Podem ser interpretados como formas novas e regionais do Arlequim tradicional.

Em última instância, os personagens refletem a sociedade dividida em classes e as artimanhas dos menos favorecidos denotam uma tentativa de lograrem o seu quinhão. Por outro lado, tais personagens são tão marcantes e tão apropriados ao gênero empregado por Suassuna que atingem categorias do cômico puro, através de palavras, de situações minimais, da rapidez do ritmo revelada na ação.

Tudo leva a crer que para o dramaturgo paraibano a farsa é muito mais operante e ativa do que a comédia italiana, seja pelo grande vigor daquela através dos tempos, seja pela influência literária culta advinda de Gil Vicente, confessada pelo autor. A última revela-se muito marcante, não só nos títulos das obras como nos procedimentos. Dado o primitivismo dos personagens suassunianos, a maioria de suas peças atende ao item do cômico de farsa, vulgar, grosseiro, popular e sem maiores pretensões intelectuais ou morais.

Assim é que certos personagens estereotipados ou máscaras da comédia italiana aparecem no mamulengo, como o negro, o astucioso, o valentão, a mulher fatal. Tais papéis recorrentes representam um filão para Suassuna. Concentram-se mais em *Torturas de um coração* e *A pena e a lei,* embora figurem também em outras peças. A agilidade dos diálogos, beirando o improviso, está presente na apresentação dos personagens das duas peças, situando-se entre os dois prólogos no início de cada uma. O mesmo se dá quanto às cenas de agressão física, comuns e perceptíveis no mamulengo.

Como os espetáculos improvisados não deixaram textos à posteridade, somente na obra de Carlo Goldoni pode-se encontrar material para estabelecer comparações. Não sendo ele o criador desse tipo de comédia, reformulou-a no século XVlll, adotando o texto escrito em contraste com a improvisação anterior. A partir de sua peça *Arlequim servidor de dois amos,* encontram-se aproximações com o *Auto da Compadecida,* através do personagem João Grilo.

Por meio de astúcia, o quengo, normalmente empregado do padeiro, faz-se passar por criado do major Antônio Morais para que o padre benza um cachorro doente. Torna-se assim servidor de dois patrões, com uma finalidade lúdica específica, própria do seu tipo: "Mas fiz esse trabalho com gosto, somente porque se trata de enganar o padre. Não vou com aquele cara" (AC, p. 36). João Grilo pode ser identificado com Arlequim bem como com vários outros papéis, porque é um personagem profundamente enraizado na cultura popular. Portanto, seu tipo amalgama vários mitos e situações que propiciam as diversas comparações.

Para Sábato Magaldi, no seu estudo introdutório a *A pena e a lei,* o empregado ardiloso, seja ele João Grilo, Cancão ou

Benedito, aparenta-se a um Scapino, avô dos antigos primeiros *Zanni*, criados espertos do gênero popular italiano. Mas também são identificáveis com todos os empregados das comédias de Molière, que lhes atribui razoável dose de liberdade verbal e de autonomia de ação, apesar de agirem quase sempre à revelia do patrão. Trata-se, pois, de uma tônica nas comédias em que o criado é personagem.

Do circo convencional e suas múltiplas atrações, poucos aspectos se ligam às peças de Ariano Suassuna. Ressalte-se a apresentação da peça feita por uma espécie de diretor de teatro, que anula a quarta parede para se dirigir ao público, um dos traços do teatro épico.

Essa função é contudo mais diretamente tomada ao circo com o Palhaço do *Auto da Compadecida*. Ele usa as fórmulas canônicas de endereçamento à audiência, num espetáculo cujo cenário, na abertura, é montado como um picadeiro, com o palhaço e o desfile dos atores. Tais falas com a assistência acabam se constituindo em curtos monólogos entrecortados de gestos. Lembram o cômico da farsa, em que a arenga cheia de verve é sempre feita pelo personagem histriônico. Tal tradição de teatro popular remonta ao *Dit de l'herberie*, de Ruteboeuf (século XIII).

As marcas de circo em Ariano transparecem nas cambalhotas e roupas de palhaço (aspecto gestual), no cenário como picadeiro (aspecto local), na fala dirigida ao público e na música tipicamente circense que separa os atos (aspecto sonoro). Todas são manifestações explícitas no *Auto da Compadecida*, peça em que a entrada do Palhaço em cena é extremamente importante. Na escolha do *locus circensis* não deixa de haver uma associação carnavalizada com *O grande teatro do mundo*, por meio da concepção do teatro dentro do teatro. Uma nuance da atitude do Palhaço ocorre na *Farsa da boa preguiça*, em que

Manuel Carpinteiro se apresenta como camelô do Céu. Ambos são apresentadores e se dirigem ao público.

As duplas de personagens suassunianos também se relacionam com o teatro popular, em especial o circo, que as denomina *clown* e *tony*, para o desdobramento da função histriônica do palhaço. A respeito de João Grilo e Chicó, diz o autor nos depoimentos sobre a *Compadecida* (1973): "Minha dupla vem, é claro, do Mateus e do Bastião do bumba meu boi, do Palhaço e do Besta do circo etc.". Mais adiante, no mesmo artigo, acrescenta:

> O Palhaço do *Auto da Compadecida* vem dos circos sertanejos que vi na minha infância. Um desses palhaços ficou mítico, no Sertão e para mim: Gregório, do Circo Estringuine. Mas, ao mesmo tempo em que, na peça, representa o Autor, o Palhaço é, também, um Cantador.

Estendendo as palavras do autor, pode-se considerar provenientes do circo dois aspectos do seu teatro: o apresentador épico e as duplas de personagens. Embora o palhaço de circo seja um descendente do *clown* ritual pelos contrastes que provoca entre riso e mágoa e pela falta de destreza, não se encontram relações entre esse tipo e as situações engendradas por Suassuna. Contudo a concepção do Palhaço como Autor remete a um rebaixamento cômico do personagem Autor (isto é, Deus) no auto sacramental e, em especial, na obra de Calderón que vem sendo mencionada.

Folguedos nordestinos

Em paralelo com as manifestações dramáticas europeias que alimentam a estrutura das peças do escritor em tela, identificam-se outras, de cunho regional: os folguedos populares nordestinos. Os mais frequentes em Pernambuco, o mamulengo e o bumba meu boi, exercem nítida influência no teatro de Ariano Suassuna. A confirmação do autor quanto ao segundo tipo já foi indicada em citação anterior.

O mamulengo ou teatro de bonecos está na própria origem da escrita teatral do escritor, pois suas primeiras obras são entremezes feitos sob a influência da encenação com marionetes e destinados a serem representados pelo Teatro de Bonecos do TEP. Assinale-se *Torturas de um coração,* 1951, *O castigo da Soberba,* 1953, *O rico avarento,* 1954, *O homem da vaca e o poder da Fortuna,* 1958. Posteriormente, a influência será mais difusa, ao nível dos diálogos e jogos de cena. Excetua-se *A pena e a lei,* que se baseia numa relação entre a marionete e a realidade.

Durante a fase de aprendizado de Suassuna, havia em Pernambuco famosos mamulengueiros que muito o influenciaram: Cheiroso, Ginu e Benedito. O primeiro adotou este nome porque fazia perfumes com essências de flores. Participou da primeira mesa-redonda sobre teatro popular, organizada pelo TEP, em 1947, e orientou os jovens escritores do grupo. Criou alguns tipos, dentre os quais Cabo Setenta e o Capitão, dois valentões que Ariano retoma em *Torturas de um coração* e *A pena e a lei.* Após sua morte, ocorrida em 1955, foi sucedido por Januário de Oliveira, o Ginu, autor de *As bravatas do professor Tiridá na usina do coronel de Javunda* e *As aventuras de uma viúva alucinada.* Ambas foram incluídas por Hermilo Borba Filho em *Fisionomia e espírito do mamulengo.* O terceiro marionetista famoso é Benedito, que tomou o nome de seu boneco preferido, um legítimo paladino popular negro. Sua peça *O preguiçoso* é uma verdadeira obra-prima de comedinha do Romanceiro, no entender de Hermilo Borba Filho. Ela está na origem da *Farsa da boa preguiça.* Hermilo publica ainda um texto de Manuel Amendoim, *As trapaças de Benedito,* personagem que aparece em *Torturas de um coração* e *A pena e a lei.*

O teatro de mamulengo tem algumas características específicas: dança e música, associadas a pancadaria, valentia e galanteios; forte comicidade, baseada em jogos de palavras, expressões, repetições, mas também ligada à sensualidade, ao grotesco e às pauladas; improvisação a partir do roteiro e diálogo com o público; narrador/apresentador do espetáculo, que faz comentários para os espectadores; personagens esquematizados, tipos sociais; reação ativa da assistência, que influencia o desenvolvimento do espetáculo.

O mamulengo em si já é um gênero híbrido, pois traz para a representação de bonecos quase todas as características de *commedia dell'arte* e sua encenação inclui um pequeno palco sobre um tablado, propiciando a impressão de peça dentro da peça, muito ao gosto de Suassuna.

Sendo as peças de Ariano escritas, esse fato elimina a categoria da improvisação e a participação ativa do público no desenrolar da peça. O improviso simulado, contudo, pode ser visto em *Torturas de um coração* e *A pena e a lei,* na apresentação dos personagens, situada entre as duas falas do comentador no prólogo. Mas os outros aspectos desse tipo de teatro permanecem em Suassuna. Por outro lado, o mamulengo aceita qualquer tema, religioso ou profano, adaptando-o ao seu *modus faciendi.* O teatro de bonecos deixa marcas no teatrólogo, como o emprego da música, as agressões físicas, a forte comicidade, além dos personagens já assinalados.

A música é um elemento indispensável para o dramaturgo paraibano. Está presente em quase todas as peças. Em *A pena e a lei* há o maior número de interferências musicais dos ritmos do romanceiro. Na *Compadecida,* Palhaço e atores cantam no prólogo, João Grilo entoa uma cantiga sobre Lampião e outra de Canário Pardo; há música de circo na passagem do segundo para o terceiro ato. *O santo e a porca* só traz uma pequena parte musical, que cabe a Pinhão. *O castigo da Soberba* e *O homem da vaca...* são inteiramente cantados, mas segundo o modelo do folheto de cordel. Na *Farsa da boa preguiça* há múltiplas ocorrências musicais: o poeta Simão se identifica com o refrão em que pede o lençol, modula uma cantiga "penosa", uma dos macacos e uma sertaneja para Clarabela, a quem imita; Clarabela canta massageando Simão e imitando Fedegoso. Este, disfarçado de frade, usa o canto gregoriano. Nos casos anteriores, a incidência da música se deve à retomada do cordel, ao passo que em *Torturas de um coração* a presença do mamulengo é nítida: Manuel Flores termina a apresentação da peça convocando os pífanos do terno de zabumba de seu Manuel Carpina, e Benedito e Afonso dançam no final.

A pancadaria está sempre presente nas peças de Ariano. Em *O santo e a porca,* tal como em Plauto e em Molière, o protagonista bate nos empregados, revista-os, xinga-os e os ameaça, ao passo que a empregada Caroba bate em seu colega Pinhão. *O casamento suspeitoso* também tem cenas de pancada: Gaspar apanha de Roberto por trás da cortina e se vinga aplicando-lhe "lapadas" na cerimônia de casamento à maneira de São Francisco; Frei Roque agarra Cancão pela gola, bate em Roberto e leva uma paulada de Cancão.

Nos entremezes a violência física é mais veemente. Em *O rico avarento,* Tirateima tem princípios: "escreveu, não leu, o cacete comeu" (SPV, p. 5). Por isso bate no patrão, briga pelo seu salário e escapa do inferno a golpes de cacete no Diabo. Nas *Torturas...,* o tema dos valentões já, por si só, acarreta intimidações gestuais. De acordo com Benedito, quem "abusou, vai pro catolé". Por isto ele bate em todos: em Cabo Setenta, em Vicentão, em Marieta, em Afonso Gostoso. Cabo Setenta é mais chegado às ameaças, de "palmatória", "chapuletada", "bolos", "prisão", ou de "cobrir na peia os inimigos". As intenções de Vicentão parecem mais sanguinárias: enfiar uma "faca no apendicite", "comer os fígados, arrancar os corações" dos adversários. *A pena e a lei* retoma o mesmo tema e personagens, mas só tem uma aplicação de "catolé", porque os demais casos se resolvem verbalmente, com valentias que não chegam às vias de fato.

Em termos de galanteria, os personagens de Ariano são muito discretos: Benedito tenta conquistar Marieta dando-lhe brincos e broche de presente *(Torturas de um coração)*, Roberto seduz Lúcia com latidos (*O casamento suspeitoso*). Somente Benona é sensorialmente mais táctil, com o "beliscão no espinhaço" de Eudoro (*O santo e a porca*). No mamulengo, o apelo erótico ou fescenino não precisa necessariamente fazer parte do texto. Ele decorre da relação com a plateia. Como tal contato pertence à obra improvisada, não está presente nas peças de Suassuna, que o exclui talvez pela conformidade à tradicional moral sertaneja.

A forte comicidade do dramaturgo paraibano repousa num conjunto de elementos, nem todos pertencendo ao mamulengo, como os travestimentos e as expressões ligadas ao baixo corporal e material. Sua comicidade provém de cenas curtas e movimentadas, portanto ligadas ao domínio da gestualidade. Todas as situações de truculência física ou verbal concorrem para o riso. Há porém um aspecto de cômico verbal muito interessante, referente aos nomes próprios enormes, aos provérbios, ao falar "difícil" de certos personagens.

Nomes próprios enormes provocam o riso, não só pela extensão como pelo contraste com a insignificância social dos personagens. Designam dois personagens: Benedito Pacífico Fialho Monteiro Cavaleiro de Carvalho, de *Torturas de um coração* e *A pena e a lei,* e Tirateima José de Carvalho Almeida Tibúrcio Tinoco Francisco de Lima Machado Graveto da Purificação, figura de *O rico avarento.* Eles ainda se contrapõem carnavalizadamente aos títulos de alta nobreza do Major Antônio Morais, descendente do Conde do Arcos *(Auto da Compadecida),* cujo nome é curto em contraste com sua imponência.

Alguns nomes se prestam a efeitos cômicos, como o do Cabo Setenta *(Torturas de um coração).* Sentindo-se feliz, ele sobe a Oitenta e Noventa, mas sendo desprestigiado baixa para Trinta e Cinco. Em *A pena e a lei,* Benedito quer tratar os valentões pelo apelido, mas tem medo. Por isso, quando percebe a presença deles no momento em que os chama de "Borrote" e "Rosinha", imediatamente engata a palavra como parte da letra de uma música, provocando o riso no público. Caroba, de *O santo e a porca,* hesita várias vezes até acertar o nome do patrão Eurico (Euricão, Euríquio, Euricão Engole Cobra), gerando efeito cômico.

Efeitos verbais cômicos fazem-se notar em outras circunstâncias: certos "ditos" de personagens, como a repetição do "é ou não é?" de Benedito (TC) e o refrão de Quincas Simão (FBP) pedindo o lençol à mulher; em *O santo e a porca,* as repetições das respostas de Euricão a Caroba, sobre a comissão, e as de Eudoro sobre a descrição do filho; o contraste entre o texto escrito e o falado: "flis" em vez de "folhas" no registro civil, tal como os cortes e interrupções pouco ortodoxos à leitura da carta de Eudoro (*O santo e a porca).*

Outros efeitos de cômico verbal advêm de exageros, como os do patrão de Tirateima: ele come a mesma galinha há duas semanas, bem como manda o criado varrer a rua e peneirar a poeira à procura de um botão perdido. Aproveitando a oportunidade, vale lembrar que Bakhtine assinala a hipérbole como uma das características da cultura popular.

Em seus textos, Suassuna manipula magnificamente diversas técnicas para fazer rir, que os exemplos dados podem comprovar, apesar de não esgotarem o assunto. São contudo suficientemmente elucidativos para mostrar a relação entre seus procedimentos e os do mamulengo.

Desse tipo de teatro que amalgama outras formas anteriores de encenação vem também o narrador/apresentador que aparece em quase todas as peças: Guia (em *Auto de João da* Cruz), Cheiroso *(A pena e a lei),* Manuel Flores *(Torturas de um coração),* Palhaço *(Auto da Compadecida),* Tirateima (*O rico avarento),* Quaderna *(As conchambranças de Quaderna).* Às vezes a função vem duplicada, como Manuel Carpinteiro, o camelô do Céu, coadjuvado por Miguel Arcanjo e Simão Pedro *(Farsa da boa preguiça);* primeiro cantador, coro e segundo cantador (*O castigo da Soberba)* ou os dois cantadores de *O homem da vaca...* A função revela, como já foi visto, um dos traços épicos de Suassuna. Independentemente de o apresentador se tornar personagem da ação ou não, isso provoca um efeito de distanciamento e remete à problemática de peça dentro da peça.

O bumba meu boi é outra influência de folguedo popular sensível no teatro de Suassuna, apesar de bem mais difusa do que a do folheto e a do mamulengo. Conforme observa I. F. Santos, esta presença se mostra no âmbito da concepção teatral, na aglomeração de pequenos núcleos narrativos de origens diversas, que se ligam para fazer um conjunto coerente pela assimilação dos personagens de um episódio a outro. A integração às vezes é reforçada pelo recurso à música e à dança que acompanham as entradas dos personagens, dando a impressão de uma continuidade em que as cenas adquirem um relevo particular e estabelecem relação ambígua com as músicas que as introduzem.

Essa construção aparece em três peças de Ariano (*Auto da Compadecida, A pena e a lei, Farsa da boa preguiça*). Ele ora recorre ao texto popular, diretamente ou através de entremez, ora cria um ato para unir partes já elaboradas. Assim, sua obra teatral apresenta inúmeras variantes e reescritas, nas quais os episódios fundamentais são a morte e a ressurreição do homem, a morte do pecador e seu julgamento, a ressurreição do animal no folguedo e a inversão carnavalesca medieval.

No bumba meu boi a preocupação principal é o dinheiro, que deve ser obtido por todos os meios e se transforma em obsessão para os personagens. Ele gera o pecado e as circunstâncias atenuantes. A riqueza torna-se o símbolo do Mal, da desumanização e da perdição do homem. A questão econômica aparece em várias peças. No *Auto da Compadecida* ela é o centro de dois episódios: o enterro do cachorro com a aceitação do Bispo e a compra do animal que defeca ouro. N'*O santo e a porca* o conflito se situa na oposição entre a fé em Santo Antônio e a confiança na fortuna guardada no cofre em feitio de porca. *O casamento suspeitoso* mostra o papel desse bem nas relações familiares (casamento por interesse, cobiça pela herança, justiça corrupta). O segundo ato de *A pena e a lei* se baseia num roubo e desenvolve a sátira à corrupção da polícia. Na *Farsa da boa preguiça* só o poeta escapa a essa preocupação.

No plano da narração e dos personagens, a influência do bumba meu boi é pouco determinante. Excetuam-se o segundo ato de *A pena e a lei,* em que o vaqueiro Mateus – nome pertencente ao folguedo – é acusado de roubar um novilho (tópico também do folguedo), e o doador da vaca em *O homem da vaca...,* situa-se próximo do Capitão e do Cavalo Marinho, conforme especificação na rubrica das cenas. Na *Compadecida,* o Bispo, o Padre e o Sacristão desdobram o personagem do Padre, indispensável no bumba meu boi devido à sua importância na pequena e fechada sociedade sertaneja. Pelo mesmo motivo, Suassuna cria os personagens do Padeiro e sua mulher, em substituição ao inglês do folheto, fazendo deles "uma aproximação com dois personagens do bumba meu boi, o Doutor e a Catarina", conforme assinala em seu texto sobre a *Compadecida* (1973).

O estudo dos modelos formais que presidem a elaboração das peças do dramaturgo paraibano confirma uma presença marcante do riso popular. Ele permeia diferentes procedimentos técnicos e estilísticos, ao mesmo tempo em que mostra a intertextualidade nessas matrizes de gêneros. Por outro lado, confirma-se também outra presença, a do elemento religioso, que se transmite através do mistério, do milagre, da moralidade e do auto sacramental, modalidades eminentemente representativas do teatro religioso medieval. Vê-se, pois, que o teatro épico e religioso de Suassuna, calcado no modelo medieval, prende-se também à cultura popular, que o autor transpõe para os meios cultos.

Mais ainda, percebe-se também que não foi adotado nenhum gênero puro. Todos os modelos estão imbricados em flagrante hibridismo. Essa ocorrência poderia remeter ao preceito medieval que retira do teatro as categorias estanques. Mas também seria possível ver nesse fato um índice da cultura popular medieval, uma vez que o teatro do referido período, voltado para o povo, usava de tais misturas e hibridismos.

O riso popular e o elemento religioso tornam-se ainda mais visíveis através da análise das matrizes textuais (já realizada). Elas fornecem a base para o projeto estético do autor, que as retoma em tenso diálogo. Nelas ainda observam-se vários traços de medievalidade, adquirida a partir dos folhetos de cordel.

As fontes temáticas

No esquema de análise seguido até agora, as fontes temáticas constituem o menor núcleo para o reconhecimento da intertextualidade. Pode-se explorá-las rastreando o percurso dos temas detectados na dramaturgia de Suassuna. Dadas a longevidade e a multiplicidade que apresentam, não se pretende esgotá-los. Por eles percebe-se o quanto a cultura popular nordestina herda das diferentes sociedades que subjazem à portuguesa, cadinho que as legou ao Nordeste. Entretanto, logra-se integrá-los em três tipos de tradições reconhecidas: a culta, a religiosa, a popular.

A tradição culta

Já se mencionou que a única peça de Ariano Suassuna evidentemente calcada em texto erudito é *O santo e a porca* (1957), comédia que transpõe para o Sertão uma das mais antigas fontes cômicas do Ocidente. Baseia-se na obra latina denominada *Aulularia,* ou comédia da panela, de Plauto (251-184 a. C), retomada por Molière (1622-1673) em *L'avare.* Nas três mantém-se como tema a pintura do caráter do avarento descortinada a propósito do casamento da filha.

Essas fontes contudo, enquanto comédias, pertencem ao domínio mais popular do teatro, em oposição à tragédia. Por isso mesmo Molière funde às suas vertentes de cômico popular mais duas anteriores à sua época e ainda vigentes no século XVII: a farsa medieval e a *comédia dell'arte* renascentista. Daí resultam os mais variados efeitos de comicidade, todos eles associados a personagens estereotipados, à pintura de caracteres, à sátira social. O fato de as três espécies dramáticas se prenderem a tipos e não a personalidades com densidade psicológica permite filiar os caracteres a uma longa tradição popular anterior e posterior, na qual se vê o avarento em diferentes facetas; e, neste último caso, até mesmo na comunicação de massa, em programas de rádio e de televisão.

Quanto à estrutura formal, *O santo e a porca* adota o modelo da Comédia Nova grega segundo seu mais célebre representante, Menandro. O modelo também serve de base para *O casamento suspeitoso,* apesar das transgressões que a peça pratica, segundo já se assinalou.

A propósito das duas peças e sua relação com a tradição culta, há que distinguir tipo de peça e texto. Ambas pertencem ao modelo da comédia de costumes e caracteres, veio introduzido na dramaturgia ocidental por Menandro e ainda hoje utilizado. Porém, quanto ao texto, aparentemente só *O santo e a porca* mantém diálogo com obras anteriores. Em nenhum dos dois casos o dramaturgo indica sinais de filiação, contrariando o procedimento habitual referente às demais obras que se vinculam à literatura popular nordestina.

A tradição religiosa

A tradição religiosa pode ter chegado a Ariano Suassuna por múltiplas vias. Podem-se supor algumas, como a religiosidade própria do sertanejo, dependente ou não dos inúmeros folhetos que apontam milagres e moralidades, ou ainda fontes cultas do teatro cristão, a exemplo de Gil Vicente e Calderón de la Barca. Não se deve esquecer, além disso, que o dramaturgo paraibano conhece bastante bem a Bíblia, não só devido à sua formação protestante como por opção pessoal, conforme afirma na entrevista a José Augusto Guerra (1971). Como quer que seja, encontram-se em sua obra vários aspectos que se prendem à tradição religiosa.

O criador do *Auto da Compadecida* atualiza em suas peças inúmeras situações presentes na Bíblia, em especial no Novo Testamento. Identificam-se alguns casos: o episódio do rico avarento, calcado na passagem do Evangelho de São Lucas sobre o rico e Lázaro (*O rico avarento);* a parábola do bom samaritano, a propósito do mau tratamento recebido por João Grilo durante sua doença *(Auto da Compadecida);* a tentação de Cristo no deserto, segundo São Mateus, interpretada por Aderaldo Catacão: "Se você quiser, Nevinha, tudo isso é seu,/ meu ouro, meu gado, minha energia" *(Farsa da boa preguiça,* p. 26); a parábola do fundo da agulha, também de Mateus, relembrada por Manuel Carpinteiro na mesma peça (p. 176); uma apropriação do Evangelho de São Mateus *(Domine, non sum dignus...)* surge no início do *Auto da Compadecida;* o Evangelho de São Marcos é relembrado quando o casal de padeiros se abraça para morrer: "É assim que serão os dois numa só carne" (AC, p. 119).

O próprio ritual oferece a Suassuna fontes para seus textos, com o ofício dos mortos e as orações. O primeiro, ortodoxamente realizado em latim e acompanhado de canto gregoriano, serve para o sacristão enterrar o cachorro no *Auto da Compadecida* e para João Grilo imitá-lo: "*Absolve, Domine, animas omnium fidelium defunctorum ab omni vinculi delictorum*" (AC, p. 21).

Quanto às segundas, notamos maior número de ocorrências. A invocação ao Cordeiro de Deus é a fala conclusiva de *O casamento suspeitoso.* Simão e Nevinha rezam Pai Nosso e Ave Maria *(Farsa da boa preguiça)* em preces que sofrem adaptações devidas à familiaridade sertaneja com as coisas religiosas. Por isso, a reza aparece parodicamente ampliada: "Em nome do Pai, do Filho, da Filha, da Mãe, da Raça toda" (RA-SPV, p. 8; FBP, p. 151) ou ainda: "Em nome do Pai, / do Filho, da

Filha, da Mãe, da Prima, / da Cunhada, da Raça toda" (FBP, p.151). *O casamento suspeitoso* traz uma forma peculiar de oração, ao citar uma frase de "excelência": "Adeus, Cancão, até Dia de Juízo" (SP & CSU, p. 98).

A moral final, própria de todas as peças de Suassuna, transpõe para o término do texto a advertência moralizante que é muito frequente no início dos folhetos populares. Mas ela se prende também ao tema da moralidade enquanto tipo de peça teatral da Baixa Idade Média, segundo a qual o homem deve prestar atenção aos seus atos, de modo a preparar-se para o encontro final com a morte. Isto remete ao tema do julgamento final, tão marcante em Suassuna.

Na tradição teatral, o juízo derradeiro é lembrado a partir da *Trilogia das Barcas* e do *Auto da Alma,* de Gil Vicente. Para Martinez-López esse aspecto é muito semelhante às danças macabras do século XV, certamente recordadas a Suassuna a partir daquelas obras vicentinas e do *Grande teatro do mundo*. Nota-se aí a fatalidade do destino, tão bem ilustrada em *O homem da vaca...* e na *Farsa da boa preguiça,* com as voltas da roda da Fortuna, problemática típica do outono da Idade Média que foi muito bem estudada por Johan Huizinga (1980).

A intimidade com os santos e seres sobrenaturais é própria das sociedades arcaicas como a nordestina. Nelas o sagrado aflora a cada instante, seja nos animais mandingueiros enfeitiçados pelo demônio, seja nos milagres do Padre Cícero ou nas previsões messianistas de Antônio Conselheiro. Por isso, Euricão alterna a proteção de Santo Antônio com a da porca, João Grilo se espanta com o "bronzeado" de Manuel, invoca a Virgem em seu apoio rezando uma cantiga e, ironicamente, o galo é lembrado a São Pedro.

A intercessão da Virgem Maria, a Compadecida dos homens e dos personagens de Ariano, é uma devoção desenvolvida na

Europa a partir do século XI. Em contraposição às figuras masculinas sagradas dos mistérios, ela aparece sobretudo nos milagres. A salvadora é a mesma Virgem materna e compassiva das *Cantigas de Santa Maria* de Afonso o sábio, dos *Milagres de Nossa Senhora* de Gonzalo de Berceo, do *Speculum historiale* de Vincent de Beauvais, da *Legenda aurea* de Jacques de Voragine, dos *Miracles de la Sainte Vierge* de Gautier de Coincy, conforme aponta Martínez-López. Por isso ela "em tudo se mete" (AC, p. 17, p. 170). O mesmo autor exemplifica dois textos de Berceo em que Maria arrebanha ao demônio a alma condenada. Por outro lado, a questão religiosa do embate entre Justiça e Misericórdia (ou Cristo e Nosso Senhor) é o nó dos mistérios medievais, exemplificáveis na *Passion* de Arras, de acordo com Alçada (1978).

A verve satírica na religião liga-se à tradição do sermão burlesco medieval e aos frades excessivamente humanos de Rabelais. Ela se faz presente na crítica aos interesses materiais do clero *(Auto da Compadecida)*, na truculêhcia física de Frei Roque (*O casamento suspeitoso)* e nos defeitos corporais de Padre Antônio *(A pena e a lei)*.

A viagem de Chicó ao além, onde vê o Padre Cícero, transporta a narrativa para a literatura visionária medieval, representada pelos exemplos mais famosos – *A viagem de São Brandão,* do monge Benedeit, e a *Divina comédia,* de Dante.

A tradição popular

A maioria dos temas de Ariano Suassuna pertence à tradição popular advinda dos folhetos e dos folguedos nordestinos. Nela identificam-se vários deles, como o valentão covarde, a morte fingida, o enterro e o testamento do cachorro, o animal que defeca ouro, as trocas. Também personagens, como João

Grilo e Cancão. A ampla frequência com que ocorrem em diferentes literaturas populares e a antiguidade dos temas confirmam-se mediante estudos como os de J. Girodon (1960) e E. Martínez-López (1964). Verificamos que são universais e ligam a sociedade sertaneja ao mundo europeu e até mesmo árabe, através da bacia do Mediterrâneo. Por isso tem razão Ariano Suassuna quando declara: "Quem diz brasileiro e nordestino, diz ibérico, mouro, negro, vermelho, judeu e mais uma porção de coisas que seria longo enumerar" (1973, p. 154).

O valentão covarde desmascarado aparece na dupla composta por Cabo Setenta e Vicentão, de *Torturas de um coração,* retomada em *A pena e a lei.* Constituem, aliás, personagens recorrentes no mamulengo. Esse tipo provém de uma antiga estirpe. Pode-se reconhecê-lo no *Miles gloriosus* de Plauto, na galeria de risíveis soldados fanfarrões da *commedia dell'arte* ou ainda no *Franc archer de Bagnolet.* Nesse monólogo cômico francês do final do século XV, anônimo mas atribuído ao poeta Villon, as bravatas do militar desaparecem ante a figura atemorizadora de um espantalho. No caso de Suassuna, seus personagens têm desejos recônditos: cultivar flores e criar pássaros, a despeito da fama de valentia.

A falsa morte de Chicó, na *Compadecida,* vem do folheto *O enterro do cachorro,* fragmento de *O dinheiro,* de Leandro Gomes de Barros. Mas já está presente em *Dom Quixote,* no episódio das bodas de Camacho, em que o jovem enamorado finge suicídio para casar-se com a amada, *in extremis,* e ressuscita logo após a rápida cerimônia. No entanto, o tema remonta mais longe, ao mundo romano, pois, no *Asno de ouro,* Apuleio mostra como a magia malfeita pode transformar Lúcio em burro – o que não deixa de ser uma falsa morte.

O tema do testamento do cachorro é altamente recorrente, como se verifica a partir de informações obtidas em estudos como os de Martínez-López, J. Girodon e I. F. Santos. Está presente em textos desde a Idade Média até o século XX. As mais antigas incidências medievais mostram-no em francês, no *Testament de l'âne* de Ruteboeuf (século XIII), e em latim, na *Facetia* XXXVI do toscano Poggio de Bracciolini (1380-1459), sob o título *De sacerdote qui caniculum sepelivit.* É registrado também no número 96 das *Cent nouvelles nouvelles,* coletânea de novelas escritas por vários autores franceses e publicada em 1455.

O século XVIII apresenta uma boa floração do item. Aparece em *Cryptadia,* em *L'art de désopiler la rate* (1752), com o título *Obsèques du chien,* e em compilações versificadas, como *Le singe de La Fontaine,* publicado em Florença, em 1773, com o título de *Testamento cynico.* Essas obras foram, no entanto, precedidas pela edição, em 1697, da monumental *Bibliothèque orientale,* primeiro dicionário enciclopédico europeu sobre o Oriente, organizado pelo sábio francês Herbelot. Nele, o artigo *cadhi* trata de um testamento do cachorro, que seria extraído de Lamai, autor de contos turcos dedicados a Solimão, filho do sultão Selim I.

Alia-se a esta última publicação uma outra que também aponta para a hipótese das possíveis origens árabes do tema, ou pelo menos indica sua área de circulação. Trata-se de *Gil Blas de Santillane,* do francês Lesage, que veio à estampa de 1715 a 1735. Aí a narrativa que se ocupa do tema (livro V, cap. I) se situa no Marrocos, em ambiente oriental, sendo protagonizada por um personagem espanhol transformado à força em muçulmano. É possível que o interesse pelo Levante, na França de Luís XIV, tenha sido despertado pela pompa das primeiras embaixadas turcas aos domínios do Rei Sol. Como quer que seja, tal fato não invalida a difusão do tema em outras áreas.

Na Península Ibérica, aparecem outros testamentos paródicos: um do gato e outro do galo no *Cuestionario del folklore gallego;* no *Isopo o Isopote historiado,* publicado em Saragoça; uma obra editada em Córdoba, cerca de 1822, denominada *Testamento del asno, donde se refiere su enfermidad, las medecinas que le aplicó un doctor de bestias, las mandas que hizo en su testamento a todos sus amigos y parientes, con el llanto que los jumentos hicieron por su muerte.*

O *Cancioneiro geral* de Garcia de Resende traz um texto intitulado "Do macho ruço de Luis Freire estando para testar" e a literatura de cordel portuguesa tem uma *Collecção de testamentos de aves e de animaes,* publicada pela Biblioteca Popular de Fernando Possas ou Livraria Portuguesa Religiosa (Porto, cerca de 1900). Em suma, esse tipo de testamento tem variantes conhecidas em coleções orientais, latinas, francesas, alemãs, espanholas e portuguesas, atestando a popularidade do tema.

A *História do cavalo que defecava dinheiro,* de Leandro Gomes de Barros, fornece ao *Auto da Compadecida* um dos temas mais recorrentes da literatura universal. Martínez-López encontra 105 versões, sendo 27 hispânicas, 62 não hispânicas, 16 orientais e africanas. Encontra-se ainda na cena 2, segunda parte da comédia *Os encantos de Medea* (1735), de Antônio José da Silva, o Judeu, na qual se menciona "um burro que caga dinheiro".

De maneira edulcorada, o tema reaparece no conto infantil sobre a *Galinha dos ovos de ouro* ou *João e o pé de feijão,* de Grimm, e em *Pele de asno,* de Perrault. Em ambas as histórias, o tópico do mundo às avessas transforma o desprezível e corriqueiro produto fecal no apreciadíssimo e raro metal. O burro que defeca ouro faz parte do bestiário maravilhoso, associado a um cunho satírico: o extraordinário poder de "descomer" o metal precioso. Yvonne Bradesco-Goudemand considera o tema pertencente à antiga tradição das velhas províncias francesas e aponta uma versão de Flandres intitulada *João da Fava.*

As trocas com perdas configuram um tema constante em fontes orais, como a história do macaco que perde a cabra e o folheto *O homem da vaca e o poder da Fortuna,* de Francisco Sales Areda, retomado por Suassuna no entremez homônimo e na *Farsa da boa preguiça.* A esse respeito, Yvonne Bradesco-Goudemand confirma a existência de um conto tradicional de várias províncias da França, "Les trocs", do qual uma versão da Lorena é citada em *Le légendaire des provinces françaises,* de Roger Deviche.

As informações da pesquisadora a propósito dos dois últimos temas abordados aliam-se aos exemplos já assinalados em relação às novelas tradicionais e vêm uma vez mais confirmar a influência francesa na cultura nordestina, mediada pelos países ibéricos.

Os personagens suassunianos tomados aos folhetos são João Grilo e Cancão. Os dois "amarelinhos" ou "quengos" encarnam o sertanejo esperto e maltrapilho. Estes pícaros fazem parte de um tipo específico de romances de astúcias, largamente difundidos na literatura popular europeia. Seus protótipos são o alemão Till Eulenspiegel e o espanhol Pedro Urdemalas, conhecido em Portugal e no Brasil como Pedro Malazartes. Há vários folhetos em que são protagonistas, reforçando a difusão do tema e o sucesso do personagem entre o público popular nordestino.

Malazartes, Cancão de Fogo, João Grilo, todos herdeiros do mesmo molde, têm ancestrais conhecidos: o Bertoldo bolonhês de Giulio Cesare Croce (século XV). Como arquétipo longínquo situa-se o Marcolfo do anônimo *Dialogus Salomonis et Marcolphi,* texto latino do século XII, em que o *turpissimus rusticus* sempre leva a melhor, armado da autoridade de seus provérbios. É interessante notar que o uso dessas fórmulas fixas da expressão traduz o mesmo estado de espírito e visão de mundo que propiciam o emprego da repetição e o caráter de memorização encontrados na literatura oral.

No universo medieval, o camponês sujo e esfarrapado representa os antigos espíritos da terra, os demônios do campo, senhores da fertilidade e da fecundidade. Como todos os diabos, igualam-se aos mestres do cômico, do grotesco, do feio, do excrementício – ou, em outras palavras, do baixo corporal e material de Bakhtine. Os camponeses sátiros são representações antropomórficas dos demônios da fertilidade. Em nome da natureza, dão uma dura lição nos senhores com seus costumes e ética fundados na cultura "superior". A cultura "inferior", ligada à terra e ao fisiológico, ao corporal e ao genital, ridiculariza o palácio e a cidade, o poder régio e o eclesiástico, que olham para o alto, para os vazios, estéreis e infecundos campos celestes. No dizer de Silvano Peloso (1984), o rei e o camponês são o modelo dos valores consagrados, que se baseia numa espécie de jogo de opostos. Tais personagens se identificam com a carnavalização de Bakhtine, na medida em que neles imperam o cômico fisiológico e o naturalismo excrementício, associados à ideia de abundância, riqueza e fertilidade, em que o obsceno atua como dessacralização e abaixamento.

No entanto João Grilo e Cancão, na posição de criados espertos, constituem o elo final de uma antiga estirpe. Ela passa pela comédia de Molière (em que os empregados praticamente conduzem a ação) e pelo astuto Arlequim da *commedia dell'arte* (veja-se, de Goldoni, o *Arlequim servidor de dois amos).* Sua presença recua aos escravos de Plauto, pois Palestrio, do *Soldado fanfarrão,* consegue fazer a heroína voltar aos braços do amado, e o criado Estrobilo, na *Aulularia,* obtém a liberdade em troca da devolução do ouro. Na verdade, não só constituem um tipo como permitem, por sua condição, uma série de reflexões sobre as desigualdades sociais. Para contrabalançar o poder dos patrões ou dos senhores, só cabe ao empregado a astúcia.

Tal posição ideológica está implícita não só no texto de Suassuna como nos dos outros autores citados. Por se tratar de comédias, tais obras denunciam, ainda que histrionicamente, os problemas sociais e dão voz ao povo miúdo das baixas camadas, em contraste com a tragédia, que se ocupa das elites. Por isso os empregados e os anti-heróis não são vistos negativamente.

Retrocedendo no tempo e no espaço, podem-se identificar ao "amarelinho" os personagens aqui descritos. Esse tipo é, porém, mais rico do que os demais. Ele constitui ainda um resíduo do *trickster* igualmente dessacralizador das sociedades tribais de vários continentes, também presente entre os mitos dos índios brasileiros. Tal figura foi valorizada na Idade Média por seus traços escatológicos e ainda sobrevive no Nordeste. É curioso notar a presença de um herói primitivo civilizador tão difundida naquela região. Será mais um argumento em favor do arcaísmo dessa sociedade.

Temas tão antigos na literatura popular de origem europeia, alguns certamente de procedência oriental, chegam a Suassuna pela via da cultura oral nordestina. A maioria deles pode ser confirmada em obras medievais, embora alguns sejam até mesmo anteriores a esse período. Eles se materializam em textos dramáticos cujos modelos formais se coadunam com as fontes temáticas das tradições em que se inserem. Assim, à tradição culta corresponde o molde da comédia da Antiguidade; à tradição religiosa, os modelos formais de teatro religioso e popular vigentes na transição entre a Idade Média e o Renascimento; à tradição popular, os modelos dos folguedos nordestinos.

Contudo, se tradições culturais e modelos formais se harmonizam, isso não significa que as peças e os temas se encontrem distribuídos de uma maneira tão linear. Na realização textual do escritor em pauta, só se encontra superposição na relação entre a tradição culta e a comédia da Antiguidade. As demais obras imbricam as diferentes fontes temáticas com os modelos formais, a partir de matrizes textuais provenientes do cordel – e em consequência já hibridamente carnavalizadas por força da transposição dos modelos europeus ao Nordeste.

6

O SUBSOLO

Independentemente da ideologia professa do autor ou do seu grau de consciência do fazer literário, a produção artística, mormente a literária, traz à tona uma série de elementos latentes ao lado do conteúdo manifesto. Sua leitura torna-se possível através dos indícios que o texto aponta no interior do seu universo. No caso de Ariano Suassuna, ela permite especificar a intertextualidade sob múltiplos aspectos e, junto com ela, a medievalidade, que se presentificam marcadamente na sua obra teatral.

Em se tratando de peças de teatro, tal espaço pode ser transmitido predominantemente pelo personagem. Ele é o núcleo que constitui a quase totalidade da obra, visto que o cenário praticamente se neutraliza para reafirmar a soberania daquele. Esse ser fictício, como aponta Antonio Candido (1970 b), é uma criação da fantasia capaz de comunicar uma impressão de verdade existencial através da coerência e da unidade. Isto porque o escritor dispõe os fragmentos da realidade dentro de uma perspectiva racional, num todo completo, fornecendo assim uma compreensão precisa da existência, embora não menos complexa.

O personagem, entretanto, vive nas fronteiras e limites do texto, e pode vincular-se estreitamente à sociedade em que se estriba o autor. Isso ocorre sobretudo em gêneros literários que envolvam a narrativa, como o épico e o dramático. Nesse ponto cabe indagar, com o mesmo crítico, qual a função exercida pela realidade historicamente localizada para constituir a estrutura da obra. Nessa perspectiva, os personagens de Ariano Suassuna são altamente significativos, imersos que se encontram num ambiente social identificado com a realidade brasileira, mais especificamente a que se localiza no Nordeste. A análise de alguns dos mais representativos possibilita perceber tal dimensão.

Os textos do referido escritor mostram uma sociedade muito rígida, pautada em termos estreitamente dicotômicos, representados por dois segmentos estanques: o dos que mandam e detêm o poder, mundo das autoridades e dos patrões de uma maneira geral, e aquele dos oprimidos e explorados – os empregados –, sempre aptos a escandir suas necessidades e reivindicações. Um universo social tão restrito traduz um solo comum ao medieval e, pela reduplicação, explicita a permanência deste aspecto não só em Suassuna como, especialmente, no Sertão. Não se pretende simplificar ou omitir, desse modo, as características atuais da região; insiste-se apenas naquelas marcas que transparecem nos textos suassunianos. Estes, calcados na literatura popular, trazem à tona um Sertão estratificado, que não necessariamente coincide por inteiro com as mudanças pelas quais a região tem passado por força do processo de industrialização do país.

Numa sociedade configurada conforme a que se vê nos textos do autor, apertam-se as opções e desenvolvem-se as acomodações casuísticas. Erige-se a hipocrisia naquilo que Antonio Candido (1970 a) chama "pilar da civilização", denunciada por toda a literatura satírica. Nessa instância, avultam as soluções altamente individualizadas. Elas mostram a reversibilidade das situações, única maneira de alguém se sobressair em meio ao anonimato geral, desde que não pertença ao reduzido grupo dos que podem comandar. Às atitudes autoritárias pessoais dos patrões e poderosos corresponde a alternativa manifesta nos tipos da criação popular, que resolvem suas dificuldades e impasses de maneira muito singular. Suas soluções próprias movem-se pela astúcia, sem no entanto perturbar a ordem estabelecida. Nas peças de Suassuna, encontra-se reiteradas vezes este tipo de personagem, sob os nomes de João Grilo, Cancão, Benedito, Caroba, Tirateima, alguns dos quais provêm das matrizes populares. Eles remetem ao mito na medida em que adotam uma solução pelo imaginário e não pela prática do real.

Para interpretar tal problemática no referido contexto, adotam-se alguns conceitos, como o de indivíduo e pessoa, tomado de empréstimo a Roberto DaMatta em seu estudo do carnaval (1979). Para esse estudioso, em zonas de estratificação muito definida, como a dos engenhos e das fazendas do Sertão, o poder de barganha do indivíduo é muito menor, correlato ao maior controle daquele que detém o mando. Situa-se aí o conflito entre indivíduo e pessoa, pois esta merece solidariedade e um tratamento diferencial, ao passo que o indivíduo, ao contrário, é o sujeito da lei, foco abstrato para quem as regras e a repressão foram feitas.

Em tal caso, enfatiza-se o destaque pessoal, com seu corolário de hierarquia e precedência, contrastando com o anonimato do indivíduo ou cidadão comum. Esse destaque pode atuar pelo avesso, através das modalidades negativas do convívio social. Elas denotam ainda assim uma marca de distinção geradora de privilégio, em especial para aqueles que não dispõem de relações de compadrio, amizades bem colocadas ou poderosos laços de sangue. Isso explicaria, para DaMatta, a eclosão de fenômenos como o banditismo social, o messianismo, a malandragem e a violência urbana.

O mito de Pedro Malazartes, analisado pelo antropólogo, permite observar a transformação da pessoa comum (o indivíduo, submetido às leis da exploração do trabalho e da mais valia) numa pessoa individualizada ou, em outros termos, o herói típico da literatura popular nordestina. As provas e os obstáculos a serem superados mostram a fragilidade daquele que deve enfrentá-los e que necessita, para tanto, de uma inabalável fortaleza – a sua astúcia, poder dos fracos.

Esse personagem tradicional revela-se, diz ele, em sua ânsia de justiça e inconsequência galhofeira, em sua esperança de um mundo diferente e em sua conformidade com as leis e a ordem. Em nenhum momento põe em risco a ordem social, já que não ataca o sistema, mas incide apenas sobre o indivíduo – geralmente o mau patrão – e condena-o sob o aspecto moral, que é o modo de condenação individualizado ao limite, pois aponta para o pecado e a danação eterna.

Tal tipo de personagem define-se por saber inverter todas as desvantagens, perseguindo os poderosos com seus toques de vingança pessoal, ao invés de adotar uma atitude coletiva e organizada, como a revolta social. Isto denuncia um relacionamento injusto entre o rico e o pobre, além de revelar o código moral que deveria pautar o convívio entre fortes e fracos. Trata-se, em suma, de um ser solitário, que compensa as diferenças sociais por meio da zombaria e da sagacidade, ridicularizando e recusando todos os símbolos de poder e hierarquia vigentes na sociedade.

Sua história mostra um modelo de sobrevivência e até mesmo de sucesso nas empreitadas. Nela porém jamais ocorre uma integração final na ordem estrutural, já que o tipo flutua sempre nos interstícios da sociedade, sendo difícil definir nas suas ações o certo ou o errado. Por isso ele relativiza tudo o que sufoca o indivíduo sem berço e tudo o que perpetua as injustiças sociais, usando em proveito próprio as regras dominantes na sociedade, sem contudo destruí-la ou colocá-la em causa. Ou seja, ele busca sempre o que não tem: trabalho e um bom patrão que lhe dê esteio na estrutura social. O fazendeiro (mau patrão) está economicamente certo, mas moralmente errado. Por isso recebe uma lição de Malazartes: se não levar em conta as qualidades e condições pessoais do empregado, seu empreendimento resultará em fracasso.

O popular Malazartes expressa sua revolta social em termos pessoais de vingança. Revelam-se aí dois tipos de poderes contrastantes: o dos fortes – definidos pelo exterior (bens e propriedades) que, como tal podem ser atingidos e desaparecer; e o dos fracos, definido pelo interior (inteligência, astúcia), que não podem ser tirados de quem os tem. Segundo Roberto DaMatta, para manter sua existência social individualizada, este tipo de personagem prefere viver de maneira incerta, sempre personalizando a lei geral para vencê-la, sem no entanto renunciar completamente à ordem nem assumir a plena marginalidade.

Tal tipo é analisado ainda sob outro ângulo. Antonio Candido, no estudo sobre o *Sargento de Milícias*, define-o como o malandro, um aventureiro astucioso, comum a todos os folclores, que pratica a astúcia pela astúcia, lúdica e gratuitamente como o *trickster* imemorial, com o dinamismo próprio dos ardilosos das histórias populares. A natureza popular traz consigo situações e personagens de cunho arquetípico e universalizador, como os *tricksters* e as vítimas da "sina", ao lado de representações de vida mais específicas, numa dialética da ordem e da desordem, oscilando numa gangorra entre o lícito e o ilícito, num quadro de anomia.

Verifica-se, assim, para o crítico, uma contaminação recíproca das séries arquetípica e sociológica: a universalidade quase folclórica evapora muito do realismo; mas, para compensar, o realismo dá concreção e eficácia aos padrões incaracterísticos. As inspirações de ritmo popular trazem uma espécie de sabedoria irreverente, pré-crítica, mas que por reduzir tudo à "natureza humana" torna-se mais desmistificadora do que uma intenção militante. Para Antonio Candido, essa dimensão é uma das mais fecundas do universo cultural da sociedade em que vivemos.

Esse personagem carismático e fluido vê o mundo em termos de soluções pessoais e intuitivas, alheias às marcas de propriedade, insígnia e definição de identidades sociais. Ele de modo algum transcende a ordem, sendo estigmatizado por sua atitude sinuosa e solitária. Esses traços configuram o estado da primitiva *communitas*, ou comunidade, conceito tomado por Roberto DaMatta a Turner. Remete ao "jeitinho" de resolver as dificuldades, próprio do malandro, do pícaro e do *trickster*, em contraste com a "estrutura" (ou sistema) e seu modo burocrático de aplicar, mecânica e impessoalmente, um regulamento a uma questão.

O carnaval seria assim uma nostalgia da *communitas*, porque representa uma fuga à ordem do cotidiano, um momento de marginalidade total. DaMatta considera, ainda, que no carnaval afloram tipos específicos, próprios da *communitas*, como o malandro entre outros. Apresentam algumas características muito próximas àquelas que se notam no amarelinho nordestino, em especial o fato de serem personagens intersticiais, de compromisso entre as duas dimensões possíveis. Portanto, ele simbolizaria a carnavalização porque, enquanto personagem intersticial, seu comportamento ambíguo e sinuoso corresponde a um momento também liminar, de suspensão do tempo e anulação das estruturas presentes no dia a dia.

Ademais, as peripécias em que se envolve o personagem suscitam um riso muito pronunciado, equivalente à liberação das constrições da vida ordinária, reforçando uma vez mais sua relação com o carnaval.

Entende-se então que esse personagem popular embute em si traços de uma sociedade arcaica e hierarquicamente definida, indiciando o fenômeno do carnaval e sua permanência na América Latina. O tipo de Malazartes certamente constitui o meio de expressão individualizado e pré-crítico das comunidades em cuja literatura se mantém. Ele reaparece em tantos folclores provavelmente porque exprime os anseios dos universos estratificados semelhantes ao nordestino. Não é por mera coincidência que o tipo povoa as histórias populares ibéricas de tradição medieval que tanto marcam a literatura popular sertaneja.

Seres liminares como o malandro e o pícaro apresentam leves nuances entre si. O amarelo ou quengo sertanejo, captado através da dramaturgia de Suassuna, poderia ser interpretado como uma variante daqueles tipos. Ele não é exatamente o malandro de Roberto DaMatta, nem o de Antonio Candido, nem o pícaro, constituindo pois outra alternativa, embora coincida com aqueles em vários pontos. A partir das peças em que ele atua, detecta-se que se configura como o agente da reviravolta que possibilita o reconhecimento e como o motor da ação cômica. É um personagem preferencial, mas não necessariamente o foco da ação principal, e não narra suas aventuras, porque só vive o presente da cena. Por isso não se acompanham sua formação e aprendizagem, como ocorre com as histórias do pícaro.

Dele só se vê o resultado final, pois já se apresenta "pronto". Tem origem humilde e condição servil, luta contra a adversidade material, mas não muda de amos e de espaços – parte das convenções dramáticas – embora aparentemente já possa ter mudado. É amável, risonho, simpático, burlador, sofre a causalidade externa e vive ao sabor da sorte, a sua "sina". Aprecia o jogo e as acomodações, não tem linha de conduta muito definida. Revela-se um aventureiro astucioso, admirador dos gestos gratuitos. Constitui um tipo, um personagem descarnado, com elementos de generalidades das narrativas populares em que se baseia Suassuna. Daí seu realismo espontâneo e corriqueiro, permeando a sátira aos costumes. A astúcia e a malandragem do quengo temperam as posições rígidas comuns nas sociedades pré-burguesas, como a oposição entre trabalho versus mando.

Nas peças de Suassuna é possível situar, de maneira bem clara, os fenômenos apontados por Roberto DaMatta para sociedades muito hierarquizadas. Assim, o contraste entre indivíduo e pessoa se mostra bastante nítido nos personagens Tirateima, de *O rico avarento,* e Benedito, de *Torturas de um coração* e *A pena e a lei.* Por outro lado, a figura do amarelinho e suas soluções muito particulares se presentifica em Caroba (*O santo e a porca),* Cancão (*O casamento suspeitoso),* Benedito *(A pena e a lei)* e João Grilo *(Auto da Compadecida).* A condenação moral manifesta-se nos diferentes casos de julgamento religioso, mas também nas críticas ao patrão. Elas vêm embutidas junto com as peripécias e soluções dadas pelo amarelinho. A seguir, estas ocorrências serão vistas nos textos do dramaturgo paraibano.

O esforço por diferenciar-se dos demais aparece de maneira exacerbada em Tirateima, de *O rico avarento.* É possível que tal ênfase seja reforçada nele por se tratar de personagem de um entremez para mamulengo, gênero que exige pouca sutileza nos personagens e situações. Ele é visto sempre autoconfiante. Assim se apresenta ao público: "Eu sou o Tirateima conhecido, o

Tirateima falado!" (RA). Ao demônio que o quer carregar ele se excusa afirmando: "Esse aqui é o Tirateima falado!", e por isso escapa ao inferno. Mas a consciência de sua singularidade é maior ainda quando indaga: "Você sabe quem sou eu, sabe?". A pergunta retórica equivale ao "Sabe com quem está falando?", que para Roberto DaMatta denota o autoritarismo e a singularização da pessoa. No caso presente, o efeito é cômico, pois o personagem não possui nenhuma estatura social, revestindo-se apenas do único poder dos fracos: distribuir pancada.

Já em *Torturas de um coração,* compartilha-se o esforço de Benedito para tornar-se "alguém", isto é, "ter cartaz". É o que solicita Marieta, que só lhe cederá seus favores quando ele tiver prestígio. Para isso, ele submete os dois valentões de Taperoá, por meio de ardis verbais e com apoio de um argumento fortíssimo, o "catolé" ou pancada. Então o "pé-rapado" se transforma naquele que tudo ordena e passa a gozar de uma situação apreciável. Ele obtém seu poder utilizando a astúcia de quem devassa as intimidades afetivas de dois valentões casados (portanto, duas vezes reprováveis moralmente) que cortejam a mesma mulher. Benedito intermedia situações dúbias, das quais se prevalece para o embate final.

O esforço por destacar-se aparece ainda em outros personagens masculinos, Vicentão e Cabo Setenta. Recobre-se sob a aparência da vaidade dos valentões, e denota assim um mundo patriarcal com prevalência daqueles valores.

Numa sociedade altamente hierarquizada, quem detém o comando ou o representa é fatalmente um ser de exceção, acima da lei, por ser pessoa e não indivíduo. Por isso, "a autoridade não respeita ninguém", conforme declara o Cabo Setenta. Pela mesma razão, também pode oferecer favores aos protegidos, no caso a Benedito, prometendo prender quem lhe faça desfeitas.

O percurso da individualização de Benedito é decifrado também através de matizes na manifestação do preconceito à sua cor negra. De início, as marcas são negativas: "negro quando não é besta, é doido!"; vários provérbios depreciativos; a possibilidade de só embranquecer pelo tabefe; epítetos pejorativos, como "comida de onça", "negro chato e confuso". De tal sorte que o próprio personagem se sente como um "negro da peste". Sua cor indica também modificações no dia para quem o vê, pois quando ele apareceu "a tarde ficou preta" para Marieta. Entretanto, à medida que seu prestígio melhora junto ao interlocutor, as apelações vão gradativamente ganhando sutilezas positivas. Torna-se "moreno queimado", "negro de ouro", "a figura mais simpática dessa terra". Finalmente, adquire o direito de dançar no local.

No afã de sobre-elevar-se, Benedito quer se sobrepujar falando difícil ou filosofando. Todavia, todos os seus esforços são vãos, pois entrementes Marieta preferiu outro admirador, alegando que "coração não se governa". Entretanto, como ele já submeteu os dois valentões, bate no rival e disciplina a infiel. Nota-se, nesse final, a reversibilidade de situações do personagem liminar. Nada é estável para ele e, quando pensa ter logrado um êxito, tudo se anula e o esforço deve ser recomeçado.

Portanto, ressalta-se nessa peça o prestígio de quem tem autoridade numa sociedade hierarquizada e com leis personalizadas. Nela o personagem quer penetrar, mas só o consegue desmistificando os mais fortes do que ele – pela astúcia – e submetendo pela pancada os mais fracos – o rival e a mulher. O falar difícil é apenas uma metáfora caricaturada da ascensão de Benedito.

Seria possível supor que esse caso configuraria a primeira etapa da formação do quengo. Percebe-se melhor a evolução porque ele é retomado em outra peça, o que não acontece com outros personagens, malgrado a recorrência do tipo. Ele já traz como dado intrínseco a sagacidade e tem oportunidade de colocá-la em prática para atingir seu alvo. Inverte assim sua situação inicial desfavorável em dobro, pelo desprestígio social e pela cor da pele. De passagem, denuncia-se o preconceito.

Em nenhum momento houve sinal de revolta ou desejo de alterar as regras do jogo social por parte de Benedito. Também não houve ensejo de vingança pessoal. Ele passa por todas as provas buscando como prêmio as graças da mulher pretendida, tema recorrente na literatura, que evoca sempre situações muito subjetivas e individualizadas. Quando pensa que chegou ao objetivo, percebe que tudo foi inócuo e sua posição reverte ao estado anterior. Labão também fez o mesmo, e o soneto camoniano está aí para provar. Com pequenas nuances, a mesma problemática de *Torturas de um coração* reaparece no primeiro ato de *A pena e a lei*, título que por si só já evoca as possíveis adaptações e interpretações da letra da lei.

Excluindo-se esses dois personagens meio toscos em sua simplificação de bonecos – Tirateima e o Benedito de *Torturas de um coração* –, consideram-se amarelinhos típicos o Benedito de *A pena e a lei*, João Grilo *(Auto da Compadecida)*, Cancão (*O casamento suspeitoso)* e Caroba (*O santo e a porca)*.

Diferentemente de Pedro Malazartes, eles não se caracterizam pela errância. Atuam como empregados relativamente estáveis, posto que não se encontram casos de mudanças de senhores entre os protagonistas, a não ser pela expulsão de Mateus, duplo de Benedito em *A pena e a lei.* Ao contrário daquele, nutrem até um certo afeto pelo patrão, como se vê no comportamento de Caroba e Cancão, configurado no zelo com que tratam dos assuntos dos amos. Por fidelidade ao amigo Geraldo, filho da patroa, Cancão urde inúmeras tramas para impedi-lo de realizar um casamento nefasto – e as tramoias são tantas que se transformam em exercício do prazer lúdico.

Nesse ponto ele se assemelha às invenções de Caroba para conseguir noivar a tia no pedido da sobrinha e, de quebra, noivar ela própria também. Caroba gosta de Euricão e tem pena dele, apesar de reconhecer no patrão a avareza, a ruindade e as manias. Ela tem todas as características do amarelinho, mas é mulher e, talvez por isso, atua, no âmbito doméstico, no papel de casamenteira. Com isso ela não modifica em nada o sistema, antes reforça-o, induzindo os pares ao matrimônio segundo o critério de adequação da idade dos nubentes.

É interessante notar que os amarelinhos, apesar de todos os ardis, jamais são desmascarados. De certa maneira, fazem justiça pelas próprias mãos, colocando coisas e pessoas no devido lugar. Eles contrastam com os impostores de *O casamento suspeitoso,* pois estes são desmascarados, na medida em que deixam transparecer que não são o que aparentam e têm um objetivo escuso. Inversamente, o amarelinho usa meios pouco ortodoxos para atingir uma finalidade não premeditada mas correta – pelo menos no ponto de vista da moral das peças.

Sua presença marca efetivamente os textos de Suassuna. Nesse sentido afastam-se do conjunto *O castigo da Soberba* e *O homem da vaca e o poder da Fortuna.* A primeira exclusão justifica-se não só pela forma do texto como pela ênfase no aspecto religioso. O segundo caso se aparta por outros motivos. De um lado, a singularização do personagem Simão se faz pela preguiça total, traço ausente das caracterizações do quengo. De outro, a condenação do caçador mostra que ele procedeu ao inverso do quengo, uma vez que verbalizou em vez de induzir e agir com malícia; já trouxe ao rei uma situação definida que não lhe dava alternativas, sem encaminhá-la aos poucos, tal como procedem os verdadeiros ardilosos.

A *Farsa da boa preguiça,* que desenvolve aquele último entremez, também não inclui o amarelinho entre seus personagens. No entanto, tematiza questões sociais, como a descoberta do campo pelos falsos intelectuais, a capitalização do meio rural, a miséria do camponês (visto como preguiçoso porque não assimila os ritmos e critérios de negócios dos empresários), o modelo e o antimodelo de casamento, ressaltando valorativamente o matrimônio tradicional e monogâmico respeitado no ambiente rural. Portanto, nessa peça que veicula relações nitidamente capitalistas no campo, não há lugar para o comportamento mais ou menos estereotipado do quengo, associado ao retrato de um outro tipo de sociedade, nem tampouco para o criado ardiloso e cheio de verve, próprio das peças herdeiras do esquema da comédia latina de longa tradição. Consequentemente, a introdução de matéria da atualidade afasta a presença daquela figura folclórica, reforçando a ligação entre ela e determinado tipo de sociedade.

O papel do quengo fica mais nítido se ele for observado de perto em dois casos: *A pena e a lei* e o *Auto da Compadecida*.

No segundo ato de *A pena e a lei,* Benedito não é mais o mamulengueiro, nem o indivíduo que busca se transformar em pessoa. Já assumido, torna-se o quengo ardiloso. Nesse caso de astúcia bem-sucedida, ele forma dupla com Mateus, acusado de ter roubado um novilho ao patrão Vicentão. Benedito consegue inocentá-lo apresentando testemunha inconteste: o Padre Antônio, que no entanto é surdo, caduco e atrapalhado. Além disso, Benedito embaralha as datas referentes às provas e circunstâncias agravantes, trapaceia nos documentos, mostrando uma certidão em lugar da outra. Seu êxito apoia-se em parte no suborno à autoridade, concretizado no carneiro furtado a Vicentão e oferecido ao Cabo Rosinha para angariar sua simpatia. O presente é interpretado como financiamento das custas do processo por parte do autor da queixa. Rosinha é uma autoridade autoconfiante, que escamoteia a verdade em benefício próprio, preferindo ignorar que o presente recebido é roubado a perdê-lo.

A argumentação de Benedito é tão esdrúxula que transforma a vítima em culpado. Para ele, há dois códigos em jogo: o oficial, que beneficia os proprietários e poderosos, e o dele próprio. Pela lei formal Mateus é réu, mas pela justiça social, arbitrada pelo defensor do caso, ele é inocente, porque é pobre e porque foi despedido pelo patrão sem ser indenizado. O papel de Benedito como amarelinho astucioso é o de voltar a balança da justiça em favor do desprotegido. A solução não ataca o sistema, pois é individual, já que Mateus merecia uma compensação pecuniária, que afinal acabou obtendo por vias pouco ortodoxas. Foi favorecido pelo hábito de o juiz deixar-se subornar e pela testemunha escolhida, socialmente valorizada mas intelectualmente incapaz. A iniquidade do sistema vigente fica denunciada através da indicação de que, quando um fazendeiro quer expulsar um morador de suas terras, acusa-o de roubo, sem ao menos ressarci-lo pelas plantações feitas.

Há um julgamento informal, com carnavalização da justiça, pois os envolvidos querem "dar um jeitinho" para se beneficiar. Ou seja, tentam personalizar as situações, de modo a escapar sempre às normas gerais. A vítima é o proprietário Vicentão; o juiz conspícuo, o Cabo Rosinha; a testemunha, o Padre Antônio; o acusado, o vaqueiro Mateus, tendo como advogado de defesa Benedito, ex-vaqueiro de Vicentão. O julgamento às avessas remete ao Juiz da Beira, de Gil Vicente, e ao Juiz Azdak, de Brecht. Desse modo, a peça brasileira poderia intitular-se "Justiça por engano" (PL, p. 138), pois o importante é que ela se faça, ainda que "por portas traversas" (PL, p. 139). Assim, assiste-se à carnavalização da justiça, mas, ao parodiá-la, recupera-se a lei moral. Junto com a denúncia social (justiça corrupta, leis parciais), mostra-se a tendência a personalizar casos por meio de soluções individuais que burlam, mas não ferem o sistema.

A peça explora ainda, no último ato, os problemas sociais do sertão, com uma clareza e veemência inexistentes nos outros textos do autor. São denunciadas as questões de terra que levam ao assassinato, junto com o inventário que gera briga de família; a dura vida do caminhoneiro; a moça pobre que se faz prostituta por não ter alternativa; a miséria do retirante; a seca e a falta de crédito nos bancos; a tática das companhias estrangeiras para dominar o mercado de algodão, levando muitos proprietários à falência. Não escapa sequer a despersonalização gerada pela rotina, que se abate até sobre o padre. Contudo, ainda que os conflitos do Sertão sejam identificados e mencionados, em nenhum momento do texto há indício de algum gesto que os modifique globalmente. Assim, eles figuram como constatação, como um elemento já dado na conjuntura. Tal inação sugere a permanência e a irreversibilidade da situação, própria, aliás, de contextos altamente dicotomizados.

Em tal ambiente, avulta a hostilidade entre empregado e patrão, consubstanciada nas discussões entre o vaqueiro Benedito e Vicentão, seu ex-patrão. Ambos têm problemas contrastantes, porque um é pobre e o outro, rico. As diferenças entre os dois campos aparecem também na *causa mortis* e no tipo de cultura. No primeiro caso, o retirante morre de fome e não pelo cansaço intelectual ou pela angústia, como desejaria. No segundo, o padre, ligado à cultura dita superior, não sabe que a morte é popularmente personificada e chamada de Caetana.

O quengo Benedito tem profunda consciência das diferenças entre os dois grupos sociais, mas não os vê como classes, pois todas as suas soluções são individuais. Ele sabe o que os proprietários poderiam fazer para enfrentar as companhias estrangeiras e sugere a Vicentão que se juntem para expulsá-las e organizar um Governo melhor. Ele faz críticas à situação, mas não atinge o sistema porque não age. Verbaliza sua imagem da sociedade como uma cavalhada, com os mais poderosos montados sobre os mais fracos, em sucessão de corrente para oprimir o vaqueiro, elo mais frágil. Sua inação leva-o a falar mal do patrão e sua atitude resume-se a resmungos isolados. Reconhece que passou o diabo na terra de Vicentão, mas é capaz também de reconhecer as atenções do amo durante a doença de sua mãe. Em suma, em última instância, não ignora e até mesmo valoriza as atitudes personalizadas corretas do senhor, ainda que inesperadas.

Tem-se a impressão de que Benedito não almeja revoltar-se contra a ordem social, mas desejaria algumas correções ao sistema, de modo que seus direitos de trabalhador fossem assegurados, o que acarretaria uma exploração menor ou mais suave. Esse anseio se traduziria de certo modo na figura do bom patrão, que não expulsasse o morador de suas terras, não o deixasse à míngua, desse atendimento aos doentes e necessitados. Ou seja, de certo modo o mesmo intercâmbio que, pelo seu trabalho, o servo esperava do senhor feudal, mas que desapareceu com a instauração das normas impessoais capitalistas no regime de trabalho assalariado. Como no campo mostrado por Suassuna o patrão escamoteia o salário o quanto pode, permanece válida a contrapartida da assistência ao empregado, expectativa proveniente de hábitos remotos e até mesmo uma prática oriunda da escravidão. O aspecto ora enfatizado permite destacar-se ainda essa aproximação com a Idade Média, além das várias outras já anteriormente apontadas. Deduz-se então, pelo avesso, a partir das incriminações de Benedito a Vicentão, quais seriam suas pretensões.

Caso semelhante ocorre com Pinhão, o duplo de Caroba em *O santo e a porca*. Esse trabalhador reivindica os salários jamais recebidos por ele, por seus ancestrais e pela companheira. Assim, o roubo da porca aparece como uma maneira pessoal de obter compensação. Ele sabe pelo catecismo que se trata de uma ação incorreta, mas pratica-a apesar disso. Infere-se que a religião vem reforçar a lei do patrão, ao condenar moralmente o atentado à propriedade privada, que a justiça dos homens também repudia. Daí resulta que o sistema propõe ao amarelo apenas uma aceitação passiva de suas normas, circunstância com a qual ele não concorda.

Infere-se que o mau patrão é sempre recriminado, como Vicentão, Euricão e o rico avarento. O caso mais extremo reside no senhor de Tirateima, que é arrastado diretamente para o Inferno em julgamento sumário e implícito, semelhante ao de Euricão. Este, porém, condenado pelos homens, terá como pena a solidão. Nos casos de julgamentos explícitos realizados pela Corte celeste, apesar das acusações feitas, a justiça divina acaba comutando a pena. Desculpados ou não, pesa-lhes sempre o delito moral.

É curioso ainda notar-se que uma das reclamações dos amarelos volta-se para a comida, de tal modo que aquele patrão que não a propicia torna-se mal visto. Encontra-se tal incidência nas peças em que o personagem do senhor se caracteriza pela avareza, sofrendo condenações morais por esse pecado.

Raciocinando pelo contraste, observa-se que a restrição alimentar contraria a prática da mesa farta, um dos traços da sociedade senhorial nordestina, sobretudo presente no meio rural. Tal costume poderia remeter de certo modo às cerimônias do *potlach*, que ritualizam o desperdício, trazendo assim alguma analogia aos hábitos de uma sociedade marcada pela permanência de inúmeros traços arcaicos. Mas a referida avareza poderia ainda traduzir uma tendência à modificação de costumes arraigados no campo, sendo igualmente mal interpretada pelos amarelos. Esse choque de pontos de vista pode ser notado especialmente na *Farsa da boa preguiça*, que permite vislumbrar a introdução de outro tipo de relação patronal no meio rural sertanejo.

Pela análise dos personagens, percebe-se que somente através da carnavalização e da paródia, isto é, mediante a inversão das posições entre legitimidade e legalidade, pode-se realizar a justiça segundo o ponto de vista do desprotegido. Já que os anseios mais básicos do indivíduo não são atendidos e a lei de Deus acena com a danação, não lhe resta alternativa a não ser tornar-se pessoa para solucionar suas necessidades, ainda que para tanto seja preciso adotar atitudes inusitadas ou mesmo de exceção.

Os casos mais extremados de individuação aparecem no *Auto da Compadecida.* Um representa a própria ordem social: o Major; o outro identifica-se com o processo de singularização pelo polo negativo, consubstanciado no cangaceiro.

O Major Antônio Morais, com foros de nobreza vinda nas caravelas, é um fazendeiro às antigas, cônscio de sua ociosidade senhorial. Por esse motivo despreza aqueles proprietários que trabalham como qualquer foreiro. Nisso contrasta com Aderaldo Catacão, da *Farsa da boa preguiça,* um ricaço proveniente da cidade que vem buscar lucro no campo por meio de intensa especulação. Além disso, o Major aumentou muito seu patrimônio com a mina e o comércio de minérios durante a guerra. Tais condições fazem dele um homem poderoso, a quem os representantes do clero cortejam e bajulam. Ele é a própria autoridade personificada e pessoalizada. Como tal pode tudo, em boa parte porque lhe dão este direito também. As exceções cabem muito bem no seu universo. Por isso seu motor pode ser benzido, como também seu cachorro. Só trata com seus iguais em hierarquia, razão pela qual se queixa diretamente ao Bispo, sem passar pelo menor escalão da hierarquia eclesiástica.

Em contrapartida, o direito de exceção adquirido *manu militari* pertence aos cangaceiros, que ocupam a cidade e tomam dinheiro de todos porque a polícia fugiu. Eles almejariam, porém, uma vida mais amena: aposentar-se, ter uma terra e fazer criação. Pelo contraste, percebe-se que a errância escolhida pelo pícaro para manter sua liberdade não é a meta dos bandidos de honra, empurrados que foram para ela por total falta de opção. Eles adotaram tal procedimento depois que enlouqueceram quando a polícia matou-lhes a família. Têm princípios firmes, como o de não matar sem motivos, mas só para roubar, garantindo assim o sustento. Contudo, também alimentam crendices, como a de não assassinar frade porque isto traria azar. Apesar da marginalidade, submetem-se aos mesmos preceitos de moral recatada de suas vítimas, na medida em que recriminam o "assanhamento" da mulher do padeiro. O perdão celeste recai sobre eles, tidos como "instrumentos da cólera divina" (AC, p. 180). Portanto, suas ações encontram uma justificativa no plano moral.

Ao lado desses dois casos limites, a mesma peça mostra o amarelinho por excelência: João Grilo. Dentre todos os personagens intersticiais de Ariano Suassuna, é ele quem reúne o maior número de traços indicativos: analfabeto, pobre, inteligente e autoconfiante, autossuficiente, acha que pode se livrar até mesmo do Inferno, é louco por uma embrulhada, sente-se explorado pelo patrão, pois recebe pouco, trabalha barato e bem, tendo consciência de suas qualidades profissionais. Por isso sabe que não é despedido, porém, cioso de sua liberdade, prefere demitir-se a submeter-se. Aliás, ele e Tirateima são os dois únicos personagens que ameaçam deixar o patrão.

João Grilo já passou fome e comeu macambira na seca, mas sua grande queixa se deve ao nulo atendimento que teve quando adoeceu, em contraste com o bom passadio do cachorro de estimação da patroa à mesma época. Por outro lado não é ladrão, mas defende-se como pode. Caracteriza-se pela atividade lúdica e gratuita, que lhe advém das peripécias em que se intromete sem premeditação. Suas soluções são sempre puramente individuais, a título de acerto de contas: quer se vingar do patrão que o ignorou durante sua doença, quer enganar o padre porque não gosta dele; porém, não engendra situações planejadas, aproveita-as conforme se apresentam. É visto como um amarelo safado, muito inteligente e mentiroso. No entanto, não tem alma ruim, pois na hora fatal esquece e perdoa o mal que lhe fizeram.

O personagem nodal do *Auto da Compadecida*, João Grilo, é o legítimo quengo das histórias populares, de onde, aliás, provém. Intromete-se em uma série de aventuras, envolvendo episódios diversos, para os quais encaminha seu objetivo de se vingar, isto é, restabelecer a sua própria justiça pessoal. Tais peripécias, sequenciais no texto de Suassuna e sem propriamente um nexo causal entre elas, são vividas por um personagem que tem um emprego fixo. Elas retomam, por esse ângulo, as aventuras erráticas do pícaro subjugado por múltiplos senhores.

Extremamente lúdico e gratuito como Caroba e Cancão, ele no entanto difere de ambos, porque estes atuam como empregados domésticos e não querem se vingar, mas construir (os três casamentos organizados por Caroba) ou evitar um dano (o casamento suspeitoso de Geraldo). Uma vez obtida a desforra pessoal, nenhum deles tem remorso. É interessante notar a maneira pela qual, no texto de Suassuna, a tradição popular ibérica do pícaro se conjuga com a tradição latina do criado ardiloso para produzir um tipo de personagem muito semelhante. Enquanto criados, esses personagens sofrem toda a sorte de constrição e de exploração, embora mantendo-se fiéis ao patrão. A elas escapam não só pelas soluções intensamente particularizadas que adotam como também, mormente, pela altíssima taxa de hilariedade que provocam, válvula de escape daquelas forças por meio da carnavalização, em idênticas proporções. Esse riso tão pronunciado configura-se indispensável, porque sua presença é diretamente proporcional à repressão imposta, da qual ele libera.

A pena e a lei explicita claramente os problemas sociais do Nordeste e oferece, como única alternativa adequada, a carnavalização da justiça, além de caricaturar a medicina. Já o *Auto da Compadecida* é a peça que apresenta a maior galeria de tipos regionais, cada um por seus motivos escapando à lei anônima e geral.

Não resulta, portanto, de simples acaso a merecida consagração que esta peça tem recebido. Ao retratar um panorama dos tipos sociais sertanejos, ela explicita o modo de ser de cada um. Ao enfatizar o personagem liminar por excelência, ao lado dos casos extremos de individuação, ela evidencia a necessidade e a pertinência dos comportamentos de exceção próprios de uma sociedade fortemente hierarquizada. Nela a impetuosidade do riso provocado pelas reações do amarelinho representa a contrapartida de liberação carnavalizada às repressões de um convívio social muito tenso.

Por outro lado, tanto o personagem intersticial quanto os temas aflorados pelas peripécias que ele enfrenta ou engendra revigoram motivos literários profundamente enraizados na tradição cultural do Ocidente, conforme já foi visto. No *Auto da Compadecida,* interagem as séries arquetípica e sociológica mencionadas por Antonio Candido, de modo que se aliam folclore e realismo, daí resultando a sátira social e a paródia. Nessa peça ainda são estigmatizados os servidores do clero e a burguesia local.

Enquanto instituição, "a Igreja é uma coisa respeitável como garantia da sociedade" (AC, p. 46), conforme assevera o Major. Mas seus membros merecem críticas pela excessiva mundanidade. O Bispo sente-se inclinado a atender às conveniências da Igreja, sendo por isso considerado um grande e temido administrador, em contraste com seu santo predecessor. O Padre faz tudo para agradar ao Major e tem medo do Bispo. O Sacristão duplica ambos em escala menor. Na hora da verdade, todos têm pavor de serem mortos pelos cangaceiros.

Sobre eles pairam várias acusações, como a soberba, a simonia, a leviandade, a subserviência às autoridades, a arrogância, a velhacaria, a preguiça, o roubo à Igreja etc. O único merecedor efetivo do reino dos céus é o humilde e simplório Frade, que por isso mesmo é menosprezado pelo Bispo. Consequentemente, tais representantes do divino estão muito afastados da dignidade que deveriam ter e, portanto, perdem direito a quaisquer créditos, apesar do papel de relevo que se lhes atribui no Sertão. Por isso também, ao focalizá-los, o dramaturgo reforça a caricatura e a carnavalização.

Tampouco a burguesia escapa a uma observação mais aguda. O casal de padeiros é extremamente satirizado pelo exagero de traços: a submissão do marido contrastando com a prepotência da mulher; a dedicação da esposa aos animais e o desprezo pelos empregados ainda que doentes; suas infidelidades conjugais até mesmo com desclassificados sociais como Chicó; a exploração dos empregados em oposição à superproteção ao cachorro; a evidência de que o casal permanece unido apenas por medo à solidão. Apesar de todos os clichês de comportamento, seu desejo de individualização transparece na exigência do serviço religioso prestado ao cachorro. Sua posição autoritária revela-se na manipulação do poder econômico, consubstanciado nas ameaças de vingança e chantagem ao Padre ante a sua recusa em benzer o animal (supressão das doações à irmandade, retomada da vaca leiteira). Ambos configuram os maus patrões, contra quem se insurge João Grilo, que os acusa de roubar farinha, de explorá-lo, de ignorá-lo na doença.

Ao olhar sensível e crítico de Suassuna nada escapa: os excessos da autoridade – latifundiária (Major, Vicentão), policial (Cabo Setenta, Cabo Rosinha) ou de exceção (os cangaceiros) –; os desmandos da justiça togada venal ou os dos representantes do clero; o poder de manobra das companhias estrangeiras; a medicina popular; os casamentos por interesse; as misérias do sertão; o preconceito racial; os falsos intelectuais; a astúcia do quengo. Todos esses elementos são abordados em suas peças, mas nenhum recebe solução.

A questão social está presente direta ou indiretamente na maioria das peças e é suscitada em geral pelo personagem do amarelinho. No entanto sobressai-se em todos os textos o aspecto moral, que vem a compor o quadro proposto por Roberto DaMatta como alternativa compatível com o tipo de sociedade e de contexto em que se situam os personagens de Suassuna. Aquele traço é sublinhado em especial no *Auto da Compadecida*, principalmente no primeiro prólogo do Palhaço. Nessa passagem se enfatiza a distinção entre justiça e misericórdia, aliás retomada nos ensinamentos do terceiro ato da peça.

Extrapolando a problemática religiosa, pode-se considerar que a primeira, por sua rigidez, reporta-se à lei dos homens, ao passo que a segunda refere-se à de Deus, que absolve os pecadores graças à intervenção de Maria. Aliás, não é gratuita a incidência de julgamentos finais nas peças deste escritor, mostrando que para ele a resposta repousa no divino segundo a concepção católica. Desse modo, a justiça dos homens não tem ocasião de ser corretamente aplicada, a não ser pelo avesso. Em tais circunstâncias, quase que sem apelação, o personagem intersticial desenvolve seu espaço, para não submergir em meio a tantas anulações.

Assim, percebe-se que o conteúdo latente da obra de Suassuna revela aquilo que a ideologia oficial encobre. Ou seja, a legitimidade tem que ser reivindicada mesmo que contra a legalidade, uma vez que no contexto apontado as leis são feitas por e para os mais fortes. Somente as soluções individuais de astúcia, remetendo à *communitas*, podem ultrapassar os limites que uma sociedade patriarcal impõe aos despossuídos. Daí a burla do marginalizado, que denuncia uma situação social opressiva, corolário de um comando forte e centralizado. Nesse contexto, o medieval se identifica com o arcaísmo e o atraso social da região.

Pode-se ainda analisar a posição do amarelinho segundo o ângulo das relações de trabalho, o que faculta observações interessantes. Nem todos os personagens têm vínculos empregatícios expressos e suas atitudes variam. Dentre os empregados, há os domésticos, como Caroba, Cancão e Tirateima, ao lado de João Grilo, cujo âmbito de ação se situa na padaria. Sem aqueles liames notam-se apenas os dois Beneditos. Entretanto, em nenhuma peça eles se encontram no exercício de suas funções, aparecem sempre à toa, num momento de intervalo ou de folga. Seus objetivos, contudo, revelam certos matizes, pois alguns endossam os interesses do patrão e outros, não.

Assim é que tanto Caroba quanto Cancão se arrogam a missão de realizar ou impedir casamentos, defendendo de certo modo os valores da grei a cuja casa pertencem. Da mesma maneira Tirateima, ao ser contratado pelo novo amo, também acaba cuidando dos interesses deste, pois ele é a interposta pessoa que recusa esmola aos mendigos. Entretanto, discordando dos excessos do patrão, desculpa-se junto aos pedintes e termina por se demitir.

Em contrapartida, João Grilo age de maneira bem diversa, porque não só abertamente acusa os patrões de roubo da farinha como também zela por si: por isso quer desforrar-se das atitudes que o feriram. Dentre os empregados, ele é o único que assume uma nítida posição individual. O Benedito de *Torturas de um coração* encontra-se na mesma situação, mas não aparece como empregado. Igualmente, em *A pena e a lei,* apresenta-se ainda sem ligação patronal ao situar-se como ex-vaqueiro de Vicentão. E é só nessa circunstância que surge um advogado de causa alheia.

No tocante às autoridades – senhores e seus representantes da polícia ou do clero –, também as há de dois tipos: as que mandam e as que fazem. Entre os primeiros, avulta a ociosidade expressa e voluntária do Major. Os outros patrões também não estão exercendo nenhuma das duas funções, sejam Eudoro e Euricão, os membros da família de Dona Guida ou o casal de padeiros. Somente Vicentão age: muda a cerca de sua propriedade, dilatando-a. Por isso é assassinado durante o conflito. Já Aderaldo Catacão passa pelas duas etapas, conforme o momento da peça.

Os representantes militares ou religiosos do poder também se comportam das duas maneiras. Cabo Rosinha e Cabo Setenta não perdem a voz de comando, embora não o estejam exercendo. O Bispo apenas inspeciona; o Padre, à custa, exerce seus deveres admitindo a bênção ao cachorro, realizada pelo Sacristão. Frei Roque e o Juiz Nunes são impedidos de executar suas funções. Apenas o velho Padre Antônio desempenha seu ministério espiritual.

Depreende-se, então, que a categoria trabalho está ausente dos textos de Suassuna, mas não a tensão entre patrões e criados. Estes, quando põem em ação suas funções domésticas, reiteram as intenções e os valores daqueles, fato que não ocorre com o empregado da padaria ou com quem está à margem do mercado, como Benedito e os cangaceiros. Uma vez que não há referência a trabalho, o ócio campeia, abrindo espaço para todas as peripécias vividas pelos personagens.

A dramaturgia de Suassuna desnuda uma realidade socioeconômico-cultural rural, pautada ainda por muitos traços pré-burgueses, arcaicos e ultrapassados, trazendo à tona o não dito que está encoberto. A sociedade que o sertanejo critica é a mesma em que se move em nível muito pessoal o amarelinho, ressaltando a potencialidade dos personagens carismáticos.

Fiel a suas matrizes populares, a obra do artista paraibano traz à tona, propositalmente ou não, uma série de problemas sociais do Nordeste. A busca de raízes brasileiras, que marca o fenômeno Suassuna, remete coincidentemente ao movimento de tomada de consciência da realidade brasileira, por parte das camadas mais politizadas da população, mobilizadas em campanhas nacionalistas ocorridas após a Segunda Guerra Mundial.

Entretanto o artista não propõe, nos seus textos, uma alternativa de mudança social. Toda a condenação ao *status quo* – se é que ela existe – se faz em termos morais e religiosos. Traduz-se na repetição de julgamentos e juízos finais explícitos que abundam em suas peças. Coerentemente com a sociedade que gera seu personagem reiterativo – o quengo ardiloso –, sua solução é pessoal e intransferível, pois busca a salvação da alma. As autoridades que ultrapassam seus limites e os representantes da ordem são recriminados enquanto pecadores. Os baluartes do sistema, como os patrões, os juízes e os sacerdotes, aparecem desmistificados pela caricatura. *Ridendo castigat mores,* mas é também o riso que dilui a crítica social. Ela é suavizada pelo humor, portanto Suassuna cai no jogo da armadilha ideológica. Ele critica ainda o preconceito de raça e o esnobismo intelectual, mas sua crítica a isso é mais epitelial e menos consistente do que a indicação da medievalidade.

Ao se penetrar em profundidade na dramaturgia de Suassuna, encontra-se uma coerência ímpar em sua criação, centrada na medievalidade e na intertextualidade. Seus temas, matrizes textuais e estruturas formais convergem para o privilégio de um tipo de personagem popular, próprio de uma estrutura social com valores arcaicos e fortemente dicotomizados, semelhantes aos do medievo, que se reforçam pela expressa visão cristã de mundo do autor. Entende-se que esta se revela tão particularmente insistente porque resulta de uma conversão tardia, condição favorável a uma fiel obediência e a um estreito atendimento aos cânones voluntariamente adotados. Sob esse ângulo, a condenação moral tão enfatizada coincide com os padrões subjacentes à sociedade por ele descortinada. Até mesmo seu personagem preferencial e arquetípico, tão intersticial como o carnaval, reitera na América Latina a permanência de um tipo que evidencia a manutenção daquele fenômeno tão rico na Europa à época dos descobrimentos.

Em síntese, a leitura das peças do escritor paraibano mostra tanto ao nível manifesto quanto ao nível latente a permanência do medieval, embora parodicamente carnavalizado, porque é uma criação do século XX realizada a partir de elementos ainda remanescentes daquele período. O estudo minucioso de seus personagens levou a desvendar o conteúdo social e ideológico de seus textos; além disso, a análise detalhada e comparada de suas peças permitiu constatar a manutenção do medieval em sua obra. A comparatividade serve também para documentar a condição medieval presente, ainda de certo modo, na estrutura dominante na sociedade nordestina, nítido ponto de partida para o processo mimético que se configura no sistema criador utilizado por Ariano Suassuna.

Restaria então indagar o ponto de vista adotado pelo escritor ao transpor para um público letrado as narrativas do Romanceiro popular de sua região natal. Coerentemente com o universo retratado, o artista não propõe nenhuma alternativa de ação coletiva ou transformadora. Logo, suas soluções apontam para as atitudes individualistas do seu personagem recorrente, o amarelinho: tem consciência dos fatos, mas só os assume no plano individual, que é reforçado pelo enfoque religioso de todas as peças. Assim, seria possível considerar que o escritor paraibano recria o mundo mimeticamente pela ótica de um amarelinho cristão. Pelo riso, condena moralmente o ambiente em que vive, mas dilui em parte seu ataque pelo recurso ao lúdico e à hilaridade.

7

MEDIEVALIDADE E INTERTEXTUALIDADE EM ARIANO SUASSUNA

Ao se analisarem aspectos característicos da realidade social nordestina, espaço cultural que alimenta a obra de Ariano Suassuna, vê-se que ela se caracteriza, entre outras marcas, pelo arcaísmo e pelo cosmopolitismo herdados da cultura portuguesa. Isto porque o isolamento, a estabilidade e a longa duração do sistema sociopolítico-econômico vigente no Nordeste mantiveram muitos aspectos pertinentes à cultura europeia da época dos descobrimentos. Tais traços constituem signos relevantes da medievalidade ainda presente na região, implantada desde o início da colonização, e geram um contraste: a Europa se transformava, ao passo que a América vinha congelar o sistema herdado – visto que era o já conhecido e porque a distância em relação aos centros geradores impedia de acompanhar o passo das transformações. Esse contexto, portanto, se manteve em certos bolsões, como o Nordeste.

Enquanto o velho continente ingressava no mundo da escrita e da indústria, emigrou para a América aquele da voz e, com ele, a superestrutura intelectual que o acompanha. Ele não é um resíduo estratificado sobrevivente na memória de alguns, mas é vivo e atuante na prática dos contadores de histórias, nos improvisos dos cantadores, nos folhetos de cordel capazes de incorporar a cada instante novos eventos do cotidiano. A cultura oral nordestina consome ainda hoje temas e técnicas medievalizantes, como as histórias de procedência árabe ou francesa, junto com os desafios dos cantadores, a estrofação e várias modalidades do versejar.

Portanto, a primeira origem da medievalidade em Ariano Suassuna lhe advém imediatamente de suas fontes, ou seja, a cultura popular transposta para os ambientes cultos, ideário do projeto estético do autor e do Movimento Armorial. Não significa que ambos buscassem a medievalidade: ela veio, assim, indiretamente, com a matéria bruta dos elementos que os informam.

A religiosidade de Suassuna, presentificada a partir da assumida posição de um protestante convertido ao catolicismo, também concorre para reforçar os traços medievais. Ela decorre da própria visão de mundo sertaneja, como também do teatro daquela época, e pode ser vista na sua obra, por exemplo, no tom moralizante de várias peças. Seu teatro épico e religioso retoma, portanto, o *modus faciendi* medieval através da cultura popular nordestina que o embasa.

Coerentemente com ela, os modelos formais adotados pelo artista revelam predominantemente as estruturas do gênero literário utilizadas pela encenação quinhentista. Tais esquemas muito provavelmente terão chegado ao artista pela via mediata e livresca, sobretudo de autores ibéricos apreciados pelo escritor, uma vez que eles não são mais dominantes no palco atual e que Suassuna repudia as soluções de Claudel e de Brecht, autores de certo modo relacionados com aqueles. Desse modo, na sua criação, reforça-se o modelo medievalizante, com a circunstância de ser uma aquisição não mais obtida exclusivamente pela vivência pessoal da oralidade, mas sim pela via culta, da literatura europeia escrita. Essa opção não implica em arcaísmo por parte de Suassuna, porém extrema afinação de todos os elementos constitutivos de sua obra literária.

As estruturas formais de gênero literário empregadas por Suassuna são híbridas e decorrem, de um lado, da própria adaptação do modelo – fenômeno explicado em parte pela carnavalização atuante no Novo Mundo – e, de outro, da própria definição medieval de gênero, que não corresponde à tríade canônica épico-lírico-dramático, difundida com a estética classicizante do Renascimento. O hibridismo formal resulta, ainda, de certo modo, da fusão de tema sério e tratamento jocoso, mistura característica da ótica anterior ao Renascimento e presente em toda a obra do artista paraibano.

A encenação medieval, aliada à dos autos e folguedos populares, reforça-se, em Suassuna, pela concepção do personagem. Como já foi visto, ele é estereotipado e inserido no realismo cotidiano; apresenta-se ora burlesco, ora alegórico. O primeiro caso se deve às peças em que predomina o aspecto cômico, ao qual se prende o protótipo do tipo regional, o quengo ardiloso; o segundo, que pode comparecer às mesmas peças, advém da religiosidade medieval e regional, que configura uma visão de mundo binária, expressa mediante seres sagrados benfazejos ou maléficos, representantes de concepções congeladas. Elas, no entanto, fazem parte do imaginário sertanejo e, como tal, é pertinente que figurem na obra de Suassuna, reforçando a tensão entre a alta e a baixa cultura.

Deduz-se do exposto a permanência do medieval em Suassuna, de que seu teatro é uma expressão exemplar: embora impresso, trata-se de um gênero literário que se realiza enquanto performance única, revestível da aura do *hic et nunc,* tal como a apresentação dos cantadores; apesar de solicitar uma casa de espetáculos, o despojamento do cenário permite encenações em qualquer ambiente, mesmo ao ar livre, como os folguedos nordestinos. Além do mais, até mesmo a escolha de um teatro de tendência épica, para presidir a sua produção artística, é coerente com a medievalidade em Ariano Suassuna. Isso porque o chamado outono da Idade Média – período do qual provém a maioria dos modelos formais do artista – assiste a uma verdadeira teatralização dos costumes. Tal motivação advém do formalismo dos rituais da classe dirigente nas cerimônias oficiais e no mecanismo da Corte, cuja estaticidade protocolar deve então servir de espelho modelador à atitude dos senhores hierarquicamente inferiores. Tanto assim que, já prenunciando Luís XIV de França, no século XVII, ir à Corte significava desde então introduzir-se no ritual de ver e ser visto.

Na obra do paraibano, podem-se rastrear os temas e sua cosmopolita longevidade, as tradições populares ou cultas a que aquela se vincula. Podem-se ainda identificar os textos que lhe serviram de matriz e com os quais pratica um diálogo e uma retomada, constatáveis mediante análise comparativa. Percebe-se ainda que seu trabalho envolve também uma questão pertinente aos gêneros literários: de um lado, a transposição do narrativo ao dramático, de outro, a não obediência a nenhum cânone puro dentre os que lhe servem de modelo. Isto remete ao problema dos arquitextos em que se baseia, pois imbrica-os todos, conforme já foi visto.

A literatura da Idade Média caracteriza-se pela intertextualidade, em especial na reescrita e na multiplicação de versões orais ou grafadas, conforme se vê em Suassuna. Desse modo, como se viu, sua obra permite confrontar não só textos e estruturas formais como sobretudo matrizes culturais, que levaram a concluir pela existência do medievo no Sertão, na feliz expressão de Silvano Peloso.

Conclui-se, pois, pela permanência do medieval no teatro de Ariano Suassuna, advinda não só pelas fontes populares como pela informação erudita. Daí decorrem a modalidade dramática escolhida, tanto quanto suas subdivisões, técnicas e temas; os modelos formais adotados e a concepção do personagem; a visão de mundo ligada ao sagrado e ao binarismo maniqueísta; a intertextualidade e a circulação dos temas. Nem sequer estão excluídos certos procedimentos estilísticos próprios às práticas culturais vigentes na fase de transição entre a Idade Média e o período moderno, ou seja, a época dos descobrimentos.

A análise comprovou que os conteúdos latente e patente de sua obra também remetem àquela fase histórica, visto que indiciam uma sociedade muito hierarquizada. O contexto social nordestino permeado pelos seus textos ainda evidencia, de modo carnavalizado, a alternativa individualizada para tal sistema. Ela se configura nas soluções singulares propostas pelo amarelinho para escapar às malhas da estrutura social, sem contudo feri-la, pois suas soluções são particulares e individuais e ele só incrimina o patrão moralmente.

Tais inflexões mostram que o fenômeno Suassuna pode ser estudado e justificado. Mas não o tornam menos ímpar na literatura brasileira nem explicam por que, no seu processo de criação, ele optou por revisitar tão flagrantemente a Idade Média.

Podem-se finalizar as conclusões levantando uma indagação: se se pode constatar – ao menos no nível literário – a medievalidade no Sertão e, por via de consequência, na obra de Suassuna, como atender aos reclamos da periodologia oficial? Marcos restritivos genéricos não dão conta da realidade histórica particular, devendo pois ser questionados, o que envolve toda uma releitura da história da literatura brasileira. Muito útil nesse sentido é a reflexão de Rodriguez Monegal, para quem a literatura das Américas é paródica, porque reinterpreta e recria carnavalizadamente o modelo europeu.

Essa chave permite ler a contemporaneidade dos não coetâneos, posto que se encontra uma literatura medieval ou medievalizante no Brasil do século XX, sabendo-se de antemão que os territórios situados a oeste de Tordesilhas não viveram em seu solo o período intermediário entre a Antiguidade e o alvorecer dos tempos modernos. Só a análise minuciosa de obras particulares dá margem a afirmações mais abrangentes. E o percurso de cultura, dentro do próprio Velho Mundo e deste para o Novo, permite aquilatar um dos múltiplos Brasis. A obra de Suassuna insere-se nesse contexto com uma representatividade altamente expressiva, em que o antigo e o novo se integram no espaço mágico e revelador da arte literária.

8

BIBLIOGRAFIA

Obras de Ariano Suassuna

Literárias

Teatro

1) *Uma mulher vestida de sol* (1947). Recife, Imprensa Universitária, 1964.
2) *Cantam as harpas de Sião* (1948) reescrita como *O desertor de Princesa* (1958).
3) *Os homens de barro* (1949).
4) *Auto de João da Cruz* (1950).
5) *Torturas de um coração* ou *Em boca fechada não entra mosquito* (1951).
6) *O arco desolado* (1952).
7) *O castigo de Soberba* (1953).
8) *O rico avarento* (1954).
9) *Auto da Compadecida* (1955).
10) *O casamento suspeitoso* (1957).
11) *O santo e a porca* (1957).
12) *O homem da vaca e o poder da Fortuna* (1958).
13) *A pena e a lei* (1959).
14) *Farsa da boa preguiça* (1960).
15) *A caseira e a Catarina* (1962).
16) *As conchambranças de Quaderna* (1987).

17) *A história do amor de Romeu e Julieta: imitação brasileira de Matteo Bandello* (1997). *Folha de S. Paulo*, 17/1/1997, Suplemento "Mais!", p. 4-7.

Narrativa

18) *Romance d'A Pedra do Reino e o Príncipe do Sangue do Vai e Volta* (1970). Rio de Janeiro, José Olympio, 1970.
19) *História d'O rei degolado ao sol da Onça Caetana* (1977). Rio de Janeiro, José Olympio, 1977.
20) *A História do amor de Fernando e Isaura* (1956). Recife, Bagaço, 1994.
21) CARRETEIRO, Raimundo. *Romance do bordado e da Pantera Negra.* São Paulo, Iluminuras, 2014.
22) *Romance de Dom Pantero no Palco dos Pecadores* (2014).
 Livro I. *O jumento sedutor* (1970). Rio de Janeiro, Nova Fronteira, 2017.
 Livro II. *O palhaço tetrafônico.* Rio de Janeiro, Nova Fronteira, 2017.
23) *O sedutor do Sertão* (1966), ou *O grande golpe da Mulher e da Malvada*. Rio de Janeiro, Nova Fronteira, 2020.
24) *Romance d'A Pedra do Reino e o Príncipe do Sangue do Vai e Volta* (1970). Rio de Janeiro, Nova Fronteira, 2021. Dois volumes. Edição comemorativa dos 50 anos do lançamento.

Poesia

25) *O pasto incendiado* (1945). Recife, Editora Universitária UFPe, 1998.
26) *Ode* (1955).
27) *Sonetos com mote alheio*. Recife, edição manuscrita e iluminogravada pelo autor, 1980.

28) Canto armorial ao Recife, capital do reino do Nordeste. In: COUTINHO, Edilberto. *Presença poética do Recife.* 3ª ed. Rio de Janeiro / Recife, José Olympio/Funarte, 1983. p. 199-205.
29) *Sonetos de Albano Cervonegro.* Recife, edição manuscrita e iluminogravada pelo autor, 1985.
30) *Poemas.* Seleção, organização e notas de Carlos Newton Jr. Recife, Editora Universitária UFPe, 1999.

Antologia

31) *Seleta em prosa e verso.* Organização de Silviano Santiago. Rio de Janeiro, José Olympio, 1975.

Edições utilizadas

– *Seleta em prosa e verso.* Org., estudos e notas de Silviano Santiago. Rio de Janeiro/Brasília, José Olympio/INL – MEC, 1975.
– *Farsa da boa preguiça.* Rio de Janeiro, José Olympio, 1974.
– *A pena e a lei.* 2ª ed. Rio de Janeiro, Agir, 1975.
– *O santo e a porca. O casamento suspeitoso.* 5ª ed. Rio de Janeiro, José Olympio, 1982.
– *Auto da Compadecida.* 19ª ed. Rio de Janeiro, Agir, 1983.

Discografia

CD – Poesia viva de Ariano Suassuna. Recife, Ancestral, 1998. Poemas de Ariano Suassuna recitados por ele e música de Antonio Madureira.

Não literárias

1) SUASSUNA, Ariano; CAPIBA; FERREIRA, Ascenso. *É de tororó.* Rio de Janeiro, Casa do Estudante do Brasil, 1950.

2) Coletânea de poesia popular nordestina. *Deca*, Recife, 4 (5)9-134, 1962; 5 (6): 9-150, 1963; 6 (7): 9-117, 1964.
3) Prefácio do autor. In: SUASSUNA, Ariano. *Uma mulher vestida de sol.* Recife, Imprensa Universitária, 1964. p. 11-17.
4) Novo romance sertanejo. 1965. In: CAMPOS, Maximiano. *Sem lei nem rei.* São Paulo, Melhoramentos, 1988. p. 129-142.
5) O Brasil, a África e a preguiça brasileira. *Tempo Brasileiro.* Rio de Janeiro, 4/5 (13/14): 17-29, dez. 1966-fev. 1967.
6) O cangaceiro de Rodrigues de Carvalho. *Cultura.* Rio de Janeiro, 1 (6): 23-41, dez. 1967.
7) Encantação de Guimarães Rosa. *Cultura.* Rio de Janeiro, 2 (15): 10-29, 1968.
8) Depoimento de Ariano Suassuna a Ricardo Cravo Alvin em 26/05/1969, no Museu da Imagem e do Som. In: *Literatura Viva.* Ariano Suassuna, Ferreira Gullar, Jorge Amado. Série Depoimentos. Rio de Janeiro, MIS Editorial, s.d. p. 45-81.
9) A Compadecida e o Romanceiro nordestino. In: *Literatura popular em verso*. Estudos. Tomo I. Rio de Janeiro, Fundação Casa de Rui Barbosa, 1973. p. 153-164.
10) A Farsa e a preguiça brasileira. In: SUASSUNA, Ariano. *Farsa da boa preguiça.* Rio de Janeiro, José Olympio, 1974. p. XVII-XXVIll.
11) *O Movimento Armorial.* Recife, Editora Universitária UFPe, 1974.
12) *Ferros do Cariri: uma heráldica sertaneja*. Recife, Guariba, 1974.
13) Notas sobre o Romanceiro popular do Nordeste. In: SUASSUNA, Ariano. *Seleta em prosa e verso.* Rio de Janeiro, José Olympio, 1975. p.162-190.
14) Pequena explicação sobre a peça. In. SUASSUNA, Ariano. *A pena e a lei.* 2ª ed. Rio de Janeiro, Agir, 1975. p. 25-27.
15) *Iniciação à estética.* Recife, Universidade Federal de Pernambuco, 1975.

16) *A onça Castanha e a ilha Brasil: uma reflexão sobre a cultura brasileira*. Tese. Livre-Docência. Recife, Editora Universitária UFPe, 1976.
17) Le Mouvement Armorial. In: *Cause Commune – Les imaginaires*. 1. Paris, UGE, 1976. p. 47-78.
18) Xilogravura popular do Nordeste. In. NOVAIS, Maria Ignez Moura. *Nas trilhas da cultura popular.* Dissertação. Mestrado. São Paulo, Universidade de São Paulo, 1976. p. 36.
19) Nota do autor. In: SUASSUNA, Ariano. *O rei degolado*. Rio de Janeiro, José Olympio, 1977. p. 128-135.
20) Prefácio. In SUASSUNA, Ariano. 5ª ed. *O santo e a porca. O casamento suspeitoso.* Rio de Janeiro, José Olympio, 1982. p. 3-7.
21) Apresentação. In. SUASSUNA, Ariano. *Auto da Compadecida.* 19ª ed. Rio de Janeiro, Agir, 1983. p. 21-22.
22) *Aula magna*. Recife, Editora Universitária da UFPe, 1994.
23) Entrevista. In: *Investigações.* Revista de Linguística e Teoria Literária UFPE, vol. 9, mar. 1999, p. 7-11.
24) Entrevista à revista *Época* nº 0472 (4/06/2007).
25) *Almanaque Armorial.* Seleção, organização e prefácio de Carlos Newton Júnior. Rio de Janeiro, José Olympio, 2008.
26) Romance do bordado e da pantera negra. In: CARRERO, Raimundo & SUASSUNA, Ariano. Ilustração de Marcelo Soares. *Romance do bordado e da pantera negra*. São Paulo, Iluminuras, 2014. p. 37-61.
27) HOBLICUA, nº 2, *Pedra Armorial*, 2015. Número especial sobre Ariano Suassuna. Conteúdo: Alfabeto sertanejo. Poemas, sonetos com mote alheio, sonetos de Albano Cervanegro. Discurso de Posse na ABL. Entrevista, verbete sobre o escritor.

Bibliografia sobre Suassuna

1) A PEDRA DO REINO. Cadernos de filmagens e diários. São Paulo, Globo, 2007.
2) A PEDRA DO REINO. Fotografias de ensaios e filmagens. São Paulo, Globo, 2007.
3) ALÇADA, João Nuno. Il topos medievale del "Processo di Paradiso" nell' *Auto da Compadecida* di Ariano Suassuna; proposta colta di un teatro popolare. In: STEGAGNO-PICCHIO, Luciana (ed.). *Letteratura popolare brasiliana e tradizione europea.* Roma, Bulzoni, 1978. p. 39-52.
4) BERRETTINI, Celia. De Plauto a Suassuna: O quiproquó. In: ______. *O teatro ontem e hoje.* São Paulo, Perspectiva, 1980. p. 61-65.
5) BORBA FILHO, Hermilo. O dramaturgo do Nordeste. In: SUASSUNA, Ariano. *Uma mulher vestida de sol.* Recife, Imprensa Universitária, 1964. p. 18-20.
6) CADERNOS DE LITERATURA BRASILEIRA, nº especial sobre Ariano Suassuna, nº 10, nov 2000.
7) CAMPOS, Maximiano. A Pedra do Reino. In: SUASSUNA, A. *Romance d'a Pedra do Reino.* Rio de Janeiro, José Olympio, 1976. p. 628-635.
8) COUTINHO, Edilberto. Cordel na literatura. *Cadernos Brasileiros,* Rio de Janeiro, mar.-abr. 1970, p. 45-52.
9) DIAS, Vilma T. Barbosa. *Suassuna, procedimentos estilísticos.* Análise quantitativa de *O santo e a porca.* Dissertação. Mestrado. Rio de Janeiro, Faculdade de Letras UFRJ, 1981.
10) DIDIER, Maria Thereza. *Emblemas da sagração armorial.* Ariano Suassuna e o movimento armorial 1970-76. Recife, Editora Universitária UFPE, 2001.

11) DIDIER, Maria Thereza. *Miragens peregrinas: sertão e nação em Euclides da Cunha e Ariano Suassuna.* São Paulo, Edusp, 2012.

12) DIMITROV, Eduardo. *O Brasil dos espelhos. Uma análise de construção social em Ariano Suassuna.* Dissertação Mestrado. São Paulo, Universidade de São Paulo, 2006.

13) ENTRELIVROS, nº especial sobre Ariano Suassuna, ano 1, nº 3, jun. 2005.

14) GIRODON, Jean. Le testament cynique de l'*Auto da Compadecida. Colóquio, Revista de Artes e Letras.* Fundação Calouste Gulbenkian. Lisboa, (9) 49-51, jun. 1960.

15) GUAPIASSU, Paulo Roberto. *A marmita e a porca. A presença plautiana na comédia nordestina.* Tese. Doutorado. Rio de Janeiro, Faculdade de Letras UFRJ, 1980.

16) GUELMAN, Leonardo Canabrava. "A escritura do Sertão: construção e derivas da imagem – Sertão em obras paradigmas da sertanidade". Tese de doutorado. Niterói, Universidade Federal Fluminense, 2011.

17) GUERRA, José Augusto. O mundo mágico e poético de Ariano Suassuna. *Cultura,* Brasília, MEC, (3): 96-102, jul.-set. 1971.

18) HOUAISS, Antônio. *Crítica avulsa.* Salvador, Universidade da Bahia, 1960, p. 137-147.

19) LEMOS, Ana Paula Soares. *Ariano Suassuna, o palhaço professor e sua Pedra do Reino.* Dissertação. Mestrado. Rio de Janeiro, Faculdade de Letras UFRJ, 2007.

20) MAGALDI, Sábato. Em busca do populário religioso. In: ____. *Panorama do teatro brasileiro.* São Paulo, Difusão Europeia do Livro, 1962. p. 220-228.

21) MAGALDI, Sábato. Auto da Esperança. In: SUASSUNA, A. *A pena e a lei.* Rio de Janeiro, Agir, 1971. p. 9-20.

22) MARINHEIRO, Elizabeth. *A intertextualidade das formas simples.* Rio de Janeiro, Olímpica, 1977.

23) MARTÍNEZ-LÓPEZ, E. Guia para lectores hispanos del *Auto da Compadecida. Revista do Livro.* Rio de Janeiro, 7(26): 85-103, set. 1964.

24) MARTINS, Wilson. O Romanceiro da Pedra e do Sonho. *Cadernos de literatura brasileira*, Ariano Suassuna, nº 10, nov. 2000, p. 111-128.

25) MATOS, Geraldo da Costa. *O riso e a dor no* Auto da Compadecida. Dissertação. Mestrado. Rio de Janeiro, Faculdade de Letras UFRJ, 1979.

26) ____________. *O palco popular e o teatro palimpséstico de Ariano Suassuna.* Tese. Doutorado. Rio de Janeiro, Faculdade de Letras UFRJ, 1987.

27) MATOSSO, Kátia de Queiroz (Org.) *Littérature/ Histoire. Regards croisés.* Paris, Presses de l'Université de Paris – Sorbone, 1991.

28) MELLO, Frederico Pernambucano de. *Estrelas de couro. A estética do cangaço.* São Paulo, Escrituras, 2010. Prefácio de Ariano Suassuna, p. 13-15.

29) MELO, José Laurenio de. Nota bibliográfica. In: SUASSUNA, A. *Farsa da boa preguiça.* Rio de Janeiro, José Olympio,1974. p. XI-XIV.

30) ____________. Nota bibliográfica. In: SUASSUNA, Ariano. *O santo e a porca. O casamento suspeitoso.* Rio de Janeiro, José Olympio, 1982. p. VI-VII.

31) MICHELETTI, Guaraciaba. *Na confluência das formas. Estudo de uma narrativa compósita de* A Pedra do Reino, de Ariano Suassuna. Dissertação. Mestrado. São Paulo, Universidade de São Paulo, 1983.

32) MORAES, Maria Thereza Didier de. *Emblemas da sagração armorial* (1970-1976). Recife, Editora Universitária UFPe, 2000.

33) MOREAU, Annick. Remarques sur le dernier acte de l'*Auto da Compadecida.* In: *Publications du Centre de Recherches Latino-Américaines de l'Université de Poitiers.* Fev. 1974, p. 145-163.

34) NEWTON JÚNIOR, Carlos. *A Onça Malhada e o Espírito Castanho*. Uma visão armorial da cultura brasileira. Natal, Cooperativa Cultural Universidade do Rio Grande do Norte, 1991.

35) ____________________. Os Quixotes do Brasil; o real e o ganho em duas décadas armoriais. *Vivência*. Revista do Centro de Ciências Humanas, Letras e Artes. UFRN, 1992, vol. 5, nº 1, p. 115-122.

36) ____________________. *A ilha Baratária e a ilha Brasil*. Natal, Editora UFRN, 1996.

37) ____________________. *O pai, o exílio e o reino:* A poesia armorial de Ariano Suassuna. Recife, Editora Universitária UFPe, 1999.

38) ____________________. O pasto iluminado ou a sagração do poeta brasileiro desconhecido. *Cadernos de literatura brasileira, Ariano Suassuna*, nº 10, nov. 2000, p.129-146.

39) ____________________. O *circo da Onça Malhada. Iniciação à obra de Ariano Suassuna*. Recife, Artelivro, 2000.

40) ____________________. *Ariano Suassuna: memória-catálogo e guia de fontes*. Recife, Editora Uiversitária UFPe, 2006.

41) NOGUEIRA, Maria Aparecida. *Ariano Suassuna, o cabreiro tresmalhado*. São Paulo, Palas Athena, 2002.

42) NOVAIS, Maria Ignez Moura. *Nas trilhas da cultura popular; o teatro de Ariano Suassuna*. Dissertação. Mestrado. São Paulo, Faculdade de Filosofia USP, 1976.

43) OSCAR, Henrique. Prefácio. In: SUASSUNA, A. *Auto da Compadecida*. 19ª ed. Rio de Janeiro, Agir, 1983. p. 9-14.

44) PINHEIRO, Kilma de Barros. *A Pedra do Reino e a tradição literária brasileira*. Disertação. Mestrado. Brasília, Universidade de Brasília, 1983.

45) PONTES, Joel. *Teatro moderno em Pernambuco*. São Paulo, Desa, 1966. p. 144-146.

46) PONTES, Catarina Santana. *O riso a cavalo no galope do sonho*, Auto da Compadecida. Dissertação. Mestrado. Niterói, Instituto de Letras UFF, 1981.

47) PORTELLA, Eduardo. Poesia, folclore e cultura popular. In: _____. *Dimensões I.* 4ª ed. Rio de Janeiro, Tempo Brasileiro, 1978. p. 118-125.

48) PLURAL PLURIEL. *Revue des cultures de langue portugaise. Dossier 80 anos de Ariano Suassuna.* Nº 1, printemps-été 2008. Org. Idelette Muzart Fonseca dos Santos.

49) PRAGANA, Maria Elisa Collier. *Literatura do Nordeste: em torno de sua expressão social.* Rio de Janeiro, José Olympio, 1983.

50) QUADROS, António. O sebastianismo brasileiro. In: _____. *Poesia e filosofia do mito sebastianista.* Lisboa, Guimarães, 1982. 2 v. v II. p. 249-270.

51) QUEIROZ, Rachel de. "Um romance picaresco?" In: SUASSUNA, Ariano. *Romance d'A pedra do Reino.* 4ª ed. Rio de Janeiro, José Olympio, 1976. p. XI-XIII.

52) RABETI, Beti (org.). *Teatro e comicidades: estudos sobre Ariano Suassuna e outros ensaios.* Rio de Janeiro, 7 Letras, 2005.

53) REGO, George Browne & MACIEL, Jarbas. *Suassuna e o Movimento Armorial.* Recife, Editora Universitária UFPe, 1987.

54) ROSENFELD, Anatol. O teatro brasileiro atual. *Comentário.* Rio de Janeiro, ano X; vol. 10 – nº 4 (40) – 4º trim. 1969, p. 312-321.

55) SANTIAGO, Silviano. Situação de Ariano Suassuna. In: SUASSUNA, A. *Seleta em prosa e verso.* Rio de Janeiro / Brasília, José Olympio / INL, 1975. p. XIV-XVII.

56) SANTOS, Idelette Fonseca dos. Uma epopeia do sertão. In: SUASSUNA, Ariano. *O rei degolado.* Rio de Janeiro, José Olympio, 1977. p. XIII-XIV.

57) _______________. *Littérature populaire et littérature savante au Brésil. Ariano Suassuna et le Mouvement Armorial.* 3 v. Thèse. Doctorat d'Etat. Paris, Université de Paris 3, 1981.

58) _______________. Un siècle d'Histoire du Nordeste dans le *Romance d'A Pedra do Reino* de Ariano Suassuna. In: MATTOSO, Katia (org.). *Littérature/Histoire: regards croisés.* Paris, Presses de l'Université de Paris-Sorbonne, 1996. p. 103-123.

59) ______________. *Em demanda da poética popular. Ariano Suassuna e o Movimento Armorial.* Campinas, Editora Unicamp, 1999.

60) ______________. O decifrador de brasilidades. *Cadernos de Literatura Brasileira, Ariano Suassuna*, nº 10, nov. 2000, p. 94-110.

61) SANTOS, Olga de Jesus. *Romance d'A Pedra do Reino: a construção de um simulacro.* Mestrado. Dissertação. Rio de Janeiro, Faculdade de Letras UFRJ, 1987.

62) TÁTI, Miécio. *Estudos e notas críticas.* Rio de Janeiro, INL, 1958. p. 273-280.

63) TAVARES, Bráulio. *ABC de Ariano Suassuna.* Rio de Janeiro, José Olympio, 2007.

64) VASSALLO, Ligia. *Permanência do medieval no teatro de Ariano Suassuna.* Tese. Doutorado. Rio de Janeiro, Faculdade de Letras UFRJ, 1988.

65) ______________. A la recherche de l' Autre brésilien: du Modernisme à la culture populaire. Colloque GRIMESREP: Les représentations de l'Autre dans l'espace ibérique et ibéro-américain. *Actes.* Paris, Presses de la Sorbonne Nouvelle, 1993. v. II, p. 181-195.

66) ______________. Identidade e alteridade em Ariano Suassuna: tensão entre o regional e o universal. In.: IV Congresso Abralic, *Anais.* São Paulo, Abralic, 1995. p. 507- 512.

67) ______________. A identidade em Ariano Suassuna: tensão entre o regional e o universal. In.: QUINT, Anne-Marie (org.). *Modèles et innovations. Etudes de littérature portugaise et brésilienne.* Paris, Presses de la Sorbonne Nouvelle, 1995. vol II, p. 111-117.

68) ______________. O grande teatro do mundo. *Cadernos de literatura brasileira, Ariano Suassuna*, nº 10, nov. 2000, p. 147-180.

69) VICTOR, Adriana & LINS, Juliana. *Ariano Suassuna, um perfil biográfico.* Rio de Janeiro, Jorge Zahar, 2007.

Adaptações de obras de Suassuna

1969 – *A Compadecida,* título da 1ª adaptação da obra ao cinema, por George Jonas.

1987 – *Os Trapalhões no Auto da Compadecida,* adaptação livre ao cinema por Roberto Farias.

1994 – *Uma mulher vestida de sol,* adaptação de Luiz Fernando de Carvalho para Caso Especial, TV Globo.

1995 – *Farsa da boa preguiça,* direção de Luiz Fernando Carvalho, programa especial TV Globo.

1997 – *Pedra do Reino,* adaptação teatral dirigida por Romero Andrade Lima.

1999 – *Auto da Compadecida*, microssérie em 4 capítulos de Guel Arraes, TV Gobo.

2000 – *Auto da Compadecida*, adaptação por Guel Arraes ao cinema da microssérie de 1999.

2000 – *O santo e a porca*, programa especial na TV Globo, adaptação de Adriana Falcão, direção de Mauricio Farias.

2003 – *O Sertãomundo,* vídeo do cineasta Douglas Machado para a Academia Brasileira de Letras.

2006 – Adaptação teatral de *Pedra do Reino* e *Rei degolado*, por Antunes Filho.

2007 – *A Pedra do Reino,* microssérie em 5 capítulos de Luiz Fernando Carvalho, TV Globo.

2010 – Adaptação teatral de *As conchambranças de Quaderna* por Inês Vieira.

Homenagens

1990 – Posse na Academia Brasileira de Letras, cadeira nº 32.

1993 – Eleito para a Academia Pernambucana de Letras, cadeira nº 18.

2000 – Recebe o título de *Doutor Honoris Causa* da Universidade Federal do Rio Grande do Norte.

2002 – A Escola de Samba Acadêmicos do Salgueiro desfila no carnaval do Rio de Janeiro com o enredo "Aclamação e coroação do Imperador da Pedra do Reino", com a presença do escritor em um dos carros alegóricos.

2002 – Recepção do primeiro Prêmio Nacional Jorge Amado de Literatura e Arte, outorgado pela Secretaria de Cultura e Turismo do Estado da Bahia.

2007 – Seminário sobre o processo criativo de Ariano Suassuna, Pontifícia Universidade Católica do Rio de Janeiro.

2007 – Mesa redonda na Academia Brasileira de Letras sobre os 80 anos do artista e inauguração da exposição "Ariano Suassuna, uma fotobiografia".

2007 – Exposição das "Iluminogravuras" de Ariano Suassuna (obras que integram imagem e texto), Art SESC Flamengo, RJ.

2007 – O Centro Cultural Banco do Brasil, Rio de Janeiro, apresenta uma série de concertos de artistas ligados ao Movimento Armorial.

2008 – Tema de enredo da Escola de Samba Mancha Verde, no carnaval de São Paulo, SP.

2013 – "O Auto da Compadecida" é o tema do enredo da escola de Samba Pérola Negra, carnaval de São Paulo, SP.

Espetáculos teatrais baseados na obra de Ariano Suassuna

2007 – *Ariano*, espetáculo musical com texto de Astier Basílio e Gustavo Paso, direção de Gustavo Paso. Cia. Epigenia Arte Contemporânea. Centro Cultural do Banco do Brasil, RJ

2017 – *Suassuna, o Auto do Reino do Sol*, espetáculo musical com texto de Bráulio Tavares, direção de Luiz Carlos Vasconcelos. Grupo Barca dos Corações Partidos. Teatro Riachuelo, RJ.

2018 – *Suassuna, o Auto do Reino do Sol*, Teatro Frei Caneca, SP.

2018 – *Suassuna, o Auto do Reino do Sol* recebe o Prêmio da Associação dos Produtores de Teatro do Rio (APTR) em quatro categorias: autor, figurino, música, ator coadjuvante.

2018 – *Ariano, o Cavaleiro Sertanejo*, com texto e direção de Ribamar Ribeiro. Cia. Os Ciclomáticos. Teatro Glauce Rocha, RJ.

Bibliografia geral

1) ALMEIDA, Maria Correia Lima de. O auto vicentino. *Tempo Brasileiro;* teatro sempre. Rio de Janeiro, (72): 48-56, jan.-mar. 1983.

2) AMORIM, Maria Luísa. Introdução. In: *Auto da moralidade de Todo o Mundo*. Coimbra, Atlântida, 1969. p. 7-56.

3) ANCHIETA, S. J., P. Joseph de. *Teatro.* São Paulo, Loyola, 1977.

4) ANDRADE, Manuel Correia de. *A terra e o homem no Nordeste.* 4ª ed. São Paulo, Ciências Humanas, 1980.

5) ANDRADE, Mário de. *Danças dramáticas do Brasil.* 2ª ed. Belo Horizonte/Brasília, Itatiaia/INL, 1982. 3 vol.

6) ANTONIL, André João. *Cultura e opulência do Brasil por suas drogas e minas.* Rio de Janeiro, IBGE, 1963. Separata do *Boletim Geográfico*, Rio de Janeiro, (166-81).

7) APULEIO. *O asno de ouro.* Rio de Janeiro, Edições de Ouro /s.d./.

8) ARAGÃO, Maria Lucia. A commedia dell'arte. *Tempo Brasileiro;* teatro sempre. Rio de Janeiro, (72): 57-66, jan.-mar. 1983.

9) ARAÚJO, Nelson de. *História do teatro.* Salvador, Fundação Cultural do Estado da Bahia, 1978.

10) AREDA, Francisco Sales de. *O homem da vaca e o poder da Fortuna.* Recife, Tipografia e Folhetaria Luzeiro do Norte /s.d./.

11) ARISTÓTELES. *Arte retórica e arte poética.* São Paulo, Difusão Europeia do Livro, 1959.

12) ATHAYDE, João Martins de. *História de João da Cruz.* Juazeiro, Tipografia São Francisco, 29/5/1951.

13) ATTINGER, Gustave. *L'esprit de la commedia dell'arte dans le théâtre français.* Neuchâtel, La Baconnière, 1950.

14) AUBAILLY, Jean Claude. *Le théâtre médiéval profane et comique.* Paris, Larousse, 1975.

15) AUBAILLY, Jean Claude. *Le monologue, le dialogue et la sottie.* Paris, Honoré Champion, 1984.

16) AUCASSIN et Nicolette. Paris, Garnier-Flammarion, 1973.

17) AUERBACH, Erich. Doutrina geral das épocas literárias In: ______. *Introdução aos estudos literários.* 2ª ed. São Paulo, Cultrix, 1972. p. 101-245.

18) ______________. *Mimesis.* 2ª ed. São Paulo, Perspectiva, 1976.

19) AUGUET, Roland. *Histoire et légende du cirque.* Paris, Flammarion, 1974.

20) *Auto de moralidade de Todo o Mundo.* Coimbra, Atlântida, 1969.

21) AVELLA, Aniello. I fenomeni di banditismo e fanatismo religioso nel "sertão" e le teorie del dualismo strutturale. In: STEGAGNO-PICCHIO, Luciana (ed.). *Letteratura popolare brasiliana e tradizione europea.* Roma, Bulzoni, 1978. p. 179-201.

22) *A VIDA de Lazarilho de Tormes e de suas fortunas e adversidades.* Rio de Janeiro, Alhambra, 1984.

23) BAKHTINE, Mikhaïl. *L'oeuvre de François Rabelais et la culture populaire au Moyen Age et sous la Renaissance.* Paris, Gallimard, 1970 (a).

24) ______________. *La poétique de Dostoïevski.* Paris, Seuil, 1970 (b).

25) ______________. (Volochinov, V. N.). *Le marxisme et la philosophie du langage*. Paris, Minuit, 1977.

26) ______________. *Esthétique et théorie du roman.* Paris, Gallimard, 1978. p. 183-205.

27) BATAILLON, Marcel. Ensayo de explicación del auto sacramental. In: _____. *Varia lección de clásicos españoles*. Madrid, Gredos, 1964.

28) BEC, Pierre (org.). *Burlesque et obscénité chez les troubadours; le contre-texte au Moyen Age*. Paris, Stock, 1984.

29) BENEDEIT. *El viaje de San Brandán.* Madrid, Siruela, 1986.

30) BENJAMIN, Roberto Câmara. A religião nos folhetos populares. *Revista de Cultura Vozes.* Petrópolis, (8): 1-8, out. 1970.

31)BENJAMIN, Walter. O narrador. In: BENJAMIM/ HORKHEIMER/ ADORNO/ HABERMAS. São Paulo, Abril Cultural, 1975. p. 63-81.

32) ______________. *Origem do drama barroco alemão.* São Paulo, Brasiliense, 1984.

33) ______________. A obra de arte na era de sua reprodutibilidade técnica. In: *Obras escolhidas.* 2ª ed. São Paulo, Brasiliense, 1986. p. 165-196.

34) BERGSON, Henri. *Le rire.* 375ª ed. Paris, PUF, 1978.

35) BOCCACCIO, Giovanni. *Decamerão.* São Paulo, Abril Cultural, 1970.

36) BORBA FILHO, Hermilo. *Fisionomia e espírito do mamulengo.* São Paulo, Nacional/Editora USP, 1966 (a).

37) ______________. *Espetáculos populares do Nordeste.* São Paulo, São Paulo Editora, 1966 (b).

38) ______________. *Apresentação do bumba meu boi.* Recife, Guararapes, 1982.

39) BRADESCO-GOUDEMAND, Yvonne. *O ciclo dos animais na literatura popular do Nordeste.* Rio de Janeiro, Fundação Casa de Rui Barbosa, 1982.

40) BRECHT, Bertold. *Estudos sobre teatro.* Rio de Janeiro, Nova Fronteira, 1978.

41) BURKE, Peter. *Cultura popular na Idade Moderna.* São Paulo, Companhia das Letras, 1989.

42) CALDERÓN DE LA BARCA. *Os mistérios da missa.* Rio de Janeiro, Civilização Brasileira, 1963.

43) ______________. *O grande teatro do mundo.* Rio de Janeiro, Francisco Alves, 1988.

44) CANDIDO, Antonio. Dialética da malandragem. *Revista do Instituto de Estudos Brasileiros.* São Paulo, (8): 67-89, 1970 (a).

45) ______________. A personagem do romance. In: ______ et alii. *A personagem de ficção.* São Paulo, Perspectiva, 1970 (b). p. 51-80.

46) CARVALHAL, Tania Franco. *Literatura comparada.* São Paulo, Ática, 1986.

47) CARVALHO, José Rodrigues de. *Cancioneiro do Norte.* Fortaleza, Edições Militão Bivar, 1903.

48) CASCUDO, Luís da Câmara. *Literatura oral.* Rio de Janeiro, José Olympio, 1952.

49) ______________. *Cinco livros do povo; introdução ao estudo da novelística no Brasil.* Rio de Janeiro, José Olympio, 1953.

50) ______________. *Seleta.* Org. COSTA, Américo de Oliveira. 2ª ed. Rio de Janeiro, José Olympio, 1976.

51) ______________. *Contos tradicionais do Brasil.* Rio de Janeiro, Edições de Ouro /s.d./.

52) ______________. *Lendas brasileiras.* Rio de Janeiro, Edições de Ouro /s.d.

53) ______________. *Mouros, franceses e judeus. Três presenças no Brasil*. São Paulo, Perspectiva, 1984.

54) CASTRO, Américo. *España en su historia; cristianos, moros y judios*. Buenos Aires, Losada, 1947.

55) CERVANTES. *Don Quixote de la Mancha*. Porto, Lello /s.d./.

56) CHAUCER, Geoffrey. *The Canterbury Tales*. London, Penguin, 1984.

57) CHEVALIER, Claude Alain (org.). *Théâtre comique du Moyen Age*. Paris, UGE, 1982.

58) CHIARINI, Paolo. *Bertold Brecht*. Rio de Janeiro, Civilização Brasileira, 1967.

59) COHEN, Gustave. *Etudes d'histoire du théâtre en France au Moyen Age et à la Renaissance*. 2ª ed. Paris, Gallimard, 1956.

60) COYAUD, Maurice. La transgression des bienséances dans la littérature orale. *Critique;* littératures populaires. Paris, (394): 325-332, mars. 1980.

61) CUNHA, Euclides da. *Os Sertões*. 32ª ed. Rio de Janeiro, Francisco Alves, 1984.

62) CURRAN, Mark J. *A literatura de cordel*. Recife, Editora Universitária UFPe, 1973.

63) ______________. *Jorge Amado e a literatura de cordel*. Salvador / Rio de Janeiro, Fundação Cultural Estado da Bahia / Fundação Casa de Rui Barbosa, 1981.

64) CURTIUS, Ernest Robert. *Literatura europeia e Idade Média latina*. 2ª ed. Brasília, INL, 1979.

65) DALENBACH, Lucien. lntertexte et autotexte. *Poétique*. Paris, (27): 282-296, 1976.

66) DAMATTA, Roberto. O carnaval como um rito de passagem. In: ______. *Ensaios de antropologia estrutural*. Petrópolis, Vozes, 1973. p. 121-168.

67) ______________. *Carnavais, malandros e heróis: para uma sociologia do dilema brasileiro*. Rio de Janeiro, Zahar, 1979.

68) DANTE Alighieri. *A divina comédia.* 2ª ed. Belo Horizonte / São Paulo, Itatiaia / Editora USP, 1979. 2 v.

69) DAUS, Ronald. *O ciclo épico dos cangaceiros na poesia popular do Nordeste.* Rio de Janeiro, Fundação Casa de Rui Barbosa, 1982.

70) D'ARRAS, Jean. *Mélusine.* Paris, Stock, 1979.

71) DESTI, Rita. Letteratura ed ideologia: il personaggio del "negro" nella letteratura "de cordel" brasiliana. ln: STEGAGNO-PICCHIO, Luciana (ed.). *Letteratura popolare brasiliana e tradizione europea.* Roma, Bulzoni, 1978. p. 101-129.

72) DUBY, Georges. *As três ordens ou o imaginário do feudalismo.* Lisboa, Estampa, 1982.

73) DUFOURNET, Jean. *Le garçon et l'aveugle: jeu du XIIIe s.* Paris, Honoré Champion, 1982.

74) DUVIGNAUD, Jean. *L'anomie; hérésie et subversion.* Paris, Anthropos, 1973.

75) ECO, Umberto. *Obra aberta.* São Paulo, Perspectiva, 1969.

76) ______________. *O nome da rosa.* 5ª ed. Rio de Janeiro, Nova Fronteira, 1983.

77) ______________. *Viagem na irrealidade cotidiana.* Rio de Janeiro, Nova Fronteira, 1984.

78) EDMUNDO, Luís. O *Rio de Janeiro no tempo dos vice-reis.* Rio de Janeiro, Imprensa Nacional, 1932.

79) FACÓ, Rui. *Cangaceiros e fanáticos.* Rio de Janeiro, Civilização Brasileira, 1963.

80) FAORO, Raymundo. *Os donos do poder; formação do patronato político brasileiro.* 4ª ed. Porto Alegre, Globo, 1977. 2 v.

81) FERREIRA, Jerusa Pires. *Cavalaria em cordel; o passo das águas mortas.* São Paulo, Hucitec, 1979.

82) ______________. (org.) *Jornadas impertinentes;* o obsceno. São Paulo, Hucitec /s.d./.

83) FORSTER, E. M. *Aspectos do romance.* 2ª ed. Porto Alegre, Globo, 1974.

84) FRANCO, Maria Sylvia de Carvalho. *Homens livres na ordem escravocrata.* 3ª ed. São Paulo, Kairós, 1983.

85) FRANKLIN, Jeová. O preconceito racial na literatura de cordel. *Revista de Cultura Vozes.* Petrópolis, (8): 15-18, out. 1970.

86) FRAPPIER, Jean & GOSSART, A. M. (org). *Théâtre comique au Moyen Age.* Paris, Larousse, 1972.

87) FREUD, Sigmund. *Le mot d'esprit et ses rapports avec l'inconscient.* Paris, Gallimard, 1978.

88) FREYRE, Gilberto. *Casa grande e senzala.* 5ª ed. Rio de Janeiro, José Olympio, 1946. 2 vol.

89) ______________. *Manifesto regionalista de 1926.* Rio de Janeiro, MEC, 1955. (Os Cadernos de Cultura, 80).

90) FRIBOURG, Jeanine. Aspects de la littérature populaire en Aragon. *Critique;* littératures populaires. Paris, (394): 312-324, mars 1980.

91) FRYE, Northrop. *Anatomia da crítica.* São Paulo, Cultrix, 1973.

92) FURTADO, Celso. *Formação econômica do Brasil.* 4ª ed. Rio de Janeiro, Fundo de Cultura, 1961.

93) GAIGNEBET, Claude (org.). *Le coeur mangé; récits érotiques et courtois.* XIIe et XIIIe siècles. Paris, Stock, 1979.

94) GARCÍA LORCA, Federico. *Obras completas.* Madrid, Aguilar, 1957.

95) GENETTE, Gérard. *Palimpsestes; la littérature au second degré.* Paris, Seuil, 1982.

96) GINZBURG, Carlo. 3ª ed. *I benandanti; stregoneria e culti agrari tra cinquecento e seicento.* Torino, Einaudi, 1979.

97) ______________. *El queso y los gusanos; el cosmos segun um molinero del siglo XVI.* Barcelona, Muchnick, 1986.

98) GOETHE, J. Wolfgang von. *Fausto.* Belo Horizonte / São Paulo, Itatiaia / Editora USP, 1981.

99) GOLDONI, Carlo. *Arlequim servidor de dois amos.* São Paulo, Abril Cultural, 1976.

100) GNERRE, Bianca Maria. Dal contrasto medievale al "desafio" di "cantadores" nella letteratura popolare brasiliana. In: STEGAGNO-PICCHIO, Luciana (ed.). *Letteratura popolare brasiliana e tradizione europea.* Roma, Bulzoni, 1978. p. 157-165.

101) HAUSER, Arnold. *Literatura* y *manierismo.* Madrid, Guadarrama, 1965.

102) ______________. *História social de la literatura* y *del arte.* Madrid, Guadarrama, 1969. 3 v.

103) HISTÓRIA do imperador Carlos Magno. Rio de Janeiro, Livraria H. Antunes, 1955.

104) HISTÓRIA do imperador Carlos Magno e os doze pares de França. São Paulo, Tipografia Cupolo /s.d./.

105) HOMERO. *Odisseia.* São Paulo, Editora 34, 2013.

106) HUIZINGA, Johan. *Homo ludens.* 2ª ed. São Paulo, Perspectiva, 1980 (a).

107) ______________. *L'automme du Moyen Age.* Paris, Payot, 1980 (b).

108) JAUSS, Hans Robert. Littérature médiévale et théorie des genres. *Poétique.* Paris, (1): 79-101, 1970.

109) JENNY, Laurent. La stratégie de la forme. *Poétique.* Paris, (27): 257-281, 1976.

110) KRISTEVA, Julia. *Seméiotikè; recherches pour une sémanalyse.* Paris, Seuil, 1969.

111) KUNSTMANN, Pierre (org.). *Vierge et merveille; les miracles de Notre Dame narratifs au Moyen Age.* Paris, UGE, 1981.

112) LA CHANSON de Roland. Paris, UGE, 1968.

113) LA CHANSON de Roland. Paris, Larousse, 1972. 2 v.

114) LA FARCE de Maistre Pathelin. Paris, Larousse, 1972.

115) LA FONTAINE, Jean de. *Fables.* Paris, Hachette, 1978.

116) LAPA, Rodrigues (org.). *As melhores poesias do Cancioneiro de Resende.* Lisboa, Gráfica Lisboense, 1939.

117) LAZARO CARRETER, Fernando. *Teatro medieval.* 3ª ed. Madrid, Castalia, 1970.

118) LEAL, Victor Nunes. *Coronelismo, enxada e voto.* 4ª ed. São Paulo, Alfa Omega, 1978.
119) LE JEU d' Adam et Ève; mystère du XIIe siècle. Paris, Delagrave, 1945.
120) LE JUGEMENT dernier; drame provençal du XVe siècle. Paris, Klincksieck, 1971.
121) LE SAGE, A. R. *Histoire de Gil Blas de Santillane.* Paris, Garnier /s.d./ 2 vol.
122) LES MILLE et une nuits. Paris, Garnier-Flammarion, 1965. 3 vol.
123) LIMA, Francisco Assis de Sousa. *Conto popular e comunidade narrativa.* Rio de Janeiro, Funarte, 1985.
124) LIMA, João Ferreira de. *Proezas de João Grilo.* São Paulo, Luzeiro, 1979.
125) LINS, Ronaldo Lima. O *teatro de Nelson Rodrigues: uma realidade em agonia.* 2ª ed. Rio de Janeiro, Francisco Alves, 1979.
126) LOPE DE VEGA. *Obras escogidas.* Madrid, Aguilar, 1967. 3 v. Teatro.
127) LOPES, Antônio. *Presença do Romanceiro.* Rio de Janeiro, Civilização Brasileira, 1967.
128) LORRIS, Guillaume de & MEUNG, Jean de. *Le roman de la Rose.* Paris, Garnier-Flammarion, 1974.
129) MAKARlUS, Laura Lévi. *Le sacré et la violation des interdits.* Paris, Payot, 1974.
130) MARTINI, Maria de Lourdes. O auto sacramental, expressão do barroco espanhol. In: *O Barroco; nas artes plásticas, na literatura, no teatro.* Rio de Janeiro, Faculdade de Letras UFRJ, 1977. p. 31-49.
131) ______________. O teatro barroco: o grande teatro do mundo. *Revista Tempo Brasileiro;* teatro sempre. Rio de Janeiro, (72): 82-92, jan.-mar. 1983.
132) MENÉNDEZ-PIDAL, R. *Romancero hispánico.* Madrid, Espasa-Calpe, 1953. 2 v.

133) MESNIL, Marianne. *Trois essais sur la fête; du folklore à l'ethno-sémiotique.* Bruxelles, Université de Bruxelles, 1974.

134) MILANÊS, Severino. *História do Príncipe do Barro Branco e a Princesa do Reino do Vai-não-torna.* Juazeiro, Tipografia São Francisco /s.d./.

135) MOLIÈRE. *Oeuvres complètes.* Paris, Garnier /s.d./. 3 v.

136) ______________. *L'avare.* Paris, Bordas, 1985.

137) ______________. *O avarento.* Rio de Janeiro, Edições de Ouro, 1965.

138) MOTA, Leonardo. *Violeiros do Norte.* 2ª ed. Rio de Janeiro, A Noite, 1955.

139) NOVAIS, Fernando A. O Brasil nos quadros do antigo sistema colonial. In: DIAS, M. N. et alii. *Brasil em perspectiva.* São Paulo, Difel, 1968. p. 53-71.

140) O PÃO... da Padaria Espiritual. Fortaleza, UFC / Academia Cearense de Letras, Prefeitura Municipal de Fortaleza, 1982. 36 n. em 1 v.

141) PELOSO, Silvano. Tradizione medievale ed eredità controriformista nella stilizzazione popolare del "Cangaceiro" Lampião. In: STEGAGNO-PICCHIO, Luciana (ed.). *Letteratura popolare brasiliana e tradizione europea.* Roma, Bulzoni, 1978. p. 73-100.

142) ______________. *Medioevo nel sertão; tradizione medievale europea e archetipi della letteratura popolare nel Nordeste del Brasile.* Napoli, Liguori, 1984.

143) PERRONE-MOISÉS, Leyla. L'intertextualité critique. *Poétique.* Paris, (27): 372-384, 1976.

144) PLAUTE. Le militaire fanfaron. In: _____. *Théâtre.* Paris, Garnier /s.d./ T III p. 305-499.

145) PLAUTO & TERÊNCIO. *Comédia latina.* Porto Alegre, Globo, 1952.

146) PONTES, Joel. O *teatro moderno em Pernambuco.* São Paulo, Desa, 1966.

147) ______________. *Teatro de Anchieta.* Rio de Janeiro, MEC/ SNT, 1978.

148) PONTES, Mário. O Diabo na literatura de cordel. *Revista de Cultura Vozes.* Petrópolis, (8): 9-14, out. 1970.

149) PRADO JR., Caio. *Formação do Brasil contemporâneo.* 7ª ed. São Paulo, Brasiliense, 1963.

150) ______________. *História econômica do Brasil.* 8ª ed. Rio de Janeiro, Brasiliense, 1963.

151) PRADO, Décio de Almeida. A personagem no teatro. In: ______ et alii. *A personagem de ficção.* São Paulo, Perspectiva, 1970. p. 81-101.

152) PRAGANA, Maria Elisa Collier. *Literatura do Nordeste: em torno de sua expressão social.* Rio de Janeiro, José Olympio/INL, 1983.

153) PROPP, Vladimir. *Morphologie du conte.* Paris, Seuil, 1970.

154) QUEIROZ, M. Isaura Pereira de. O *messianismo no Brasil e no mundo.* 2ª ed. São Paulo, Alfa-Omega, 1976.

155) ______________. *Cultura, sociedade rural, sociedade urbana no Brasil.* São Paulo / Rio de Janeiro, Livros Técnicos e Científicos / Editora USP, 1978.

156) QUEIROZ, Maurício Vinhas de. *Messianismo e conflito social; a guerra sertaneja do Contestado: 1912-1916.* 3ª ed. São Paulo, Ática, 1981.

157) QUEVEDO, Francisco de. O *gatuno.* São Paulo, Global, 1985.

158) RABELAIS, François, *Oeuvres complètes.* Paris, Seuil, 1973.

159) REALI, Erilde Melillo. Il messianismo letterario dal sertão alla città. In: STEGAGNO-PICCHIO, Luciana (ed). *Letteratura popolare brasiliana e tradizione europea.* Roma, Bulzoni, 1978.

160) REGO, José Lins do. *Presença do Nordeste na literatura brasileira.* Rio de Janeiro, MEC, 1957.

161) ______________. *Ficção completa.* Rio de Janeiro, Aguilar, 1976. 2 v.

162) ______________. *Histórias da Velha Totônia.* 5ª ed. Rio de Janeiro, José Olympio, 1981.

163) RIBARD, Jacques. *Le Moyen Age; littérature et symbolisme.* Paris, Honoré Champion, 1984.

164) RICARDOU, Jean. *Pour une théorie du nouveau roman.* Paris, Seuil, 1971.

165) ______________. (org.) *Claude Simon; analyse, théorie. COLLOQUE de Cérisy la Salle* (1974). Paris, UGE, 1975.

166) RODRIGUES, Selma Calasans. Um diálogo no espelho. *Revista Tempo Brasileiro;* sobre a paródia. Rio de Janeiro, (62): 114-127, jul.-set. 1980.

167) ______________. O teatro épico de Bertold Brecht. *Tempo Brasileiro;* teatro sempre. Rio de Janeiro, (72): 125-135, jan.-mar. 1983.

168) ______________. A narrativa e sua problemática. Diálogo sobre a origem do romance: Gyorgy Lukács e Mikhail Bakhtin. In: VASSALLO, Ligia (org). *A narrativa ontem e hoje.* Rio de Janeiro, Tempo Brasileiro, 1984. p. 23-36.

169) RODRIGUES, Selma Calasans. *Paródia e discurso carnavalesco em Cem anos de solidão.* Tese. Doutorado. Rio de Janeiro, Faculdades de Letras UFRJ, 1985.

170) RODRIGUEZ MONEGAL, Emir. Tradición y renovación. In: FERNANDEZ MORENO, C. (coord.). *América Latina en su literatura.* 5ª ed. México, Siglo Veintiuno, 1978. p. 139-167.

171) ______________. Carnaval. Antropologia. Paródia. *Revista Tempo Brasileiro;* sobre a paródia. Rio de Janeiro, (62): 6-17, jul.-set. 1980.

172) ROJAS, Fernando de. *La Celestina.* 9ª ed. Buenos Aires, Espasa-Calpe, 1968.

173) ROSENFELD, Anatol. *O teatro épico.* São Paulo, Desa, 1965.

174) RUIZ, Roberto. *Hoje tem espetáculo? As origens do circo no Brasil.* Rio de Janeiro, Inacen, 1987.

175) RUTEBOEUF. *Le miracle de Theóphile.* Paris, Delagrave, 1948.

176) ______________. Le testament de l'âne. In: SCOTT, Nora

(org.). *Contes pour rire? Fabliaux des XIIIe et XIVe siècles*. Paris, UGE, 1983. p. 215-218.

177) SANT'ANNA, Affonso Romano de. 2ª ed. *Paródia, paráfrase & cia.* São Paulo, Ática, 1985.

178) SANTOS, Eneias Tavares. *A morte, o enterro e o testamento de João Grilo.* São Paulo, Luzeiro, 1980.

179) SANTOS, Fernando Augusto Gonçalves. *Mamulengo: um povo em forma de bonecos*. Rio de Janeiro, Funarte, 1979.

180) SARAIVA, António José & LOPES, Óscar. *História da literatura portuguesa.* 5ª ed. Porto, Porto Editora /s.d./.

181) SARAIVA, António José. *Teatro de* Gil *Vicente.* 6ª ed. Lisboa, Portugália / s.d./.

182) ______________. *História da cultura em Portugal.* Lisboa, Jornal do Foro. vol. l, 1950; vol. ll,1955; vol. III,1962.

183) SCHNAIDERMAN, Boris. Paródia e mundo do riso. *Revista Tempo Brasileiro;* sobre a paródia. Rio de Janeiro, (62): 89-96 jul.-set. 1980.

184) SCHWARTZMAN, Simon. *Bases do autoritarismo brasileiro.* Rio de Janeiro, Campus, 1982.

185) SCOTT, Nora (org.) *Contes pour rire? Fabliaux des XIIIe et XIVe siècles*. Paris, UGE, 1983.

186) SEVCENKO, Nicolau. O *Renascimento*. 3ª ed São Paulo / Campinas, Atual / Universidade Estadual de Campinas, 1985.

187) SHAKESPEARE, William. *Obra completa*. Rio de Janeiro, Aguilar, 1969.

188) STAIGER, Emil. *Conceitos fundamentais da poética*. Rio de Janeiro, Tempo Brasileiro,1972.

189) STEGAGNO-PICCHIO, Luciana (ed.) *Letteratura popolare brasiliana e tradizione europea*. Roma, Bulzoni, 1978.

190) TISSIER, André. *La farce en France de 1450 à 1550*. Paris, SEDES, 1981.

191) ______________. (org.) *Farces du Moyen Age*. Paris, Garnier-Flammarion, 1984.

192) TODOROV, Tzvetan. Bakhtine et l'altérité. *Poétique*. Paris, (40): 502-513, nov. 1979.

193) UBERSFELD, Anne. *Lire le théâtre*. Paris, Editions Sociales, 1978.

194) URICOCHEA, Fernando. *O minotauro imperial; a burocratização do estado patrimonial brasileiro no séc. XIX*. Rio de Janeiro / São Paulo, Difusão Europeia do Livro, 1978.

195) VALBUENA-PRATT, Angel. Prólogo. In: CALDERÓN DE LA BARCA. *Autos sacramentales*. Madrid, Espasa-Calpe, 1957 (v. 1) – 1962 (v. 2).

196) VALENTE, Waldemar. *Folclore brasileiro;* Pernambuco. Rio de Janeiro, Funarte, 1979.

197) VASSALLO, Ligia. Introdução. *Tempo Brasileiro;* teatro sempre. Rio de Janeiro, (72): 3-9, jan.-mar. 1983.

198) ______________. O teatro medieval. *Tempo Brasileiro;* teatro sempre. Rio de Janeiro, (72) 36-47, jan.-mar. 1983.

199) ______________. O gênero épico. In: ______(org.). *A narrativa ontem e hoje*. Rio de Janeiro, Tempo Brasileiro, 1984. p. 9-22.

200) ______________. A narrativa medieval. In: ______. (org.). *A narrativa ontem e hoje*. Rio de Janeiro, Tempo Brasileiro, 1984. p. 47-69.

201) ______________. Charlemagne et Roland toujours présents au Brésil. In: *Journal de l'Alliance Française.* Rio de Janeiro, (7): 3, juin 1986.

202) VICENTE, Gil. *Obras.* Porto, Lello, 1965.

203) VILAÇA, Marcos Vinicius & ALBUQUERQUE, Roberto Cavalcanti de. 2ª ed. *Coronel, coronéis.* Rio de Janeiro/Brasília, Tempo Brasileiro/Editora Universidade de Brasília, 1978.

204) VOSSLER, Karl. *Formas poéticas de los pueblos románicos.* Buenos Aires, Losada, 1960.

205) WARDROPPER, Bruce. *Introducción al teatro religioso del siglo de oro.* Madrid, Revista de Occidente, 1953.

206) XAVIER, Ismail. *Alegoria, modernidade, nacionalismo.* Rio de Janeiro, Funarte, 1985.

207) ZUMTHOR, Paul. *Essai de poétique médiévale.* Paris, Seuil, 1972.

208) ______________. Pour une poétique de la voix. *Poétique.* Paris, (40): 514-524, nov. 1979.

209) ______________. L'écriture et la voix d'une littérature populaire brésilienne. *Critique;* littératures populaires. Paris, (394): 228-239, mars. 1980.

210) ______________. *Introduction à la poésie orale.* Paris, Seuil, 1983.

NOVA LUZ NA OBRA DE SUASSUNA[1]

Sábato Magaldi[2]

Com *O Sertão medieval – Origens europeias do teatro de Ariano Suassuna* (1993), Ligia Vassallo contribui de forma decisiva para o melhor conhecimento do autor do *Auto da Compadecida* e, por extensão, da dramaturgia brasileira que realmente conta. A multiplicação de livros como esse – lúcido, penetrante, erudito – permitiria que se fizesse rigoroso inventário da literatura dramática nacional, propiciando um desenvolvimento mais equilibrado do nosso palco.

Da tese universitária, o ensaio utiliza a pesquisa minuciosa de fontes. Mas em nenhum momento o aparato bibliográfico sufoca a elegância da escrita. O recurso a nomes como Bakhtine (sobre a paródia e a carnavalização), Hans Robert Jauss (o problema dos gêneros medievais), Auerbach, Umberto Eco, Northrop Frye, Genette, Laurent Jenny, Bruce Wardropper, Huizinga, Julia Kristeva e muitos outros apenas serve de apoio ao revelador garimpo que ela empreende.

---

[1] Texto publicado inicialmente em *Folha de S. Paulo*, 1/8/1993. Suplemento "Mais", p. 9.

[2] Sábato Magaldi (Belo Horizonte, 9/05/1927 – São Paulo, 14/07/2016), membro da Academia Brasileira de Letras, crítico e professor de teatro brasileiro, autor de *Panorama do teatro brasileiro*, entre outras obras.

A autora parte da verificação segundo a qual "no Brasil e em pleno século XX, a Idade Média permanece revivificada através da arte literária de um escritor nordestino, Ariano Suassuna". A partir daí, assinalam-se implicitamente "elementos culturais que controvertem a cronologia literária vigente e reforçam a relação entre arte e sociedade, visto que a literatura medievalizante do artista guarda fortes conexões com o contexto em que surgiu". A imbricação percebida entre esse teatro e os valores do meio que lhe deu origem não importa em abdicar de critérios estéticos em favor de pressupostos sociológicos. Antes, confere à verdade artística uma profunda seiva humana.

Se "a medievalidade entra na obra por via da intertextualidade, que preside o trabalho do escritor", cumpre fazer o levantamento do diálogo permanentemente travado com os modelos. Ligia Vassallo escolhe nove textos publicados de Suassuna, entre os quais *A Compadecida, O casamento suspeitoso, O santo e a porca, A pena e a lei* e a *Farsa da boa preguiça*, deixando de lado *As conchambranças de Quaderna*, por ser posterior à sua análise, e outros anteriores, como *A mulher vestida de sol*, o *Auto de João da Cruz* e *O arco desolado*, por fugirem ao esquema do teatro maduro alcançado pelo autor.

Esse esquema, no dizer da ensaísta, "obedece a um conjunto de características diretamente ligadas à concepção da Arte Armorial", definida pelo dramaturgo como "a relação entre o espírito mágico dos folhetos do Romanceiro popular do Nordeste (literatura de cordel), com a música de viola, rabeca ou pífano que acompanha suas canções e com a xilogravura que ilustra suas capas, assim como o espírito e a forma das artes e espetáculos populares em correlação com este Romanceiro". O propósito, no dizer de Suassuna, é a realização de "uma arte brasileira erudita a partir das raízes populares da nossa cultura."

Ligia Vassallo, ao relacionar as fontes de Suassuna, não adota o critério exemplificativo, preferindo apontar todos os motivos aproveitados pelo dramaturgo. Assim, no *Auto da Compadecida*, sucedem-se nos três atos as transposições dos folhetos "O enterro do cachorro", fragmento de "O dinheiro", de Leandro Gomes de Barros; a "História do cavalo que defecava dinheiro", do mesmo artista; "O castigo da Soberba", de Anselmo Vieira de Souza; "A peleja da Alma", de Silvino Pirauá Lima; além do entremez "O castigo da Soberba", do próprio Suassuna, que retoma os dois últimos originais. A autora acompanha passo a passo as sequências, no quarto capítulo, dedicado aos espaços intertextuais, dissecando o conjunto da composição.

Vê-se que Ligia Vassallo, ao identificar o paralelismo entre a obra de Suassuna e os modelos europeus, transita com autoridade pela Comédia Nova grega e pelo teatro latino, estendendo-se pelas várias formas do teatro medieval até chegar à comédia de Molière. Atenção especial é dada ao milagre e à farsa, com cujas características é mais visível o diálogo travado por Suassuna.

No contexto da cultura nordestina, a autora desenvolve muitas observações pertinentes, anotando, a certa altura, que a produção suassuniana "enquadra-se como paródica nas duas acepções do termo. No sentido de canto paralelo, pode ser lida como uma obra erudita em contraponto à cultura popular que a estimula. Mas Suassuna realiza também um movimento inverso ao cânone europeu, já que neste a cultura popular deforma a oficial, ao passo que para o autor paraibano o canto paralelo é a sua criação erudita baseada nos modelos populares. Ele não os rebaixa nem os avilta. Ao invés, transpõe-nos aos parâmetros da alta cultura".

Embora as novelas tradicionais gozem, segundo a ensaísta, de grande vitalidade na cultura nordestina, não se encontram vestígios delas no teatro de Suassuna. Já dentre os folguedos, apenas o bumba meu boi, "auto de Natal resultante da aglutinação de diversos reisados", e o mamulengo, "teatro de bonecos, de origem imemorial", estão presentes nas peças do dramaturgo paraibano.

Dentro de sua inequívoca erudição, são poucos os conceitos do livro passíveis de debate. Embora compreenda muito bem que a dramaturgia épica não se restrinja aos modelos de Bertold Brecht e Paul Claudel, com os quais Suassuna não tem parentesco, Ligia Vassallo afirma que, em virtude de sua adoção, "no teatro de Suassuna não cabem personagens com psicologia aprofundada. Só há tipos". Tal juízo supõe que a dramaturgia épica não admita profundidade psicológica, quando ela não está ausente das criações brechtiana e claudeliana. E nem da de Suassuna.

Há um período que exigiria ampla discussão, por transcender o território teatral. Nele, a autora assevera que Suassuna "não propõe, nos seus textos, uma alternativa de mudança social. Toda a condenação ao *status quo* – se é que ela existe – se faz em termos morais e religiosos. [...] As autoridades que ultrapassam seus limites e os representantes da ordem são recriminados enquanto pecadores. Os baluartes do sistema, como os patrões, os juízes e os sacerdotes, aparecem desmistificados pela caricatura. *Ridendo castigat mores*, mas é também o riso que dilui a crítica social. Ela é suavizada pelo humor, portanto Suassuna cai no jogo da armadilha ideológica. Ele critica ainda o preconceito de raça e o esnobismo intelectual, mas sua crítica a isso é mais epitelial e menos consistente do que a indicação da medievalidade".

Antes, a estudiosa havia escrito, acertadamente, que "o sertanejo de Suassuna luta contra a adversidade, que pode concretizar-se no patrão explorador, no cangaceiro assaltante e assassino, na polícia prepotente, na miséria e na fome. Seguindo a ideologia dos folhetos de cordel, seus textos focalizam a sociedade do ponto de vista dos desprotegidos". Em conclusão, "somente pela burla e pela astúcia o sertanejo logra atingir seus objetivos".

De um lado, a fé religiosa – pois a dramaturgia de Ariano Suassuna é engajadamente católica – e seus métodos de atuação sobre a realidade social divergem dos de outras crenças e ideologias. E o escritor, preso à verdade essencial de suas criaturas, não poderia lhes atribuir diferente destino cênico, sob pena de falseá-las. Existe, sim, condenação ao *status quo*, utilizando a milenar arma do riso e do deboche, de eficácia tão comprovada quanto a do raciocínio lógico.

Ao longo de seu livro, Ligia Vassallo menciona várias teses e dissertações inéditas sobre Ariano Suassuna, que aguçam a curiosidade do leitor. E é esse mais um serviço que presta *O Sertão medieval*.